그래도 행복한 남자

그래도 행복한 남자

서한경 소설집

차례

C, 이야기 | 8
빛의 바이러스 | 38
그래도 행복한 남자 | 64
피싱 | 88
낯선 풍경이었다 | 114
얼룩 | 140
범수의 기억 | 166
민정이가 집을 나간 날 나는 포도나무 두 그루를 샀다 | 192
김영숙 씨 이야기 | 220

평론 | 244

C, 이야기

Y.

커피 잔을 든 Y는 서성거렸다. 그녀의 집 창가엔 오래된 은행나무 한 그루가 서 있었고 어디선가 새 소리가 들려왔다. Y는 창가로 다가가 기웃대다가 땡볕을 견디어 내고 있는 진초록의 은행잎들을 바라보았다. 은행나무 아래에 푸른색 택배 트럭이 와서 멈추었고, 택배 트럭과 똑같은 푸른색 티셔츠를 입은 젊은 남자가 운전석에서 나와 어딘가로 뛰어갔다가 무언가를 손에 들고 돌아와 다시 차를 몰고 가버렸다. 멀리서 감자 양파 따위를 트럭에 싣고 와 장사를 하는 상인의 목소리가 확성기를 통해 들려왔다. 배낭을 멘 남자가 지나갔다. Y는 그 남자의 연령을 50대 중반 정도라고 셈했다. 승용차 한 대가 지나갔고

3-4세 정도로 보이는 아이의 손을 잡은 할머니가 지나갔다. Y가 고개를 돌리려 할 즈음엔 30대 후반 정도로 보이는 단발머리를 한 여자가 지나갔다. 흰색 티셔츠에 청바지 차림, 작은 핸드백이 어깨에 걸쳐있었다. 그저 평범하게 보이는 여자였다. 하지만 Y는 오래 서서 그녀의 뒷모습을 바라보았다. 그녀의 턱엔, 턱을 반으로 갈라놓듯 붉은 색 밴드가 길게 붙어 있었기 때문이었다. 그녀의 뒷모습을 길게 바라본 Y는 구원자라도 된 듯 한 목소리를 내었다. Y는 '그대에게 축복을'이란 말을 했다.

C.

판사의 질문은 간단했다. 미리 제출된 신분증에 붙은 사진을 보며 C와 C의 남편인 Q를 대조해 보는 듯 바라보았고 합의 이혼이 맞느냐는 질문을 했다. 질문은 남편 Q에게 먼저 해서 Q가 먼저 '예'라는 대답을 했다. 이어서 C에게 물어서 C도 '예'라는 대답을 했다. 종류만 다를 뿐 질문은 꼭 결혼식장에서 주례사가 묻는 듯 한 기분을 주었다. C는 '예'라는 대답에 책임감을 느꼈다. 다음 질문은 Q에게만 물었다. 서명한 대로 7세가 된 아이가 만 20세가 될 때까지 매달 교육비와 양육비를 지불을 해야 할 것이며, 이의가 없느냐는 질문이었다. 그 질문에도 Q는 '예'라고 대답했다. 판사는 재차 확인하듯 각자 주민등록 번호를 불러보라고 했다. Q는 자기의 주민등록 번호를 불렀고 C도 자신의 주민 번호를 불렀다. 나무망치가 두드려졌다. 서로 합의가 되었다는 이유 때문일까. 그들의 이혼은 너무도 간단한 듯 끝이 났다. 유예기간 한 달이 주어졌을 때 Q는 이미 짐을 꾸려 새로운 거처지로 옮겼다.

법원 문을 나설 때 Q가 C에게 물었다.

"커피 한 잔 할까?"

시간은 오전 11시가 넘어가고 있었다. C는 고개를 저었다. 법원 문을 나선 후 C는 한 번도 뒤돌아보지 않았다. 뒤돌아보지 않는 자신의 모습을 생각하며 C는 언젠가 드라마에서 본 한 장면을 떠올렸다. 지금 자신의 처지와 같은, 드라마 속 여자도 뒤를 돌아보지 않았다.

C는 바로 집으로 돌아왔다. 그리고 한 20여 분을 식탁 의자에 멍청히 앉아 있었다. 어디선가 C를 향한 위로의 말과 꾸지람들이 섞여 들려오는 듯 했다. 여러 말들 중엔 부부 사이엔 부부만 아는 거야. 웬만하면 참고 살아야 방황이 없어. 라는 흔한 말들도 섞여져 있었다.

그 날 간단히 점심식사를 해결한 C는 편히 입고 다닐 수 있는 추리닝을 사기 위해 집 앞 시장을 돌았다. 그러다가 우연히 여고 동창 Z를 만났다. 절친은 아니었다. 고2 때 한 번 같은 반에 배정이 된 적은 있었지만, 키가 큰 Z

는 늘 뒷자리에 앉았고 C는 앞줄에서 두 번째 정도에 앉았다. Z는 얌전하여 있는 듯 없는 듯 했고 C는 좀 시끄러운 편이었고, 시끄러운 친구들과 어울렸다. 암튼 20여년 만이었다. C는 추리닝을 팔고 있는 가게 출입문 밖 행거에 걸려 있는 흰색과 검은색을 놓고 갈등을 했다. 깔끔해 보이는 검은색을 살 것인가. 깨끗하게 보이는 흰색을 살 것인가에 대한 갈등이었다. 그때 가게 안쪽에서 한 여자가 나왔다. 둘은 서로 눈이 마주쳤다.

"어머! 너?"

"어머! 너?"

C와 Z는 동시에 아는 체를 했다.

"혹시 너 이쪽 어디에 살아?"

C는 Z가 이곳 어딘가에 살고 있다는 느낌은 없었지만 그렇게 물었다.

"아니 멀지 않은 곳. 그리고 이쪽에 일이 있어서……."

Z는 웃으며 그렇게 대꾸했다. C가 Z에게 말했다.

"어디 가서 차라도 한 잔 마시며 이야기 해야겠다. 시간 괜찮니?"

"아, 아, 어쩌지? 오늘은 곧 가봐야 할 선약이 있어서 버스 정류장으로 가다 가제 수건이 필요해서 잠깐 들른 거야."

Z는 정말로 미안해하는 얼굴로 말했다.

"그래?……."

C와 Z는 전화번호를 교환했다.

"빨리 가 봐. 서로 연락하고 곧 만나지 뭐."

C는 Z를 조금 배웅했다. Z는 여전히 큰 키에 늘씬한 모습이었다. 그 후 C와 Z는 차일피일 서로 통화를 하지 않았다. Z에게 전화가 온 건 일주일 정도가 지난 오늘 오전 열 시께였다.

"오늘쯤 내가 하려 했는데……."

왠지 미안한 마음에 C는 헛말을 했다.

"시간이 괜찮다면 오늘 볼까?"

Z가 말했다.

"응, 괜찮아. 열두시 경에 볼 수 있니? 점심을 먹고 차를 마시며 얘기하자."

C는 Z가 멀지 않은 곳에 살고 있다고 한 말을 떠올리고 C의 집에서도 멀지 않은 시내의 한 음식점을 말했다. 봄봄이라는 한식당이었다.

"H백화점 사거리에서 내려서 오른쪽으로 백여 미터를 내려가면 봄봄이라는 한식당이 있어. 12시다."

C는 시간을 다시 말하며 봄봄의 아낙을 떠올렸다. 단골은 아니고 두어 번 들려 본 곳이었다. 팔절지 두 장 크기

의 검은색 간판엔 봄봄이라는 연초록의 소박한 글씨와 홍매화 몇 송이가 그려져 있었다. 음식 맛이 정갈했고 식탁마다 칸막이가 있어서 담소를 나누기에 좋은 곳이었다. 식당은 60대 여자 혼자서 조용히 운영하는 집이었다. C는 식당 주인여자의 모습과 웃을 때 입가에 볼우물을 패던 그녀의 미소를 떠올렸다. 그녀의 집 메뉴판엔 사철 봄나물이라는 이름도 있었다. 그 이름 옆엔 가격을 표시 해놓지 않았다. 사철 언제나 봄나물 한 접시를 내온다는 이야기였다. 고향이 경상도 어디인지 지난번 그녀가 경상도 억양으로 말했었다.

"한겨울 냉이지만 봄볕에 자란 것을 뜯어 저장한 거지요." 그때도 그녀는 살짝 미소를 보였는데 볼우물도 미소만큼 살짝 패었다. 봄나물의 메뉴는 때에 따라 바뀐다고도 말했다.

C는 버스에서 내렸다. 땡볕이 내려쪼였고, 가로수의 나뭇잎들 역시 진초록의 절정을 보이고 있었다. C는 가로수 길을 걸어 12시가 되기 5분 전에 봄봄 안으로 들어갔다. 친구 Z는 와 있지 않았다. C는 창 쪽으로 자리를 잡고 앉았다. 거리엔 차량들과 사람들이 오갔다. 출입문 옆에 있는 카운터 위쪽엔 티브이가 작음 음성으로 켜져 있었다. C가 앉은 자리의 옆쪽엔 20대 젊은 남녀가 밀착해 앉아

갈치조림을 놓고 식사를 하고 있었다. 티브이 화면엔 좌심방과 우심방이 나란히 붙어 있는 심장을 그린 그림이 떠 있었다. 친절하게도 좌우의 심장과 동맥이 흐르는 혈관과 정맥의 혈관이 각각 붉은색과 푸른색으로 구분해 엷게 칠해져 있었고, 화살표를 표기해 우심방이 어디고 좌심방과 대동맥이 어디고 하는 안내문구가 쓰여 있었다. 그 옆엔 흰색 윗도리를 걸친 젊은 의사가 서서 씩씩한 목소리로 설명을 했다. 그는 심장을 가리키며 1분에 60회에서 100회 라는 말을 했고 하루에 10만 번 정도를 수축해서 8톤 분량의 피를 뿜어내는 대단한 기관이라는 말을 했다. C는 하루에 10만회를 뛰면 일 년이면 3650만회 5년이면 곱하기 5를 해야 되겠지 라는 생각을 하며 그 숫자가 어마어마할 것이라는 생각을 했다. 거기다가 80년이나 100년 가까운 세월을 계산 하면 읽어 내기도 불편한 숫자가 나올 거라는 생각을 했다.

"산소를 채운 혈액은 대동맥으로 뿜어져 나갑니다. 산소와 영양분을 싣고서 말이지요. 그 혈액은 동맥을 타고 몸 구석구석에 공급됩니다."

의사가 그 말을 할 때 C의 시선은 팔등으로 해서 손끝까지를 쳐다 보았고 의자 아래로 뻗어 있는 두 다리와 두 발을 쳐다보았다. C는 착실하게 뛰고 있을 심장에게 미안하다는 생각을 했다. '헛수고 하고 있는 거야. 정말 별 볼일 없이 말이지.' 그리고는 스스로를 돌아보았다. C는, '그런 생각을 하면 안 되지. 바보 같잖아' 라며 자신이 타인을 향해 설득하여 해줄 수 있을 말들을 생각했다. C에게도 사실, 자신이 이혼녀가 되었다는 사건이 그리 대단할 것도 없는 이야기처럼 느껴지기도 했다.

"바람, 내게 바람이 들었는데, 이 바람은 단순한 바람이 아니야."

C의 남편이었던 Q는 비장한 목소리로 말했다. C는 Q에게 그녀가 무엇을 하며, 나이는 몇 살이며, 아이는 있는지 하는 것들을 묻지 않았다. C는 갈라서자는 말을 했다. C의 남편이었던 Q와 C는 서로를 바라보았다. '나도 이젠 그만 살고 싶다.' 그때 C가 던진 말이었다. 그리고 둘은 합의 이혼에 들어갔다.

C는 다시 티브이에 시선을 주었다. 화면엔 여전히 심장 그림이 떠 있었고 젊은 의사는 계속해서 뭐라 뭐라 말하고 있었다. C는 내친김이라는 듯 핸드폰의 계산기를 열고 그동안 쉬지 않고 뛰어왔을 40년 세월 자신의 심장 박동수를 계산했다. 365 곱하기 10만 회를 했고 거기다기 40년을 곱했다. 숫자를 나오자 C는 일 십 백 천 만을 중얼거렸다. 약속 시간이 3분쯤 지난 후에 친구 Z는 식당 안으

로 들어왔다.

"아, 늦어서 미안해."

Z가 말했다.

"나도 좀 전에 왔어."

C는 그렇게 대꾸했다.

"그날 바빠서 하고 싶은 애기들도 못 나눴잖아. 섭섭했어."

Z가 말하자 C가 '나도'라는 맞장구를 쳤다.

"아이는 몇 명이나 낳았니?"

"완!"

Z는 그것이 제일 궁금하다는 듯 물었고 C는 검지를 치켜 올렸다.

"아들? 딸?"

"딸."

"나도."

Z가 대답했다. C는 식탁 위에 놓인 메뉴판을 보았다. 가격이 표시 되어 있지 않은 봄나물 한 접시라는 이름이 맨 위에 쓰여 있다.

"무얼 먹을래?"

C가 메뉴판을 Z앞에 내밀며 말했다.

"얼큰하며 담백한 무엇이고 싶은데."

"얼큰하면서도 담백한?"

C가 묻듯 말하자 Z는 '얼큰하면서도 깔끔한 뒷맛'이라고 고쳐 말했다. 그리고 Z가 '김치찌개 어때?' 라고 했다. C는 고개를 끄덕였다.

"나 많이 늙었지?"

"뭔 늙어 이제 40인데."

C가 묻고 Z가 대답했다. 그때 식사를 끝낸 청춘 남녀가 카운터로 가서 계산을 하고 밖으로 나갔다. 티브이 화면의 흰 가운의 의사는 여전히 뭐라 뭐라 해댔다.

"40이면 옛날 같으면 어쩜 며느리를 보았고 손자도 볼 나이 아닌가?"

C가 Z에게 말했다.

"그래 맞아 그런데 내 딸은 이제 초등 2학년이다."

"그래? 난 1학년."

C가 대꾸했다. 이제 티브이에서는 젊은 여가가수들이 노래를 부르고 있었다. C와 Z는 또다시 40세가 된 자신들의 나이를 이야기 했다. 이어서 C는 '우리도 삶에 대하여 나름 뭔가 진지한 생각을 해봐야 돼' 라고 말했다.

"그래 그래야지. 뭔가 보람 있는 일."

그때 Z는 그렇게 대꾸했다. C는 잠시 뜸을 드렸다. 뜸을 드리고 요즘의 자신을 다시 되새겼다. 아이의 양육비

명목으로 Q가 지불해 주는 금액으로는, 두 식구가 살아가기엔 턱없이 부족한 액수임을 생각했다. C는 Q에게 양육 수고비를 좀 더 얹어 줄 것을 요구했었다. Q는 C의 요구에 딱 10만원을 더 얹어줬을 뿐이었다.

"이젠 창피해. 남들 눈치 보면서 사는 것은 아니지만, 그동안엔 아이를 키우며 아이를 키운다는 핑계를 하고 있었는데 말이야. 요즘은 집에 있는 내가 정말이지 창피해. 얼마나 게을러 보이겠니?"

C가 잠시 침묵을 잇고 또다시 말을 이었다.

"요즘은 나를 자주 되새겨봐. 나는 무엇을 잘할 수 있는가를. 특별히 솟은 재능이 없는 것 같아. 그렇다고 부지런이나 하냐? 그것도 아니고 그저 적당히 이기적이며 게으르게 살아왔지."

C가 말하자 Z가 말을 받았다.

"글쎄 네 생각해보면 네가 좀 학업성적이 좋았지. 또, 말솜씨가 좋았어. 소풍 날 사회 보던 기억도 난다."

"그래?"

C가 새삼스런 듯 물었고, '뭐든 어중간 하려면 차라리 싹수 있는 재주 하나쯤을 가진 게 나아.' 라는 말을 웅얼거리듯 했다. 그리고 C는 친구 Z의 장점이 무엇이었는가를 생각했다. Z에겐 썩 이라고는 볼 수 없지만 그림을

좀 그렸다는 기억이 났다. C는 교내 미술대회에 '가을' 이라는 이름으로 출품했던 그녀의 그림을 떠올렸다. 시상 안에 들지는 못했지만 초가지붕 위에 박 넝쿨과 박꽃 두세 개, 둥근 박 하나가 커다랗게 달려 있었고, 앞마당에 놓인 멍석 위에는 고추가 널려 있던 그림이었다. 익히 본 어느 그림을 흉내 낸 듯 했으나 붓놀림은 그럴듯했다는 기억이 났다.

"너는 얌전했고 그림을 잘 그렸잖아."

C는 초가지붕의 박 넝쿨과 크고 둥근 박, 앞마당에 놓인 멍석 위에 고추가 널려 있던 Z의 그림을 이야기 했다.

"너 그거 기억하는구나. 그 그림은 우리 집 거실에 걸려 있던 것을 떠올리며 그대로 그린거야."

"그래? 그렇다면 창의성이 엿보이지 않아 상축엔 못 끼었나? 하지만 붓놀림이 좋았다는 기억이 있어."

Z가 C에게 미소를 보였다.

"요즘은 때때로 내가 하고 싶은 것, 또는 할 수 있을 것들을 많이 생각해 보기도 해. 취미생활로 시작해 끝까지 할 수 있는 무엇도 좋고."

C가 또다시 자신의 이야기를 했다. C는 자신의 이야기를 하며 자신이 많이 좀 배부른 소리를 하고 있다는 생각을 했다.

"뭘 하지? 두각이 없어도 노력으로 보람된 것을 찾아야겠어. 그것에도 내가 노력할 수 있는 무엇이어야 하겠지만 말이야."

C는 여전히 자신이 배부른 소리를 하고 있다는 생각을 하며, 무얼 해볼까. 늦었을까. 늦었다고 생각할 때가 빠른 거라는 말은 도저히 이해할 수 없는 말이라는 이야기까지를 했다.

김치찌개와 백반이 나왔다. 김치찌개엔 돼지고기 몇 점과 두부 몇 점이 어우러진 듯 들어 있었다. 오늘의 봄나물은 고추장에 잘 버무린 곰치나물이었다. Z가 젓가락을 들었을 때 C는 봄봄의 사철 봄나물을 이야기했다.

"이른 봄볕에서만 자란 것들이래."

그러자 Z는 '사기를 친들 우리가 알까?'라고 대꾸하며 말을 이었다.

"하우스에서 사철 나오는 거겠지. 누가 미련하게 봄에 다 뜯어 저장 해 놓고 사계절을 먹겠니?"

C가 Z에게 '그냥 속아주자'라고 말했다. 그러면서 주방 쪽을 바라보았다. 그때 주인 여자의 정수리가 주방 안에서 오락가락 하고 있었다.

봄봄에서 나올 때 Z가 말했다.

"이제 시원한 커피숍으로 가야지?"

Z의 말에 C는 '당연하지'라고 대답했다. C와 Z는 주위를 두리번거렸다. 우측 전방 2층에 커피숍이 보였다. 유리 전체가 짙은 커피색을 띠고 있는 커피숍이었다. C와 Z는 건널목을 지나 커피숍 안으로 들어갔다. 그리고 카푸치노 한 잔 씩을 주문했다. 정면으로 티브이가 보였다. 역시 소리를 낮게 줄인 채였다. 이번에는 천동산 박달재를 보여주고 있었다. C는 Q와 몇 년 전 가본 천동산 박달재를 떠올렸다. 박달재 고개 마루에선 천동산 박달재 노래가 계속해서 흘러나왔던 기억이 있었다. 이층 찻집에서 내려다보는 창 밖 역시 차량들과 사람들이 지나갔고 가로수의 진초록 나뭇잎들은 여전히 땡볕을 견디고 있었다.

"바람이나 불지."

C가 중얼거리자 Z가 물었다.

"바람은 왜?"

"응, 정지해 있는 나뭇잎들이 갑갑해 할 것 같아서."

C는 자신의 말이 지극히 상투적이며 실없는 대답일 것 같다는 생각을 하며 실없는 웃음을 보이기도 했다.

카푸치노가 나왔을 때 Z는 핸드폰의 액정을 보며 말했다.

"이 전화는 해줘야겠네. 3번째네. 진동으로 해놨었거든."

그러면서 양해를 구하듯 C에게 미소를 보이고는 밖으로 나갔다. C도 자신의 핸드폰의 액정을 바라보았다. C의 것에는 아무것도 떠있지 않았다. 그래서 C는 인터넷을 열고 화면에 떠있는 것들을 바라보았다. 정규직과 비정규직이라는 단어들이 떠 있었고, 매시간 제자리 걷기는 혈관 탄력에 중요하다는 문구도 보였다. 땅 꺼짐. 울릉도 주민 땅 꺼지는 한 숨 이라는 뉴스도 떠 있었다. C는 인터넷을 끄고 Z를 기다리며 카푸치노를 홀짝거렸다. 달콤한 맛이 입 안에서 감돌았다. C는 티브이 화면과 창 밖 거리를 번갈아 바라보았다. 창 밖에는 여전히 차량들이 지나갔고 사람들이 지나갔다. C는 문득, 모든 상황들이 비현실적인 것으로 느껴졌다. 눈에 보이는 거리의 모습과 사람들, 자기 자신조차도 그랬다. 그런 C는, 지금까지의 자신이 오로지 자기 자신인 채 살아온 적이 있었던가를 생각했다. 그저 사람들에게 섞여 세월에 떠밀려가듯 살아왔고 살아가고 있을 뿐이라는 생각이 들었다.

  티브이 화면에선 이야기를 재현한 주인공 박달재가 고개를 넘어가고 있었고 이야기처럼 쾌나리 봇짐을 진 그의 허리춤엔 도토리묵이라는 것이 매어져 걸음을 놓을 때마다 흔들거렸다. 멀리서 금봉이가 하얀 모시 수건을 흔들고 있었다. 금봉이의 흰 치마저고리도 흔드는 모시 수건처럼 바람에 나부꼈다. 창 밖 거리엔 여전히 인파가 오갔고 진초록의 절정을 보이는 나뭇잎들은 여전히 고요했다. 잠시 후 Z가 돌아와 C앞에 앉았다. Z도 카푸치노를 홀짝이기 시작했다. C도 홀짝이며 Z의 잔에 남겨지는 카푸치노 양에 보조를 맞추었다.

"사실은 말이야. 좀 전에 내가 무슨 통화를 했느냐면, 누가 내일 눈썹을 문신하겠다는 전화였어. 내가 문신 쟁이거든."

"아 그래?"

C가 조금 놀래는 반응을 보이며 반문했다.

"눈썹 문신?"

C가 다시 물었고 이어서 '다른 것도 하겠네.'라며 묻듯 말했다. C는 언젠가 티브이의 화면 속에 보이던 덩치 큰 남자들을 떠올렸다. 덩치 큰 남자들이 줄줄이 서 있었고 그들의 등과 가슴에는 온통 용이나 호랑이 등의 문신들이 새겨져있었다. C는 그들을 떠올리며 '예를 들어 가슴에 용상을 새긴다든지'라고 말했다. 그리고는 자신이 좀 과한 말을 했나 싶어 조금 웃어보였다.

"응, 할 수는 있겠지. 하지만 그런 것들은 아직 안 해봤고 눈썹과 속눈썹 립 라인 정도야."

C는 티브이 화면에 시선을 주며 의료행위와 비의료행

위들에 대해 생각했다. 그리고 간단한 문신정도는 부작용이라든지 특별한 일이 없다면 암묵적인 듯 공공연히 자행되고 있다는 사실을 생각했다. Z도 티브이 화면에 시선을 주었다.

금봉이의 환형을 본 박달재가 고개 아래로 뛰어 내려가고 있었다. C는 눈을 질끈 감았다 떴다. Z는 C를 보며 말했다.

"정말이지 저렇게 사랑하고 헤어진 남녀가 이승에서 다시 만난다면 누구도 갈라놓지 못하겠다."

C는 특별히 자신을 속일 생각은 없었지만, 무언가 말문이 떨어지지 않는다는 걸 느꼈다. C는 Z의 말에 수긍하는 모습을 보이며 남편이었던 Q의 말을 떠올렸다. '바람, 내게 바람이 들었는데 이 바람은 단순한 바람이 아니야.' 이어서 C는 Z를 바라보며 말했다.

"어쩐지 그림을 잘 그리더니 역시 예술을 하는구나."

C의 말에 Z는 미소를 보였다.

"지난번에 그쪽에서 봤을 때 누가 소개를 해줘서 들렸었고 늘 한가한 편인데 그날은 약속된 한 사람이 더 있어서 서둘러 헤어지고 온 거야."

"그랬구나."

C가 대답하며 단발머리인 자신의 이마를 열어 보이며

물었다.

"난 아직 까맣지?"

"응, 그렇지만 좀 보완해 주면 좋겠다. 지금은 일자 눈썹이거든 눈썹 위쪽에 약간의 산을 그려주면 얼굴도 부드럽게 보이고 인상도 좋아 보이겠지."

그렇게 말한 Z는 그렇다고 해서 C의 얼굴이 강해 보인다는 것은 아니라고 고쳐 말했다. 그때 C는 '나도 해볼까?'라고 말했다.

"안 해도 무방하긴 한데."

Z는 C의 얼굴을 바라보며 다음 말을 이었다.

"굳이 하겠다면 그냥 해줄게."

"그냥은 싫어."

"그냥 해줄게."

"그냥은 싫고."

"그럼 다음에 밥 한 번 사던지."

"그럼 그럴까? 그래도 약값은 건져야지."

"괜찮아."

"언제하지?"

C가 물었고 Z가 대답했다.

"내친김에 오늘 하던지. 우리 집이 여기서 딱 두정거장이야. 커피 마시고 천천히 나가서 하면 되겠네."

"그럼 내친김에 오늘하자."

C와 Z는 합의를 보았다. 그렇게 C는 얼떨결인 듯 눈썹 문신을 하기로 했다. C는 조금 겁도 났다. Z의 능력을 얼마만큼 믿을 수 있을까. 얼굴을 아주 우스꽝스럽게 만들어 놓는 건 아닐까 하는 기본적인 의심도 조금 품었다. 그런 C는 이렇게 물었다.

"그거 세월가면 조금씩 지워지는 거지?"

Z는 '반영구'라는 답변을 했다. C는 조금 안심을 했다. 붓놀림이 좋았던 점을 떠올리고는 편히 마음먹기로 했다.

"얼마나 되었니?"

"벌써 십 년째야."

C는 조금 더 안심했다.

"결혼하고 곧바로 시작했겠네."

"그런 셈이지 전에 살던 옆집 여자가 했거든. 그때 배웠어."

"그랬구나. 그런데 산을 좀 그린다고?"

C는 핸드백에서 손거울을 꺼내어 자신의 눈썹 모양을 살폈다.

"응, 그럼 훨 낫겠어. 지금은 거의 일자 눈썹이야. 얼굴도 둥글지만 광대가 나온 편이니까 산을 주고 눈썹 길이를 조금만 길게 빼면 좋겠다."

"이왕이면 관상학적으로도 좋은 게 낫겠지?"

C가 다시 Z에게 묻듯 말했다.

"그렇지 않아도 그쪽으로도 연구해 두었어."

Z는 손님들 중에 눈썹을 잔뜩 그려오던가 그런 말을 하는 손님들이 많다고 말했다. 하지만 Z는 주로 얼굴에 맞는 눈썹 형태를 권하고 있다고 했다.

"그렇겠지. 이왕이면 말이야. 나도 호감 형에 조금치라도 매력 있는 인상으로 보이도록 해준다면 어떤 모습이어야 해?"

C가 조금 쑥스러운 듯 웃으며 물었다.

"역시 내 말대로 산을 좀……."

Z가 다시 답변했다. 이어서 Z는 C에게 눈썹관상에 대한 이야기들과 손님들과의 에피소드를 버무려 강의를 하듯 말하기 시작했다. C는 여전히 손거울을 들고 자신의 눈썹께는 바라보았다.

"남편 친구였어."

"남자들도 하니?"

C가 물었고 Z는 '그럼' 이라는 대꾸를 했다.

"위로 치켜 올라간 눈썹이었지. 얼굴이 약간 긴 형이었는데 남성답고 시원해보이긴 했어. 어울리기도 했고. 그러나 너무 강해보였고 실제로도 그런 눈썹에 범죄형이 많다고 하잖아. 눈썹 끝을 좀 내려줬어. 그러니까 훨씬 부드러워 보이더라. 그 뒤로도 다른 한 친구를 데려왔는데 눈썹이 여기저기 끊겨 있었어. 그런 눈썹은 형제간에 좋지 않거나 현제들 중 누군가가 단명할 수도 있다는 눈썹이지. 그래서 연결해줬어."

"옛날엔 초승달처럼 둥근 눈썹이 미녀였잖아?"

C가 말하지 Z는 산월미니 와잠미라는 것들을 말했고 활시위형의 둥근 눈썹 등을 말했다 그러면서 Z는, 요즘 사람들은 그런 눈썹들을 딱히 원치도 않고, 사실 얼굴에 맞추기도 어렵다고 말했다. 말하는 중이 커피 잔이 비워졌다. 시간은 오후 두시가 되어가고 있었다. C와 Z는 잠시 더 앉아있다 두시 반경에 일어나 Z의 집으로 가기로 했다.

"시간은 얼마나 걸려?"

Z는 30분 정도 라는 말과 한 달 후 마무리 작업이 있다고 했다. C는 거울을 한 번 더 들여다 본 다음 핸드백 안에 넣었다. 그러면서 팔자에 없는 눈썹문신을 하게 됐네. 라는 생각을 했다. 이어서 C는 '팔자에 없는' 이라는 자신의 속말이 잘못되었을지도 모르겠다는 생각을 했다. 그렇다면 '팔자에 있는' 이라는 표현 또한 마찬가지 일 거라는 생각을 했다. C는 자신의 눈썹 모양이나 생김새에 대해선

그리 신경을 쓰지 않았다. 성글어 흐릿하지 않았고 여덟 팔자형으로 치켜 올라갔다든지 반대로 처져있지 않은 모양새여서 별 신경을 쓰지 않았다.

커피숍에서 나온 C와 Z는 버스 정류장을 향해 걸어갔다. 걷다가 액세서리 가게 앞에서 잠시 멈추고 가게 안으로 들어갔다. Z가 들어가서 C도 따라 들어갔다. 그곳에서 Z는 빨간 구슬이 달린 머리띠 두 개를 샀다.

"한 개는 네 딸 거야."

그래서 C도 그와 유사한 파란 구슬이 달린 머리핀 두 쌍을 사서 한 쌍을 Z에게 건넸다.

C가 Z의 집에 도착한 건 오후 3시께였다. Z의 집은 버스 정류장에서 한 블록 들어간 안쪽에 있었다. 평수는 꽤 되어 보였는데 지은 지는 오래 된 듯했다 Z의 집 옆으로는 Z의 집과 똑같은 모양의 개인주택들이 일렬로 늘어서 있었다. 대문을 따고 들어가자 작은 꽃밭이 보였다. 꽃밭엔 백합과 붉은 봉숭아꽃들이 피어 있었다.

"자기 예쁘게 산다."

C가 말하자 Z는 미소를 보였다.

현관문 바로 안쪽엔 커다란 거실이 있고 아이를 업고 방아를 찧는 박수근의 모조 그림 한 점이 현관 문 바로 정면에 보였다. 그 옆으로는 책장이 하나 놓여 있었고 식탁이 앞쪽에 있었다. 친구를 따라 거실로 들어선 C는 박수근의 모조 그림을 보고 책장에 진열된 책들을 바라보며 말했다.

"자기 수준 있어 보여."

책장엔 아이들 동화책과 쓰지 않은 커피 잔 따위가 함께 어울려 있었지만 C는 박수근 모조 그림에 힘을 실어 그렇게 말했다.

"딸은?"

C가 물었다.

"응 학교 끝나고 두 군데 학원 돌고서 여섯시는 되어야 돌아와. 일곱 시 정도가 되면 식구들이 다 모이지."

"우리 하고 같네."

C도 그렇게 대꾸하며 식탁 의자에 앉았다. Z는 에어컨을 틀며 말했다.

"복숭아와 수박이 있는데 뭘 줄까?"

"수박 한쪽."

C가 대답했고, C와 Z는 함께 앉아 수박을 먹었다.

"눈썹은 하루에 평균 몇 명 정도 해?"

C가 물었다.

"하루 한두 명 정도. 그냥 쉬는 날도 많고 부업이야. 취미로 배워두었는데 이럭저럭 써먹게 되네."

Z는 바로 옆쪽에 있는 주택을 손가락으로 가리켰다.

"그런데 처음부터 그녀 보다 내가 더 잘하는 거 있지."

그렇게 말하며 Z는 쑥스러운 듯 조금 웃어 보이기도 했다.

"타 지역으로 이사를 갔어. 난 그때부터 시작했어."

전화벨이 울렸다. Z는 전화를 받았다. 그리고는 C에게 와서 말했다.

"낼은 불광동에서 오라는데."

"너 유명하구나."

"유명이 아니라 연줄연줄 소개들을 해줘서 그래."

이어서 Z는 다시 C에게 말했다.

"30분이면 되. 한 달 후에 마무리 정리를 한 번 더 해주면 끝이야."

Z는 C를 큰방으로 안내했다. 장롱과 침대가 놓여 있는 방이었다. Z는 장롱에서 목침 하나를 꺼내 침대가 아닌 방바닥에 C를 눕게 했다. 전등을 켜고는 큰 가방을 가져와 누운 C의 옆쪽에 이것저것들을 꺼내 늘어놓았다. C는 고개를 돌리고 그녀가 늘어놓는 이것저것을 바라보았다. 눈썹 문신에 쓰는 여러 가지 도구들이었다.

"마취하고 해주는 거니?"

"많이 아픈 거 아니야?"

C가 조금 겁먹은 소리로 연달아 물었다.

"약간 그렇겠지. 특별히 마취는 하지 않아. 그러나 못 참거나 하는 정도가 아니어서 누구라도 얌전하게 시간을 잘 보내."

Z는 우선 C의 눈썹을 손질했다. 그리고 소독약을 묻힌 가제 수건으로 양쪽 눈썹 부위를 살짝살짝 터치한 후 왼쪽과 오른쪽 눈썹에 살짝살짝 밑그림을 그렸다. C는 눈을 감고 가만히 있었다. 곧 전동 칫솔에서 내는 소음 같은 기계음이 들렸다. 기계음은 눈썹위에 닿았고 붕 붕 하는 소음과 쓰라림이 느껴졌다. 왼쪽부터였다. C는 양쪽 다 30분이면 된다는 데 이걸 못 참을까 주문하듯 새기며 참아냈다.

"손끝놀림이 그림을 그리는 것 같아."

C가 말했다. 정말 그랬다. 4B연필로 쓱쓱쓱 스케치 한다는 느낌이 왔다.

"예술이야."

C는 한 번 더 칭찬을 넣었고 정말로 예술 행위를 하고 있다는 생각을 했다.

"세 가지 색상을 섞었어. 너무 새까매 해도 그렇고 해서."

Z는 그렇게 대꾸했다.

십여 분 정도가 지났을까 Z는 한쪽을 끝내고 C를 일어나 앉게 하며 작은 거울을 내주었다 C는 거울 안의 자신의 왼쪽 눈썹을 바라보았다.

"어때?"

Z가 물었다.

눈썹 선이 선명했고 일자 눈썹에 산이 생겼다. C의 눈엔 그저 그래보였다. 하지만 C는 '맘에 드는데.'라며 만족한 얼굴로 대답했다. Z의 얼굴도 C를 따라 만족 해 하고 있는 듯 보였다. Z는 C의 얼굴을 바짝 당겨놓고 연필을 이용해 왼쪽 눈썹을 바라보며 오른쪽 눈썹을 맞추듯 다시 표시를 했다. 처음과 끄트머리를 표시하고 눈썹 산위는 점을 찍어 표시했다. 그리고는 C를 다시 눕게 했다. 이번엔 붕 붕 기계음이 오른쪽 눈썹 위를 색칠하듯 왔다 갔다 하며 쓰린 시간들이 지나갔다. '그림을 그렸으면 충분히 명성 있는 화가가 되었을 텐데.' C는 Z에게 중얼거렸고, 잠시 후엔 Z의 핸드폰이 까똑 했다. 한 번 까똑 하더니 계속해서 까똑거렸다.

"아! 지금 예술창조를 하고 있는데 신경이 분산되는 거 아니야?"

"걱정 마."

C가 걱정스러운 목소리를 내자 Z는 그렇게 대꾸했다.

C는 또 한 번 10여 분을 참아냈다. 그리고 다시 일어나 거울을 보았다. 처음 한 왼쪽보다는 약간의 차이가 보이는 듯 했다. 큰 차이가 아니라 길이가 아주 조금 짧은 듯 했다.

"이쪽이 좀 짧지 않아?"

C가 말하자 Z는 C의 오른쪽 눈썹을 다시 손봤다. 이번에는 왼쪽 눈썹이 아주 조금 짧은 듯 보였다.

"이제 왼쪽이 아주 조금 짧은 듯하네."

그러자 Z는 이때쯤 절재를 해야 된다는 말을 하며 아무리 공을 들여도 늘 조금씩은 차이가 난다고 했다.

"조물주가 만들어 놓은 인간도 그렇듯이 말이야. 2차 마무리 할 때 한 번 더 손볼게."

그러면서 Z는 배시시 웃었다.

"난 문신이 바늘로 한 땀 한 땀 하는 줄 알았어."

"전엔 그랬겠지."

C의 말에 Z는 그렇게 대꾸를 하면서 핸드폰을 열어 보고는 옆에 치워놓았다. C와 Z는 다시 거실로 나가 식탁의자에 앉았다.

"이번엔 복숭아로 먹을까?"

Z가 물었다.

"그래, 복숭아로 조금만."

Z는 냉장고로 가 복숭아 하나를 꺼내 껍질을 깎은 후 여섯 쪽을 내었다 그동안 C는 여전히 거울을 들고 만들어 놓은 눈썹과 자기 얼굴을 바라보았다.

복숭아 두 쪽씩을 먹었을 때 C는 Z에게 물었다

"내 아랫입술이 좀 얇지 않아?"

"응, 조금은 그런 편이야."

"내 입술 아래를 약간의 윤곽을 줘서 좀 도톰하게 보이게 할 수 있을까?"

"가능해. 해줄까?"

"응, 내친김에 해줘."

C와 Z는 그런 대화들을 나누었다. 그리고 C는 다시 눈을 감고 목침 위에 누었다. 또다시 붕붕거리는 소음과 쓰라림이 아래 입술 선에 닿았다. 쓰라림은 오른쪽 입 꼬리 부분부터 시작해 입술 중앙에 닿았고 다시 왼쪽 입 꼬리 부분으로 시작해 입술 중앙에 닿았다. 그리고는 입술 중앙에서 잠시 멈칫거리는 듯 했다. 그쯤 어쩌다 C는 눈을 떴다. 그때 길쭉한 Z의 얼굴과 진지하게 떠진 작은 눈이 C의 얼굴에 바싹 붙어 있는 것이 보였다. C는 웃음을 참지 못하고 폭발했다.

"이걸 어째?"

Z는 당황했다. C의 폭발 웃음으로 전동 기계가 C의 턱

을 일직선으로 내리 그었다. C는 살을 찢는 듯 한 강한 통증을 느꼈다. Z는 여전히 이걸 어째? 이걸 어째? 당황해하는 모습을 보였다. C는 일어나 거울을 보았다. 기계는 정확히 아랫입술 반을 지난 지점에서 좌 우로 턱을 가르듯 일직선으로 내리 그어진 것이 보였다. 곧 피가 보였다. Z는 서둘러 응급조치를 했다. 약을 바르고 밴드를 붙이며 Z가 말했다.

"하필이면 있는 것이 붉은색 밴드뿐이네. 우리 아이가 이걸 좋아해서……. 우선 이걸로 붙여야겠어."

C의 턱 아래로는 길게 붉은색 밴드가 붙여졌다.

"상처가 낫는다 해도 흔적을 남길 텐데 어쩌지? 어쩌지?

Z가 걱정스런 얼굴로 반복해 말했다.

"어쩔 수 없잖아 내 잘못인데. 내 잘못인데."

C는 그렇게 반복해 답변했다. C는 붉은색 밴드를 길게 붙이고 집으로 행했다.

빛의 바이러스

묘하게 마음속에 따리를 튼 듯 잊혀지지 않는 여자가 있었다. 별일이 있었던 것도 아닌데 한동안 마음으로 미안한 느낌이 사라지지 않았다. 유난히 새카만 눈동자를 가진 여자였다. 보기에는 차분하고 순진해 보였다. 그런데 나는 그녀가 뭔지 모르게 꺼려졌다. 해맑아 보이는 눈동자 뒤엔 발칙한 무엇을 감추고 있는 것 같았다. 무언가 당장이라도 폭발해 버릴 것 같은 무분별한 열정 같은 게 내재된 듯, 그녀는 이따금 급격한 감정 변화를 보이다가 금세 배시시 웃곤 했다. 때로는 충동적으로 무얼 먹으러 가자고 고집을 부리는 일도 있었는데, 정서 불안인가 하면 배시시 웃는 투명한 표정이 너무나 해맑아서 그런 생각을 하는 내가 고약한 사람으로 여겨지기도 했다. 하지만 그런 생각들을 하는데도 불구하고 때때로 나는 그녀가 위험한 폭발물 같은 느낌이 문득 문득 스치는 것을 지울 수 없었다.

  아무튼, 그녀는 한때 우리 집을 자주 들락거렸다. 특별한 이유가 있는 것은 아니었다. 내가 그녀의 마음에 든다는 립 서비스 같은 핑계를 들며 다른 이웃들의 이야기, TV뉴스에 올라온 화제들을 들고 와서 시간을 죽였다. 가끔씩은 술병을 들고 와, 바람이 나고 싶어서 또는 바람을 피우고 싶어서 등의 어처구니없는 말들을 하며 대작하기를 원하기도 했다. 나는 술을 좋아하지 않지만 굳이 말은 하지 않았다. 마셔야 얼마나 마시겠나 싶었고 여자의 권태로움이랄까 무료함 같은 것들은 입에 올려 말하지 않아도 알만하기 때문이었다. 그즈음 인근에서는 그녀를 두고 이런저런 말들이 떠돌았다. 아침저녁을 가릴 것 없이 어쩜 하루 종일을 시장 주변의 이곳저곳을 힐금거리며 돌아다닌다고 했다. 미친 것은 아닌 것 같은데 거리를 헤매는 것을 보면 제정신이 아닌 듯 보인다고도 했다. 암튼, 술병을 들고 와서 거의 자작을 하던 여자는 술을 마시다가 찔끔찔끔 울었다. 이유를 물어도 대답하지 않았다. 아무 말 없이 그저 찔끔찔끔 울어댔다. 무엇인지는 몰라도 해소할 길 없는 서러움 같은 것이 목까지 차오른 것으로 보이기도 했다. 인내심을 가지고, 눈물 흘리는 여자를 위로는 못해줄지언정 내쳐서는 안 되지 하며 버티던 나도, 그런 일이 거듭되자 더 이상은 참기가 어려웠다. 당연한 일이지만 나는 그녀를 이해할 수 없었다. 아들 딸 건강하고 사람 좋아 보이는 남편과 경제적으로도 부족함이 없어 보이는 여자였다. 하지만 하루가 멀다 하고 술병을 들고 찾아와, 대낮 술기운으로 찔끔찔끔 울거나 인근에 소문이 돌도록 정신 놓은 사람처럼 온 동네 시장거리 헤매고 다니는 모양은 좋게 봐줄 수가 없었다. 그렇다고 섣불리 내칠 수도 없어서 나는 견디었다. 충고 같은 건 절대해서는 안 되는 시대, 누구나 제 맘대로 살 권리가 있다는, 그러니까 절대로 함부로, 특히 나이가 아래인 상대에게는 충고할 생각을 말라는 딸애의 주문을 기억하고 있음에도 나는 조금씩 여자에게 잔소리를 했다. 살림이라는 게 제대로 하려면 시간이 끝도 없이 걸리는 건데, 이렇게 밖으로만 나돌지 말고 집안일에 마음을 붙여보라는 식의 뻔 한 충고를 조심스럽게 한 거였다. 그러다 한계에 이르렀고 나는 마침내 술병을 들고 문 앞에 서있는 그녀에게 짜증을 부렸다.

"이젠 오지 마. 대체 뭐가 불만인데? 왜 그렇게 대낮에 술을 마시고 온갖 데를 헤매는 건데? 나 술 안 좋아하고 술병 안 들고 와도 귀찮아. 대화를 원하는 것도 아니고 도무지 이해를 못 하겠어."

　그 날 그녀는 무안한 얼굴로 쫓기듯 돌아서 갔다. 사실 나는 진작에 그녀의 방문에 싫증을 내고 있었다. 그녀가 술을 마시고 찔끔거릴 땐 집안 가득 상서롭지 못한 공기가 채워지는 듯해서 불쾌감이 느껴지기도 했다. 내 나름으로 처음엔 무엇인가 대화를 나누면 서로 이해의 고리를 찾거나 공감대를 발견할 수 있으리라 기대를 했는지도 모르겠다. 그러나 그녀는 그저 멍한 얼굴로 술이나 마시는 것이 전부인 듯 했고, 몽유병자처럼 천지사방을 헤맨다는 소문은 점점 심해지면서 마침내 외출이 많지 않은 내 눈으로도 실성한 여자와 흡사한 방황을 목격하게 된 거였다. 그래서 모질더라도 내치는 것이 그녀를 정신 차리게 하는 길이라고 결정을 내린 거였다. 그리고 그렇게 그녀의 걸음걸이가 끊기자 당분간은 앓던 이가 빠진 것처럼 시원했다. 하지만 얼마가지 않아, 대체 그 여자에게 무슨 일이 있는 건지? 궁금해지면서 가끔 후회가 밀려들곤 했다. 좋은 말로 해도 될 것을 짜증을 부린 것 같아 마음이 개운하지 않았다. 그 뒤 그녀는 당연하게 발걸음을 하지 않았다. 그 뿐 아니라 어디서든 나를 보면 시선을 돌리며 피하기조차 했다. 그렇게 3-4년의 세월을 보냈다.

그 세월동안 그녀의 소문은 많은 변화를 담고 굴러 다녔다. 그녀가 집을 나가버렸고, 그녀의 남편은 아이들을 데리고 어디론가 이사를 가버렸다고 했다. 그런 뒤에도 그녀에 대한 이런저런 소문은 여전히 남아서 돌고 돌았다. 집을 나간 그녀가 천변시장 주변의 이 골목 저 골목을 힐끔거리며 헤매 다닌다고 했다. 동네를 가로지르는 개울가에서 넋 잃은 듯 앉아 있는걸 보았다는 사람도 있고 개울물에 발을 담그고 헤죽헤죽 웃고 있더라는 얘기도 떠돌았다. 그 후 그녀는 다시 돌아왔다. 돌아 온 그녀는 이미 다른 사람이 주인이 되어 있는 자신의 옛집 앞에서 한동안 멍하니 서 있었다고 했다. 하지만 그녀는 남편과 아이들의 행방은 묻지 않았고, 인근 비탈진 어딘가에 셋방을 구해 산다고 했다. 그리고 다시 돌아 온 그녀는 또다시 여기저기를 흘끔거리며 헤매는 방황을 되풀이 하는 것으로 보였다.

"왜 저렇게 되었는지 몰라. 얌전하던 사람이. 사는 게 다 팔자소관인 모양이야."

인근 여자들은 그렇게 수군거렸다. 사람들은 그녀가 무얼 먹고 무얼 하며 지내는지 모르겠다는 궁금증을 드러내기도 했다. 방황하듯 그렇게 걷고 걷다가 셋방에 돌아가서는 방안에만 틀어박혀 숨소리도 없이 지낸다고 했다.

아무하고도 말을 섞지 않고 어떤 대화도 회피한다는 것이다. 어쨌거나 나는 이미 그녀와 다시 골치 아프게 엮이고 싶지는 않아서 인근사람들의 얘기조차 끼어들지 않고 일부러 관심을 끄고 지냈다.

그랬던 그녀가 아주 오랜만에 불쑥 우리 집을 방문했다. 내 눈에 비친 그녀는, 나이에 비해 더 늙어 보이는 듯했고 행색은 그저 그럭저럭 평범했으나 뭔가 몸의 기운이 다 빠져나가고 껍데기만 남아있는 듯 보였다. 나는 비교적 반가워하는 얼굴로 그녀를 맞이했다. 내 쪽에서 찾을 정도는 아니라 해도 다시 찾아온 그녀를 냉대할 만큼은 아니었다. 오히려 미안했던 만큼 반가운 심정이었다.

"미안해요, 또 왔어요. 발이 그냥 저절로 이리 와 졌어요. 내가 오는 게 불편하면 돌아가도 되고요."

"아니야, 나도 미안했어. 너무 자주 술병을 들고 오니까 알코올 중독인가 걱정도 되고 자꾸 울어서 우는 걸 보는 것도 힘들었지."

이상하게도 그녀에게는 좀 직설적인 말들이 나도 모르게 쏟아져 나왔다. 나는 얼버무리듯 그녀에게 웃음을 지어 보였다. 그러자 순간적으로 그녀가 나를 향해 이를 보이며 활짝 웃는데 오금이 저렸다. 저게 무슨 웃음이지? 정상적인 사람 맞아? 싶은 아주 기이한 느낌이 들었다.

그렇다고 언제까지 현관 앞에 세워 둘 수도 없어서 다시 그녀를 집안으로 들였다. 서너 해 동안 풍랑을 겪은 듯 늙고 바스러져 보이던 얼굴은 집안에 들어와 다시 보니 조금 야위었을 뿐 순진한 표정은 그대로였다.

그녀는 멀리 이사를 가게 되었다고 했다.

"어머! 섭섭하게? 언제?"

나는 놀란 듯 한꺼번에 물었다. 물으면서 모쪼록 그것으로 이곳에서의 방황을 접는 계기가 되었으면 좋겠다는 생각이 들었다.

"바로 내일이야. 내일 떠나요"

"아이들이 있는 집으로 가는 거야? 난 그렇게 되었으면 좋겠어."

불쑥 말해놓고 나는 실수라도 했나? 싶어 그녀의 기색을 살피며 차를 따랐다. 그녀는 아니라고 머리를 저었다.

"글쎄, 그 사람하고도 아이들하고도 내 인연은 다한 것 같아요."

나는 무슨 일이 있었냐고 묻지 않았다. 사람 사는 일에는 아무리 사소한 것도 한두 마디의 문답으로는 가능하지 않은 게 많다는 걸 알기 때문이었다.

그녀는 그저 담담한 표정을 지었는데, 그런 줄이나 알고 더 이상 묻지 말아달라는 방어벽을 두르고 있는 듯이 보였다. 그러고 보면 전에도 그녀는 언제나 보이지 않는 방어벽을 두르고 있었는지도 모르겠다. 술을 홀짝이면서도 무슨 말인가 할 듯 하다가는 눈물을 글썽이며 입술을 물던 얼굴은 소통이 아닌 방관을 원하는 것으로 보였었다. 나는 그녀의 얼굴을 찬찬히 바라보았다. 그녀는 정말로 아무렇지도 않은 듯 한 표정이었다. 벽에 걸린 시계를 바라보며 나는 그녀를 집근처 식당으로 안내했다. 간단한 점심을 끝낸 후 그녀는 산책을 하자고 했다. 나는 그녀의 뒤를 따랐다. 그녀의 발걸음은 시장 길을 벗어나 은행나무 가로수가 줄지어 선 사거리 쪽으로 향했다. 은행나무의 노란 잎들은 만추의 절정을 자랑하고 있었다. 앞서가던 그녀는 그중 한 그루의 나무 아래에 기대어 섰다. 나도 그녀의 옆으로 갔다. 차량들이 질주하는 큰길과는 좀 떨어진 곳이었다. 은행나무에 기대어 선 그녀는 자신의 유년시절에 있었던 이야기를 하기 시작했다. 나는 그녀가 좀 뜬금없는 분위기에 뜬금없는 얘기를 하고 있다고 생각하면서도 내색하지 않았다. 그녀의 이야기는 듣기에 따라 누구라도 한번쯤은 들어봤음직한 이야기들과 다름없는 내용일 수도 있고 기이하고 황당한 것일 수도 있었다. 어쨌든 그녀가 얘기를 하는 사이 나는 그녀에게 집중했다. 아무리 흔한 이야기라도 성장기란 당사자에게는 단 한 번

뿐의 소중한 삶이기 때문이었다.

그녀가 유년시절을 보낸 고향에는 얼굴이 붉고 키가 큰 한 남자가 이웃에 살았다. 그는 늘 붉은 얼굴을 하고 있었는데 어른들 말에 의하면 그 붉은 얼굴 때문에 부인이 빨리 가버렸다고 했다. 무슨 근거로 그런 얘기가 나왔는지는 알 수 없다. 아무튼 동네 어른들은 그렇게 말하고 믿었다. 그러던 어느 날 그는 초저녁부터 다음 날 동트기 전까지 무언가에 홀려 돌아다녔다. 그 무언가는 탁구공만 한 것이었다가 야구공만 한 것으로 좀 더 커지고 점점 불어나 축구공 크기로 낙착이 되었는데, 진주 빛으로 영롱한 빛을 내는 둥근 무엇이었다고 했다. 그가 시장에 들러 막걸리를 몇 잔 들이켜고 집으로 돌아올 때였다. 그녀의 고향 마을은 읍내에 있는 시장 끝 지점에서 산모퉁이를 돌아 신작로 길을 빙 둘러 2킬로 정도를 걸어야 하는 위치에 있었다. 두어 점 구름 위에 손톱 같은 초승달이 걸려 있던 날이라고도 했다. 그는 집으로 돌아오는 신작로 길을 휘적휘적 걸었다. 중간 정도를 걸어왔을 때, 그의 앞에 영롱한 진주 빛의 둥근 물체가 떠 있는 것이 보였다. 그 빛은 2-3미터 정도의 간격을 두고 그와 비슷한 키 높이에 있었고, 그를 부르며 따라오라는 듯 종용하고 있는 것처럼 느껴졌다. 그는 그 빛을 따라갔다. 그의 말에 의하면, 그것은 처음과 똑같은 일정한 거리를 두고 잘 닦인 한 길로만 전진하며 따라 오라고 회유하듯 종용했다고 말했다. 아무튼 그의 계산으로는 얼마를 따라 다니지 않은 것 같았는데 아침이 밝았고 그것은 사라졌다고 했다. 하지만 밤새 어디를 얼마나 헤매었는지 입고 있던 의복은 다 찢어지고 몸은 여기저기 상처투성이가 돼 있었다. 그리고 그는, 그가 처음 그것을 목격한 산모퉁이의 신작로 길 바로 그 자리에 서 있었다고 했다. 그 일이 있고 며칠인가 누워 앓았다는 소문도 있었다. 사람들은, 아마도 그가 여우의 넋, 꽃뱀의 혼령 같은 것에 홀렸으리라고 수군거렸고, 그것으로 그의 몸속 진기가 전부 소진되었을 것이므로 그는 곧 죽게 될 거라고 말했다. 하지만 그는 죽지 않았다. 그 후 그는 5일 장날이든 초승달이 떠 있는 날이든 상관없이 해가 떨어지고 어두워지면 늘 신작로 길을 향해 휘적휘적 걸어갔다. 사람들의 말에 의하면, 핑계는 그놈의 정체를 알아내고 말겠다는 거였다. 먼발치에서 그의 모습이 보이면 어른들은 서로 농을 주고받았다.

"오늘 저녁엔 나도 한 번 가볼까?"

"자네 배포로는 어림없지."

"박가도 가보지 그래."

"그게 뭐 아무에게나 덤비겠어?"
"김가는 틀렸어."
"왜지?"
"왜는 뭘 왜냐? 내가 딱 보면 알아."
"그래 뵈는가?"
그런 하릴없는 수작 끝에 이런 저런 농담을 주고받으며 웃음을 터뜨리기도 했다.
이 대목에서 그녀는 한동안 침묵을 이었다. 그리고 한참 만에 무엇인가 결론을 짓듯 또박또박 힘주어 말했다.
"결국 그 사람은, 겨울비가 내리던 날 밤에, 그것이 그의 운명이었던 것처럼, 그가 헤매던 행길 가에서, 널브러진 시체로 발련되었어요."
그녀는 길 반대편에 보이는 커피숍을 가리켰다. 목이 마른 모양이었다. 커피를 마시며 다음 이야기를 계속하겠다는 뜻으로 보였다. 커피숍은 신호등을 건너 편의점을 지난 약국이 있는 건물의 2층에 있었다. 그래서 그녀와 나는 신호등 앞으로 가 푸른빛이 들어오자 건널목을 건넜고, 편의점을 지나 약국이 있는 건물 2층의 커피숍 안으로 들어갔다. 나는 그녀가 안내 하는 대로 창가에 자리를 잡고 마주 앉았다. 우린 카푸치노를 시켰다. 그녀는 카푸치노를 홀짝이며 이야기를 이었다.

그녀의 이야기는 자신에게도 그와 유사한 사건이 있었고, 유사한 사건은 그녀의 영혼을 휘어잡아 죽을 만큼 그녀를 방황하게 했다는 거였다. 그녀는 아무에게도 말하지 못했다고 했다. 절대로 말을 할 수가 없었다. 누구라도 자신을 온전한 정신을 가진 여자로 취급해 주지 않을 것 같아서였다.

"아마도 내가 그 얘기를 한다면 사람들은 분명 그게 내 욕망의 결과라고 매도할 거야. 내 욕망이 지나쳐서 환시로 나타난 거라고, 애꿎은 남편의 성적 능력까지를 들먹이면서 온갖 상상들을 부풀려댈 거야. 그런 생각들을 했어요. 실제로 겪은 나 자신도 그것이 꿈인 듯 생시인 듯 모호할 때가 있으니까요."

그러면서 자신의 뇌리 속엔 모든 일들이 바로 어제의 것인 양 때론 생생해진다는 거였다.

"가끔 내가 술을 마시고 찔끔찔끔 울었잖아요."

그녀는 내게 회상을 시키듯 말했다. 이렇게 해서 나는 뜬금없는 듯, 믿기지 않는 그녀의 이야기를 듣게 되었다. 이미 듣고 싶지 않다든가 황당하다든가 하는 분별력은 없었다.

몇 년 전 그해 가을에도 지금처럼 은행나무 가로수의 노란 잎들이 장관을 이루며 만추의 절정을 자랑하고 있었다. 한낮이었고 몇 개쯤 은행잎을 주워 든 그녀는 가로수 길을 걸었다. 목적은 없었다. 만추의 가을 볕 아래를 걷고 싶어 걸었고 노란 은행잎 몇 개를 주워들었을 뿐이었다. 그때 20여 미터 정도의 거리를 두고 한 남자가 서 있는 것이 보였다.

"바로 저곳이었어요."

그녀는 손가락을 들어 창밖을 가리켰다. 그녀의 손가락 끝은 좀 전에 그녀가 기대어 서있던 은행나무를 향해 있었다. 나는 그녀가 가리키고 있는 은행나무를 바라보았다. 보통의 우람하고 든든한 백 살 가까이 먹었음직한 노란 잎의 나무였다.

"나는 내 눈을 의심했어요. 그의 몸체에서 광채가 뿜어져 나왔기 때문이었어요. 백색의 빛이었지요. 그것은 그 사람만이 가지고 있는 고유한 그 무엇인 듯 느껴지기도 했어요."

그녀의 얼굴과 새카만 눈동자는 사뭇 진지해 보였다.

그날 그렇게 잠시 서 있던 그는 곧 그녀의 앞쪽으로 걸어왔다. 구레나룻이 거뭇거뭇해 보이는 세련된 초로의 멋진 노신사였다. 갈색 가디건과 검정색 정장 바지를 입고 있었고, 바짓단 아래로 힐긋힐긋 보이는 검정색 캉캉구두가 반짝거렸다. 한마디로 그녀는 첫눈에 반해버렸다. 그녀는 아아! 멋진, 정말로 멋진. 그를 바라보며 감탄사를 뿜어댔다. 누구시지? 시간은 점심때를 막 넘기고 있었다. 이곳 어디에 박혀 있다 나타난 걸까? 아니면 외지의 손님일까? 그녀가 이곳에서 십 수 년을 살았고 십 수 년 이 길을 걸어 다녔어도 그는 한 번도 본적이 없는 사람이었다. 가로수가 있는 도로를 끼고 양편엔 이런저런 상가들과 사무실 등이 쭉 늘어서 있었다. 그는 곧 그녀의 옆으로 해서 뒷모습을 보이며 신호등 앞에 서 있었다. 그리고 신호등에 푸른빛이 들어오자 건널목을 걸어갔다. 적당히 큰 키에 군살이 붙지 않은 몸체는 한마디로 세련의 극치였고 분위기는 로맨틱 그 자체였다. 그의 발걸음은 정교했다. 건널목을 건넌 그는 반대쪽 가로수의 길을 걸어갔다. 어디선가 은은한 화음의 실내악이 들려오고 있었다. 아름다운 비천녀들이 다루는 악기 화음이 이럴까? 참으로 아름답고 매혹적인 음악이 흘렀다. 그때 수많은 은행잎들이 우수수 떨어져 내렸고, 떨어져 내린 은행잎들은 앞서거니 뒤서거니 서로 겨루듯 일제히 그의 뒤를 향했다. 그는 노란 은행잎들을 이끌고 빛이 되어 걸어갔다. 그녀는 두 눈을 한껏 부릅뜨고 그의 뒷모습을 다시 바라보았다. 그는 여전히 빛을 뿜어대며 걸어갔다. 어느새 그녀의 발걸음도 그를 따르고 있었다. 그녀는 부지런히 신호등을 건넜고 은행잎들과 한패가 된 듯 그의 뒤를 따랐다. 그는 편의점 앞을 지나고 금은방 앞을 지났다. 그녀도 편의점 앞을 지나고 금은방 앞을 지났다. 커피숍과 약국 앞을 지나고 동물 병원 앞을 지났다. 그녀도 커피숍과 약국 앞을 지나고 동물 병원 앞을 지났다. 동물 병원 앞에서 잠시 그의 발걸음이 주춤주춤 했다. 그리고 병원 안쪽을 두어 번 힐끗힐끗 쳐다보았다. 누가 시키지도 않았는데 그녀도 똑같이 행동하고 있었다. 그녀도 그와 똑같이 동물 병원 앞에서 잠시 주춤주춤했고 안쪽을 두어 번 힐끗힐끗 쳐다보았다. 동물 병원 안쪽엔 어린 푸들을 안고 있는 한 여자가 서 있었다. 긴 머리에 노란 색 집시 모자를 쓴 젊은 여자였다. 그는 가던 길을 걸어갔다. 점점 더 불어난 은행잎들도 여전히 그의 뒤를 따랐다. 그는 페인트 가게 앞을 지나고 맥주 집과 붙어있는 인테리어 사무실 앞을 지났다. 그리고는 식당 옆 골목길을 힐끗 쳐다보았다. 식당 옆 골목 안쪽으로는 주택가가 이어지며 작은 시장이 형성되어 있었다. 그녀도 페인트 가게 앞을 지나고 맥주 집과 붙어 있는 인테리어 사무실 앞을 지나며 골목 안쪽을 힐끗 쳐다보았다. 골목 바로 안쪽에 보이는 생선 가게의 좌판 위에는 굴비와 갈치 고등어와 오징어 기타 조개류들이 놓여 있었고 좌판 앞에선 푸른색 양산을 쓴 50대의 여자 고객이 크고 작은 굴비들을 이놈 저놈 하듯 손가락질을 하며 뭐라 뭐라 흥정을 하고 있었다. 그리고 이불집 앞에서 그는 잠시 정지한 듯 보였다. 이불집 안에 놓인 티브이에선 어디에선가 산불이 발생했고, 헬리콥터를 이용해 진화하는 화면이 비추이고 있었다. 그녀도 이불집 앞에서 잠시 정지하여 헬리콥터를 이용해 산불을 진화하는 모양을 바라보았다. 이불집 옆에는 출입문에 반짝이 스티커를 붙인 실비 술집이 있고 자전거 점포가 있다. 그는 그 앞을 지나갔다. 그녀도 그 앞을 지나갔다. 자전거 점포 옆으로 이디아 커피숍이 있고 그 옆쪽엔 개울물이 흘렀다. 그는 커피숍을 지나 개울 쪽으로 걸어갔다. 그녀도 자전거 점포 옆으로 해서 커피숍을 지나 개울 쪽으로 걸어갔다. 지자체에서 잘 관리하는 개울의 물은 항상 깨끗하고, 물고기가 뛰어노는 개천 양편에는 길게 갈대밭이 조성되어 있었다. 그는 개천 아래로 내려가는 돌계단을 밟고 내려갔다. 그녀가 그의 뒤를 따라 개울 입구에 이르러 돌계단에 발을 내딛었을 때 그는 어디로 사라졌는지 보이지 않았다. 돌계단 위에 선 그녀는 잠시 두리번거렸다. 두리번거리던 그녀는 돌계단을 내려와 갈대밭 앞에 서서 또다시 두리번거렸다. 그때 믿기지 않는 일이 벌어졌다. 정말이지 꿈인 듯 현실인 듯 그와 그녀는 산더미처럼 쌓아진 노란 은행잎들에 둘래둘래 쌓여 있었다. 은행잎들은 일제히 그와 그녀를 감싸며 보초라도 선 듯 움직이지 않았다. 이어서 어디선가 보랏빛 가을 들국화를 한 송이씩 입에 문 참새들이 떼로 날아들어 은행잎 사이사이에 종종종 수를 놓듯 꽃들을 박아 놓았다. 임무를 마친 참새들은 곧 일렬종대로 둘러서고는 하나 둘 하나 둘 하는 구령소리와 함께 날갯짓을 하며 하늘 높이 날아갔다.

나는 그녀의 얼굴과 새카만 눈동자를 다시 바라보았다. 그녀의 얼굴은 여전히 진지했고 눈동자엔 진실이 담겨있었다. 그녀의 검은 눈에 글썽하게 물기가 돌고 있었다. 그녀는 울고 있었다. 이상하게도 그 울음은 찔끔거리는 것으로 보이지 않고 조용히 슬픔을 삭이고 있는 것으로 보였다.

아무튼 그날 그녀는, 자기 자신에게 놀랬는데, 자신이 대단히 관능적일 수도 있는 여자였다는 거였다. 그녀의 몸에 붙어있는 이백여 라는 숫자의 **뼈**와 마디마디에 붙은 관절들은 일제히 기지개를 켜대었고 육십 조의 숫자가 넘어간다는 세포들 역시 일제히 기지개를 켜대며 빛이 되어 환호했다. 그리고 그녀는 밤이 이슥할 무렵에야 비로소 은행잎들로부터 벗어날 수 있었다고 했다. 은행잎들이 사라지자 수놓아진 꽃들도 그의 자취도 함께 사라진 듯 보이지 않았다. 그녀의 몸은 갈대밭 안에 서 있었고, 갈대밭 또한 아무런 흔적을 보이지 않았다. 잠시 멍청히 서 있던 그녀는 휘적휘적 갈대밭에서 나와 돌계단에 올라섰다. 집으로 돌아온 그녀는 내내 어떤 충만감을 안고 깊은 호흡을 머금었다. 묘한 일이었다.

나는 그녀의 신비한 체험이라는 것을 생각하며 어느 위대한 힘, 주몽을 잉태하게 했다는 해모수와도 같은 신들을 떠올려 보기도 했다. 미안하게도 나는 어떤 흔적이라도 찾듯 날씬한 그녀의 몸을 슬쩍 훑어보기도 했다.

어쨌든, 그 후 그녀에게 그의 모습은 뇌리에 박힌 듯 떠나지 않았다. 그의 존재는 특별한 그리움이 되어 그녀의 가슴을 채웠다. 그녀는 그때의 그 시간이 되면 은행나무 아래에 서 있거나 가로수 길을 걸어 개천에 이르렀다. 돌계단을 밟고 내려가 갈대밭 옆에 우두커니 서 있기도 했다.

세월은 무심히 흘러갔고 다시 여름이 가고 가을이 되었다. 그녀는 여전히 은행나무 아래에 서 있거나 가로수 길을 걸어 개천에 이르렀다. 은행잎들은 다시 만추의 절정을 보였다. 그러던 어느 날 그가 처음과 같은 모습으로 서 있는 것이 보였다. 갈색 카디건과 검정색 정장 바지, 반짝이는 캉캉구두를 신은 그 모습 그대로였다. 그는 딱 일 년 전 서있던 그 자리에 서 있었다. 그의 몸은 여전히 빛을 뿜어댔다. 그녀는 반가운 얼굴로 다가갔다. 하지만 그는 그녀를 알아보지 못하는 듯 보였다. 그리고는 일 년 전과 똑같이 뒷모습을 보이며 신호등 앞에 서 있다가 신호등에 푸른 불이 들어오자 건널목을 건넜다.

 그는 다시 빛이 되어 걸어갔다. 또 한 번 노란 은행잎들은 우수수 떨어져 내리며 일제히 그를 따르고 있었다. 어디선가 비천녀들이나 다룰 듯한 악기들의 매혹적인 음악 소리가 다시금 들려왔다. 그녀는 다시 그의 뒤를 따랐다. 그의 몸체가 자신을 이끌고 있는 듯 느껴지기도 했다. 그는 처음과 똑같은 모습으로 걸어갔는데 그녀도 그렇게 그를 따라 걸었다. 그는 편의 점 앞을 지나고 금은 방 앞을 지났다. 그녀도 편의 점 앞을 지나고 금은 방 앞을 지났다. 그는 커피숍과 약국 앞을 지났다. 그녀도 커피숍과 약국 앞을 지났다. 동물 병원 앞에서 그의 발걸음이 다시 주춤주춤 했다. 주춤주춤하면서 동물병원 안쪽을 두어 번 힐긋힐긋 바라보았다. 역시 누가 시키지도 않았는데 그녀는 똑같이 행동했다. 그와 똑같이 동물병원 앞에서 주춤주춤했고 안쪽을 두어 번 힐긋힐긋 바라보았다. 그때에도 동물병원 안쪽엔 어린 푸들을 안고 있는 한 여자가 서 있었다. 일 년 전에 보았던 긴 머리에 노란 색 집시 모자를 쓴 젊은 여자가 그때의 모습으로 서 있었다. 그는 가던 길을 걸어갔다. 그녀도 그를 따라 걸었다. 점점 더 불어난 은행잎들도 여전히 그를 따랐다. 은행잎들마저 바로 일년 전 그 모습이었다. 그는 페인트 가게 앞을 지나고 맥주집과 붙어 있는 인테리어 사무실 앞을 지났다. 그리고는 다시 식당 옆 골목길을 힐끗 쳐다보았다. 그녀도 그를 따라서 페인트 가게 앞을 지나고 맥주집이 붙어있는 인테리어 사무실 앞을 지나며 식당 옆으로 보이는 골목길을 힐끗 쳐다보았다. 골목 안쪽에 보이는 생선가게의 좌판 위에는 굴비와 갈치, 고등어와 오징어 등의 생선들과 기타의 조개류들이 놓여 있었고, 푸른색 양산을 쓴 50대 여자가 또 한 번 크고 작은 굴비들을 이놈 저놈 하듯 손가락질 하며 뭐라 뭐라 흥정하는 모습을 보였다. 이불 집 앞에서도 그는 작년과 똑같이 잠시 정지한 듯 보였다. 이불집 안에 놓인 티브이에선 어디선가 산불이 발생했고 헬리콥터를 이용해 진화하는 모습을 보이고 있었다. 그녀도 이불 집 앞에서 잠시 정지하며 헬리콥터로 산불을 진화하고 있는 모습을 재탕으로 바라보았다. 그리고는 그를 따라서 출입문에 반짝이 스티커를 덕지덕지 붙여 놓은 실비 술집을 지나 자전거 점포 앞을 지나고 이디아 커피숍으로 해서 개천 쪽으로 걸어갔다. 개천 양편에 만들어 놓은 갈대밭은 여전히 무성한 모습으로 씨앗을 익히고 있었다. 그는 개천 아래로 내려가는 돌계단을 밟고 내려갔다. 그녀가 그의 뒤를 따라 개천 입구에 이르러 돌계단에 발을 내딛었을 때 그의 모습은 다시 보이지 않았다. 그녀는 그를 찾기 위해 잠시 또 두리번거렸다. 두리번거리던 그녀는 돌계단을 밟고 내려가 갈대밭 앞에 섰다. 이어서 그와 그녀는 지난해와 똑같이 산더미처럼 쌓여진 은행잎들에 둘레둘레 쌓여 있었다. 또다시 보랏빛 들국화를 입에 문 참새들이 날아들어 종종종 수를 놓았고 임무를 마친 참새들은 하나 둘 하나 둘 하는 구령을 외치며 하늘 높이 날아갔다. 그녀는 그곳에서 또 한 번의 관능적인 여자로 변모해 있었다. 그녀의 몸에 붙어 있는 200여 라는 숫자의 뼈와 마디마디에 붙은 관절들은 일제히 기지개를 켜댔고 육십조의 숫자가 넘어 간다는 세포들 역시 일제히 기지개를 켜대며 빛이 되어 환호했다. 기묘하고 신비한 빛이 돌연 그녀의 몸을 섬광처럼 관통하는 듯싶기도 했다. 그녀는 다시 한밤중이 되서야 은행잎들에서 풀려날 수 있었다.

  그 후 그의 모습은 또다시 보이지 않았다. 그렇게 두 번의 인연이 스친 그녀는 반쯤 미쳐 가고 있었다. 오늘 내일 아니 당장 그의 모습을 볼 수 있을까? 그녀는 그를 보기 위해 그해 겨울과 봄여름 가을을 내내 은행나무 가로

수 길을 거닐며 세월을 보냈다고 해도 과언이 아닐 정도였다. 그녀는 그가 서 있던 자리에 서 있기도 했고 그가 지나친 그 길을 무수히 왕복 했다. 그렇게 반쯤 미처 있던 그녀는, 점심식사마저도 아예 잊어버리거나 인근 식당을 돌면서 대충 해결해야 했다. 어디든 그가 앉아 식사를 하고 있는 모습이 그려졌다. 저녁시간 역시 그녀는 그 언저리를 돌며 그를 찾아 커피숍이나 맥주 집을 기웃거리며 방황했다. 그가 긴 소맷부리를 한 쪽씩 한 쪽씩 걷어 올리며 술잔이나 커피 잔을 들고 있는 모습이 당장 눈앞에 보일 듯 아른거렸다. 당연히 그녀는 친구들과의 약속도 그가 걷던 길 쪽의 커피숍이나 식당 맥줏집 등으로 장소를 잡았다. 하지만 그는 보이지 않았다. 그렇게 또다시 계절이 지나갔다. 흰 눈이 내렸고 찬바람이 불었다. 그녀는 늘 은행나무 아래에 서 있거나 가로수 길을 걸어 개천에 이르렀다. 가끔은 그가 힐끗 쳐다보던 식당 옆 골목 안쪽에 형성된 시장 안을 배회하기도 했다. 그렇게 겨울이 가고 아지랑이가 피어오르는 봄이 되었다. 은행나무 가로수들도 새싹을 피워냈다. 그녀는 여전히 인근 식당이나 커피숍 맥주 집을 돌았고 은행나무 아래에 서 있거나 가로수 길을 걸어 개천에 이르렀다. 개천가에 심겨진 갈대 잎이 뾰족뾰족 솟아올랐고 여름이 되면서 무성한 숲을 이루었다. 반쯤 미쳐 가는 그녀의 머릿속 상상들도 온종일 마음껏 춤을 추어댔다. 조용히 음악을 듣고 있어도 그녀는 그의 앞에 서 있었다. 어느 날은 그와 함께 바람 부는 언덕에 서 있기도 했다. 어느 날은 눈이 내렸고, 그는 바지 주머니에 두 손을 찔러 넣은 모습으로 눈길을 걸어와 그녀 앞에 서있기도 했다. 그는 바람에 날리는 머리카락을 쓸어 올리며 콧소리를 섞은 휘파람을 불기도 했고 읊조리듯 노래를 부르기도 했다. 때때로 푸른 초원이 펼쳐졌고 새들의 노랫소리와 함께 꽃들이 종종종 피어나기도 했다. 그녀는 그와 함께 파도치는 해변을 걷기도 했고 분위기가 좋은 카페에 앉아 있기도 했다. 쏟아지는 빗속에서 황순원의 작품 '소나기'에 나오는 윤초시의 셋째 딸에 대해 담소를 나누기도 했다. 때론 '여자는 언제나 사춘기예요.' 하는 안방드라마와도 같은 대사들도 떠돌아다녔다. 유치환의 시 구절 중 '사랑했으므로 진장 행복했노라.'를 떠올리며 죄송하게도 그 글귀가 지금 자신의 감정 보다는 많이 약하다는 생각도 했다. 그리고 그녀의 머릿속엔 항상 선택된 축복이라는 단어가 함께 떠올랐다. '남들에겐 죽었다 깨어나도 그런 행운은 안 일어 날거야. 남들에겐 평생 생기지 않을 행운이 오직 나에게만 그것도 두 번씩이나 찾아 온 거야.' 그렇게 그의 모습은 그녀의 뇌리에 축복으로도, 행운으로도, 박혀 있었다.

그를 다시 본 건 그렇게 또다시 일 년이 지난 가을 날이었다. 갈색 카디건과 검정색 정장바지 반짝이는 캉캉구두. 그는 똑같은 모습으로 서 있다가 그녀 앞쪽으로 다가왔고 신호등에 푸른빛이 들어오자 건널목을 건넜다. 그의 몸에서는 여전히 빛이 뿜어져 나왔다. 은행잎들도 일제히 그의 뒤를 따랐다. 또다시 어디선가 비천녀들이나 다룰 악기들의 음악 소리가 은은히 울려 퍼졌다. 그녀는 다시 그의 뒤를 따라서 편의점 앞으로 해서 금은방 앞을 지났다.

지자체에서 잘 관리하는 개천의 물은 깨끗한 그대로였다. 그는 개천 아래로 내려가는 돌계단을 밟았다. 그녀도 그를 따라 돌계단을 밟고 개천 아래로 내려가 무성한 갈대숲 앞에 섰다. 곧 산더미처럼 몰려온 노란 은행잎들이 둘레둘레 쌓였고, 은행잎들은 또다시 그와 그녀를 감싸며 보초라도 서듯 움직이지 않았다. 이어서 보랏빛 들국화를 입에 문 참새들이 날아들었다.

또다시 세월이 흘렀다. 그녀는 여전히 은행나무 가로수 길을 걸어 개천에 이르렀고, 시장을 배회하기도 했다. 그러면서 어서 빨리 가을이 되어 가로수의 은행잎들이 만추의 절정에 이르기를 기다렸다.

계절은 어김없이 다가와 다시 만추의 절정을 보였고, 그가 나타났다. 늘 그 차림인 갈색 가디건과 검은색 정장 바지 반짝이는 캉캉구두였다. 은행잎들은 일제히 그의 뒤를 따랐고 비천녀들이나 다룰 악기들의 음악소리가 은은히 들려왔다. 그때 그녀는 잠시 멈추어 서서 그의 뒷모습을 주시했다. 그리고 거리의 모습을 바라보았다. 도로엔 차량들이 질주했고 도로변엔 오고가는 사람들이 보였다. 그녀는 그에게 텔레파시라도 전하듯 궁금증을 털어놓았다. '당신은 누구시지요?' '당신은 누구시지요?' 그리고 그가 편의점 앞과 금은방 앞을 지나고 커피숍 앞을 걸어갈 때 그녀는 그의 뒤를 따라 뛰어갔다. 뛰어 가면서 그녀는, '다 괜찮아요. 설사 당신이 여우의 넋, 꽃뱀의 혼령, 너구리, 두꺼비의 혼령이라도 다 괜찮아요.' 라고 혼잣말을 했다.

이야기를 마친 그녀는 한참동안 창밖에 시선을 두고 거리의 모습과 만추의 은행잎들을 무연히 바라보았다. 그리고 중얼거렸다.

"그날이 끝이었어요. 안 보인지 오래 되었어요."

나는 그녀의 이야기들이 실체인지 상상인지 상상과 실체 사이가 모호해지는 기분을 느꼈다. 내 눈길도 그녀의 시선을 따라 거리의 모습과 만추의 은행잎들을 바라보았다.

그래도 행복한 남자

그가 이곳 어딘가로 이사를 온 것이 벌써 칠팔 년은 되가는 것 같다. 그때 그는 이목구비가 잘생긴 깔끔한 젊은이였다. 게다가 지독히도 냉소적인 분위기를 풍겼다. 그때문이었을까. 그는 내게 묘한 매력을 주었다. 그는 아주 가끔씩 보였는데, 아쉽게도 처음보인 이미지와는 달리 해를 거듭할수록 조금씩 빛바랜 모습들을 보여 주었다. 그리고 2년 전쯤 나는 집 앞 구멍가게 앞에 놓인, 파라솔 아래에 앉아 막걸리를 마시고 있는 그를 보았다. 세탁이 되어 있지 않은 남색티셔츠와 청바지를 입고 있었다. 뒤꿈치를 눌러 신은 운동화 또한 때에 절어 있었다. 제때 세수는 하고 사는지는 모르겠으나 불콰해진 얼굴엔 콧수염이 솟아 있었고, 윤기를 잃은 머리터럭 또한 터부룩하게 길어져 있었다. 그의 분위기는 여전히 지독한 냉소를 풍겼다. 아니야, 틀렸어. 나는 나도 모르게 중얼거렸다. 그때 그에게서 풍겨지는 냉소는 전혀 부피감이 없는 듯 느껴졌고 세상의 모든 것을 가볍게 비틀고 부정하는 것들에 지나지 않는 듯 느껴졌다. 그는 스스로를 소외시키고 대충 생계를 이으며 세월을 낭비하고 있는 모습으로만 보였다. 나는 비록 입속말이었지만 선각자처럼 외쳤다. 깨어나라. 깨어나라 더 늦기 전에. 지금쯤이라도 자기 안에서 깨어나면 그는 보통사람들 축에 끼어 살아갈 수 있을 듯 했다. 나는 그가 막걸리 대신 가끔은 분위기 좋은 곳에서 최소한 시원한 맥주를 마시는 인생이길 원했다. 그리고 오늘, 나는 그네와 시소가 있는 어린이 놀이터의 나무 벤치에 앉은 그를 보았다. 터부룩했던 머리터럭은 어느덧 그대로 장발이 돼 있었고 콧수염 또한 어린이 만화에서 보이는 관운장의 것만큼이나 길어져 있었다. 여전히 때에 전 옷차림이었고 때에 전 운동화를 구겨 신고 있었다. 그는 이제 확연히 부랑아와도 같은 모습이 되어 있었고 그의 옆엔 깔끔한 30대 중반의 남자가 앉아 있었다. 둘은 오징어 다리를 안주로 놓고 소주잔을 기울였다. 오래 전 직장동료이거나 동창생 정도로 보였다. 또는, 어느 한 시절에 얼마간의 돈을 빌려준 빚쟁이처럼도 보였다. 소주잔을 기울이는 그는 이말 저말들을 끌어내며 큰 소리로 떠들어댔고, 때로는 전혀 일관성이 없는 이야기들을 횡설수설 늘어놓기도 했다. 가끔씩은 자조 섞인 음성으로 그것이 너털웃음인양 하하하하 웃어대기도 했다. 상대는 아무 말 없이 그저 조용히 앉아 있었다. 이홉들이 소주병은 도합 세 병이었고, 이미 한 병 반 정도가 비워져 있었다. 오후의 따가운 땡볕 때문인지 놀이터 안은 조용했다. 간단한 장보기를 마친 나는, 세일 딱지가 붙은 수박 한 통을 더 사 든 탓에 무거워진 발걸음으로 걷다 서다를 하던 중이었다. 나는 그네와 시소를 사이에 두고 그들과는 좀 멀찍한 출입구 뒤편 벤치에 앉아 잠시 쉬어가기로 했다. 반쯤 취한 그의 목소리가 선명하게 들려왔다.

"사는 게 무어냐고? 그런 질문을 나에게 하는 거니?"

그는 상대에게 그렇게 묻고는 스스로 답변을 이었다.

"나는 그런 거 몰라. 그냥 단순히 사는 사람이야. 하하하하 그런 질문들은 우습기도 할 뿐 아니라 유치하다는 생각까지도 든다. 그런 의문은 유년시절에나 몇 번 해보고 덮어두어야 할 것 아닌가? 그에 대해선 그때그때 그냥 넘겨버렸던 것 같아. 답은 늘 애매했고 어쩜 순전히 멍청한 질문 같기도 했으니까."

그는 여전히 혼자 떠들어댔다.

"언젠가 티브이에서 아이를 낙태 하는 장면이 보였어. 이미 몇 시간 전에 독한 약이 투여된 뱃속 아기는 거지반 죽어 늘어져 있다는 이야기부터 나왔지. 독한 약이라는 것은 어느 한 부분에만 주입되는 것이기도 하지만 어미에겐 그리 해가 미치지 않을 정도의 약 같은 것이겠지. 아기는 아주 작은 올챙이 크기와 같다는 표현이 나왔어. 내 눈에도 그것이 그렇게 보였지. 그리고 이미 거지반은 죽어 늘어진 사람의 씨는 죽지 않으려고 발버둥 하고 있었지. 의사가 들이민 집게를 피해 죽을힘을 다해 사방팔방으로 뛰며 안간힘을 하고 있었단 말이야. 어디 사람의 씨뿐인가. 살아있는 생명체는 모두 죽지 않으려고 발버둥하지. 메뚜기도 개구리도 그렇잖아. 어디 메뚜기나 개구리뿐인가? 위험을 느낄 땐 한껏 화가 난 호랑이나 덩치가 커다란 코끼리도 줄행랑을 치지. 그렇다면 살아 있는 모든 것들은 왜? 죽지 않으려고 발버둥을 할까. 그건 죽음, 그 세상이 지금 이 세상 보다는 아주 별 볼일 없다는 걸 본능적으로 느끼고 있기 때문이라지? 하하하하 시시하지?"

"왜 사느냐고?"

그는 다시 묻고는 답변을 이었다. 상대는 여전히 아무 말 없이 그저 조용히 앉아 있었다.

"글쎄, 다행인지 요즘 들어서는 목적 하나는 확실히 가지고 있다. 웃기는 농담 같지만 사실인걸. 결국 나는, 먹는 게 남는 거라는 농담 같은 이야기들에 동의를 해버린 거지. 하하하하 그래, 나는 적당히 먹고 적당히 살란다. 내일은 또다시 내일의 태양이 떠오를 거고 어떻게든 살아지겠지. 사는 목적이 그렇다면 개돼지나 다를 게 무엇이 있겠냐고? 아니 개돼지에 비견 할 수도 없다고 말하겠지? 개를 말하자면 집을 지켜주고 어떤 사람들에겐 무료함을 달래주잖아. 돼지는 말이야, 먹은 만큼 고기를 생산해준다. 그것도 지루하지 않을 만큼 적당한 세월을 살면서 말이지. 하하하하 그렇다면 넌 그냥 식충이야 식충. 그렇게 말하고 싶겠지? 그래, 난 식충이다 식충."

그는 마음대로 떠들어대고 마음대로 결론을 내린 다음 잔에 담긴 소주를 털어 넣듯 입안에 넣고 목 안으로 꿀꺽 넘겼다. 술잔이 비워지자 상대가 그의 잔에 소주를 채웠다. 술을 털어 넣은 그는 좀 전 보다는 조금은 정색된 음성으로 말했다.

"그렇다고 항상 그런 생각으로 살아오진 않았어. 나도 더 젊었을 땐 굵직하게 사는 형태를 생각했지. 그러면서도 나는 내 자신을 평범함 그 이상의 인간이나 그 어떤 운명을 탄 사람도 못되는 그냥 보통사람일 뿐이라는 결론을 내렸지. 그리고 말이다. 솔직히 그 어떤 삶들에 대한 특별한 의미도 못찾겠더란 말이야. 세월을 좀 더 보낸 나는 평범하지만 남들 사는 것만큼은 살고 싶었지. 결국 모든 사람들이 가장 많이 선호한다는 결혼제도에 엄숙한 경의를 표하면서 결혼을 했고 아이도 낳게 했다. 하하하하 내 아들이 이제 아홉 살이 되었겠군. 애비 팔자를 닮았나보지? 내가 그랬듯 제 어미가 잘 키워주겠지. 하하하하."

그리고는 자신의 가슴을 손바닥으로 탁탁 쳐대며 말했다.

"그래도 나는 이 지구상에 내 씨앗은 퍼트려 놓았어. 그 씨앗은 씨앗을 잉태하며 어쩜 영원을 살겠지?"

그러면서 그는 고개를 쳐들고 하늘을 쳐다보았다. 나도 고개를 쳐들고 하늘을 쳐다보았다. 하늘엔 구름 한 점 보이지 않았고 눈부신 태양이 정오의 시간쯤에 걸려 있었다.

"악다구니 같은 세상!"

고개를 떨어뜨리며 그는 그런 말을 내뱉었다. 그의 말은 계속 이어졌다.

"지구의 평균기온은 점점 올라가고 남극과 북극의 얼음덩어리들은 급격히 녹아내리고 있다지? 지진, 화산, 전쟁, 패륜, 마약, 기아, 무한경쟁, 폭염, 사기, 연쇄살인, 핵, 테러, 오존층은 오래전에 구멍이 나 있다지? 카오스,

시공간, 무의식이 어떻고? 종교나 진리가 뭔 필요가 있겠냐? 그냥 살다 죽는 거지."

그는 다시 소주잔을 들어 입안에 털어 넣고는 꿀꺽 마셨다. 그리고는 오징어 다리를 하나 떼어서 질겅질겅 씹었다. 상대 남자는 다시 그의 잔에 소주를 채워주었다.

"내 방 창문을 열면 바로 야트막한 산이 보인다. 산이 보인다기 보다 창문과 산이 거의 붙어 있다고 해도 되겠군. 창문 아래로는 계곡물이 졸졸졸 흐르고 바로 산이 시작되니까. 물소리와 새소리는 언제나 기본이고, 봄이면 온통 진달래 꽃 투성이가 되버리지. 가지마다 연둣빛 희망을 가득 싣고서 말이지. 그래봤자 겨우 한해야. 곧 꽃도 지고 낙엽으로 흩어지더란 말이야. 꽃이 피든 새가 울든 산다는 것이 어떤 의미가 있는 것인지?"

그는 잠시 침묵을 이었다. 그리고 다시 입을 열었다.

"한 친구가 내게 말했어. 연고도 없이 어떻게 그쪽 구석까지 이사를 가니? 그쪽 구석이라는 것은 이쪽이 도심에서 한참은 떨어져 있는 변두리중 상 변두리라고 할 수 있는 구석진 곳이라는 거지. 나는 간단히 대답했지. 언젠가 우연히 이곳을 지나왔고 마음이 꼭 들어 이사를 하게 되었다고 말이야. 그랬어. 어느 한 여름날 저녁 나는 우연히 이곳에서 새소리를 들으며 저녁식사를 하게 되었지. 우연히 라는 것은 멍청하게도 시내에서 우리 집으로 가는 반대쪽의 도로에 서서 버스를 탔고 냉방이 잘된 텅 빈 좌석에 앉은 나는 버스 안에서 좀 더 지체하며 거리의 풍경을 바라보았어. 특별히 바쁘게 귀가해야 할 이유도 없었고 어디든 내려서 반대쪽으로 가는 버스로 다시 갈아타면 될 테니까. 그렇게 거리의 풍경을 바라보다가 야산 하나를 발견했고 이곳에서 하차하게 되었지. 나는 이곳 주변을 어슬렁거리며 심호흡을 해대게 되었던 거야. 공기가 달라, 공기가 달라. 하면서 말이지. 저녁식사를 하기에는 좀 이른 시간이었지만, 나는 그냥 빠른 저녁식사를 했고 식후엔 좀 걷게 되었어. 바로 내가 사는 집 창문 아래쪽으로 흐르는 계곡물을 따라서 말이야. 시원한 산바람과 물소리 조용조용한 집들이 하나 둘 불빛을 밝히고 있었지. 나는 부럽고 부러웠던 거야. 버젓이 특별시에 속해 있으면서도 전원이 펼쳐진, 여기 사는 사람들은 사철 좋은 공기만 마시며 살겠구나. 부럽다 못해 이런 생각까지 들더군. 정말로 우리들의 인생이 전 생이라는 것이 있고, 그것이 이 생이라는 것과 어떤 연계가 반드시 라는 용어를 달고 이어지고 있는 것이라면, 아마도 이곳에 사는 사람들은 무엇이든 착한 일들을 많이도 했나보다. 이다지도 상큼한 공기를 호흡하고 사니 말이야. 그런 생각들과 함께 내 내부에선 또 다른 의문이 반항처럼 솟아났지. 우리가 뭐 솔직히 전생이고, 이생이고, 어떤 연계이고를 알 리 없잖아. 부러우면 이사를 하면 되잖아. 그래서 이사를 온 거야. 그 후 창문과 붙어 있는 산을 그대로 내 정원으로 삼고 살고 있다. 계곡의 물소리가 사철 들려오는 살아있는 정원 말이야."

그는 또다시 오징어 다리를 하나 떼어내 질겅질겅 씹었다. 씹어대면서도 여전히 떠들었다.

"아! 갑자기 몸이 천근만근으로 늘어지는군. 천근만근으로 늘어진 건 두어 시간 후에 두어 시간쯤 버스와 전차를 타고 시내에 나가야 할 일이 있기 때문이야. 사촌이 보석가게를 오픈한다는 전화가 왔고 참석하겠다는 대답을 했기 때문이지. 하하하하 그놈 본지도 벌써 십여 년은 된 것 같군. 하지만 난 안 간다. 그냥 대답만 해 놓은 것이야. 지금 내가 그 녀석에게 이 꼬락서니를 어찌 보인단말이냐. 그래도 숙제를 안은 것처럼 몸은 천근만근으로 늘어진다."

그때 아이 손을 잡은 여자가 놀이터 안으로 들어왔다. 아이 뒤쪽엔 흰털북숭이의 작은 강아지 한 마리가 졸랑졸랑 따라 들어오고 있었다. 여자는 놀이터 안을 둘러보며 그네와 시소 등을 만져보았고, '온통 뜨겁게 달구어졌어.'

라고 중얼거리며 다시 공원 밖으로 돌아섰다. 그때 털북숭이 강아지는 술잔을 기울이는 그들 앞에 서서 꼬리를 치고 있었다. 술 취한 그의 다리가 슬쩍 들려지는 것이 보였다. 아이가 뒤돌아보며 '똘이야' 라고 강아지를 향해 부르자 털북숭이 강아지는 그들과 한 식구인양 졸랑졸랑 따라갔다. 그는 여전히 떠들어댔다. 이제 나도 일어나 집으로 가야지 했다. 누구 말을 엿들어 보자는 것도 아니었고 왠지 산뜻한 기분이 들지 않는 이런 내 태도 또한 맘에 들지 않았다. 하지만 나는 좀 더 앉아 있었다.

"그래, 사촌 중에서도 내겐 특별한 사촌이었지. 같은 지역에서 같은 또래로 성장한 사촌에게 나는 늘 보이지 않는 시기와 질투로 싸워야만 했어. 그러다 어느 순간 포기를 해버렸지. 그놈은 그놈이고 나는 나니까 말이야. 학업 성적에서부터 어른들의 칭찬을 받는 것까지. 쭉쭉 키가 커가는 것조차도 늘 뒤쳐져 있으면서 질투를 했지. 키도 특별한 사촌이 나 보다는 항상 5센티 정도는 더 크게 성장했고 지금도 마찬가지야. 나는 늘 그놈 보다는 모든 면에서 뒤처지면서 성장을 했어. 하하하하 전해 내려오는 속담에 사촌이 땅을 사면 배가 아프다는 말이 있잖아. 게다가 내게는 특별한 사촌이잖아. 솔직한 마음은 사촌의 보석가게 오픈을 질투하고 있고, 좀 더 솔직히 말하면 나는 그 특별한 사촌의 가게가 오픈 이후로 파리만 날리길 바라고 있으니까. 그리하여 몇 개월 후에는 어느 정도의 크기로 손해를 보고 문을 닫아버리길 바라니까. 특별한 사촌을 보면 진심이 담긴 얼굴로 정말 잘되기를 바란다는 말을 해주겠지만 말이야. 하하하하 나는 그렇게 지질이도 못난 구석도 있는 놈이지. 나는 그런 고약한 구석도 있는 인간이란 말이다. 그렇다고 늘 그런 고약한 마음을 갖고 살진 않았어. 그가 그냥 특별한 사촌도 아니고 먼 이웃이었다면 무관심하거나 혹은, 이왕이면 잘되기를 바랐을 거야. 나도 어떤 이유로든 인생이 틀어지고 꼬여버렸다는 사람들을 보면 안타까운 마음에 때론 모금 안에 정성을 담았던 사람이니까. 다만 특별한 사촌의 성공을 용납할 수 있는 그릇 만큼쯤은 아직 못 된다는 거지. 하하하하."

그는 다시 잠시의 침묵을 이었다. 그리고는 아이 손을 잡은 여자와 강아지가 공원밖에 있는 주택가 쪽으로 사라지는 모습을 보며, 며칠 전에 자기가 꾸었다는 꿈 이야기를 했다.

"잠을 깨고 나서 이것이 나인가? 무척 궁금했던 꿈이야. 좀 전에 여기 서 있던 그런 강아지였어. 앙증맞은 콧방울이 아주 예쁘더군. 나는 강아지를 안았어. 그런데 말이다. 안고 보니 강아지의 한 눈이 보이지 않는 거야. 선

천적으로 잘못된 놈이었던 거지. 그 꼴을 본 나는 그대로 패대기를 쳤어. 패대기를 쳤을 뿐만 아니라 몽둥이를 들고 죽을 만큼 패더라고. 정말이지 나는 악마적인 존재 그대로였지. 불행한 그 어린강아지를 말이야. 현실의 나는 절대 그런 놈이 못되는데 말이야. 내가 그런 놈인가? 아니면 내 무의식이 그런 놈이었단 말인가?" 그는 자신의 행위가 말도 안 된다 는 듯 이야기했다.

그는 또다시 입안에 소주를 털어 넣고 오징어 다리 하나를 떼어내 입안에 넣고는 질겅질겅 씹었다. 상대 남자는 이제 한 병 남은 소주병을 들어 병뚜껑을 비틀어 따고는 그의 잔을 채워주었다. 그때 공원 옆으로 천연 편백나무 베게와 메밀껍질을 담은 베게 속을 판매하고 있다는 상인의 목소리가 지나갔다. 그러자 그는 며칠 전 사먹었다는 메밀국수 이야기로 말을 이었다.

"며칠 전 시내에 나가 메밀국수를 사먹었지. 그때 메밀국수를 먹으며 메밀에 많이 들어있다는 양질의 단백질을 생각했고 내가 먹는 메밀국수에 메밀가루가 몇 프로가 들어있을까? 메밀국수라고 순전히 메밀가루로만 만든다면 무슨 마진이 남겼어? 밀가루를 잔뜩 섞었겠지. 내내 그런 의심을 하면서 국수를 먹었지. 메밀은 양질의 단백질 말고도 좋은 성분들이 많이 들어있다며? 몸 안에 쌓인 유해

산소제거. 항암작용. 노화방지. 비타민P라는 것이 들어있어서 모세혈관을 튼튼하게 해주므로 혈관질환 예방에 효과적이라지. 게다가 비타민 원이니 투니 하는 것들이 쌀과 비교해 볼 때 두세 배 정도는 더 풍부하다고해."

그는 다시 소주잔을 들어 입안에 털어 넣듯 마셨다. 상대 남자는 다시 그의 빈 잔에 소주를 채워 놓았다. 그는 좀 더 취한 것 같았다. 그의 혀는 꼬부라져 있었고 그의 말은 이제 자기 푸념 같은 것으로 이어졌다.

"나는 나를 잘 알 것 같은데 역시 잘 모르겠고 아주 모르겠다는 생각을, 역시 새삼스럽지 않은 생각이라는 생각을 다시 하면서 생각을 하곤 하지. 나는 자주 나를 더듬어보지. 이것도 어디에선가 본 것 같아. '처음의 너는 작은 에너지였다.' 하는 것 말이야. 나는 안개처럼 떠서 부유하는 작은 에너지였을 나를 생각해보았지. 그렇다면 그 에너지는 어떤 연유로 생겨났으며 그것이 뭉치고 키우고를 반복하면서 오늘에 이르렀을까. 하는 생각이 들었지. 무엇 때문에? 나는 그런 새삼스럽지도 않은 허깨비 같은 생각을 다시금 하다가 언젠가 레지오그래픽에서 본 태양계의 혹성들과 지구가 탄생하는 과정을 떠올려보았어. 캄캄한 허공에 무엇인가가 잔뜩 떠 있었고 그것들이 서로 부딪치고 폭발하며 뭉치고 때로 갈라서고 한참을 그러더니 태양이 떠있고 지구가 떠있고 지구엔 물이 흐르고 식물들이 피어나더군. 이어서 플랑크톤 같은 것들이 보이고 익룡이 날면서 공룡이 뛰놀고 사람들이 보이더군. 그리고 그걸 보고 앉아 있는 내가 있었지. 공연히 태어나 육체의 노예가 돼 있는 내가 말이지. 육체의 노역 외에는 내 힘으로는 도저히 먹고 살수가 없는 내가 말이지. 하하하하 말이 난 김에 이런 이야기도 해보지."

그때 그가 언뜻 뒤를 돌아보았다. 그의 눈동자는 새빨갰고 그의 입가엔 축축한 술거품이 물려 있었다. 그는 이제 잠시 스친 한 여자를 말하고 있었다. 몇 년 전 그의 모습만 같았으면 여자들도 솔솔 따라들었겠다 싶었다.

"나는 우연한 기회에 어떤 무녀를 만났고 그 무녀와 친구가 되어 한동안 붙어 다녔어. 사꾸라 꽃이 만발한 어느 날 나는 바로 이 공원 벤치에 앉아 있었는데 그 무녀가 다가왔지. 내 또래쯤 보이는 여자가 다가와 내게 아는 체를 하려다가 멈칫하더군. 그리고는 미소를 띠우며 말했어. '제가 사람을 잘못 보았네요.' 나도 미소를 보냈지. 그러고도 그녀는 내 앞에서 조금 더 멈칫멈칫 하더군. 눈치로는 자기도 벤치에 앉아 만발한 사꾸라 꽃을 감상하고 싶다 이거였지. 그것도 잘 생긴 남정네 옆에 앉아서 말이지. 하하하하 요게 제법 끼가 좀 있네! 싶었지. 그러나 마땅히 앉을 자리가 없었던 거야. 공원엔 그때도 이렇게 이인용 벤치 다섯 개가 놓여 있었지만 빈자리는 내 옆자리뿐이었지. 나는 그녀에게 말했어. '앉으세요.' 그렇게 내 옆자리에 앉은 그녀는 내게 묻는 거야. '기독교인이신가요?' 그러더니 대답도 하기 전에 배시시 웃는 거야. 난 아니라고 대답했지. 아니니까 아니라고 대답했고 대답하면서 '왜요?' 라는 물음을 했지. 그녀는 조금 뜸을 드리더니 '아니 그냥요.' 라고 대꾸 하고는 손가락을 들어 어느 한 집을 가리키는 거야. '저기 저, 붉은 깃발과 흰 깃발이 보이는 집이 보이시죠?' 라고 말이지. 바로 저기 세 번째로 보이는 집 저 창문에 두 개의 깃발이 서 있었지."

그는 손을 들어 자기 앞쪽에 있는 어느 한 집을 가리켰다. 내 눈동자도 그가 가리키는 손가락 끝을 따라갔다. 그곳엔 붉고 흰 두 개의 깃발이 꽂아 있었던 건 나도 기억하고 있었다.

"지금은 어딘가로 이사를 가버렸어. 아니, 내게서 도망을 쳐버렸는지도 몰라. 아무튼 그녀가 가리키는 곳엔 붉은 깃발과 흰 깃발이 나란히 걸려있었지. '제가 그 집에 사는 무녀거든요.' 그렇게 말한 그녀는 조금 멋쩍어 하는 듯한 미소를 보였어. 그리고는 괜찮다면 자기 집에 가서 커피 한잔을 같이 마시자고 했지. 그때 난 여자도 궁금했고 이런 저런 대화중에 공짜 점괘를 얻을 수도 있을지 모르겠다는 이기적인 생각을 좀 했지. 하하하하 솔직히 나는 좀 더 큰 것, 꿩 먹고 알도 먹고 하는 상상을 해보며 땡잡았다는 발걸음으로 그녀를 따라갔어. 들어서자 바로 작은 입식부엌이 보였고 부엌 앞쪽으로는 두어 평쯤 되는 방 하나가 붙어 있었지 그녀는 그 방으로 나를 안내했어. 방 한쪽에는 단을 올리고 그 위 한가운데에 부처님 상이 올려있었어. 그 옆으로는 호랑이를 타고 앉은 수염이 긴 도사 같은 할아버지도 있었지. 주방 쪽으로 가며 그녀가 내게 물었어. '믹서로 할까요? 원두를 내릴까요?' 나는 그녀의 편의를 생각해 그냥 믹서로 달라고 했지. 잠시 후 그녀는 내 앞에 믹스 커피 두 잔을 내오고 그녀와 나는 마주 앉아 커피를 마셨지. 커피를 마시며 그녀는 말했어. 하하하하. '내가 양 어깨에 뭘 메고 산다.' 하던데 무슨 말인지 도통모르겠더라." 그렇게 말하는 그는 고개를 좌우로 돌리며 손을 들어 자신의 양 어깨를 털어보는 모습을 보였다.

"그리고 그날 나는 그녀에게서 내가 전생에 '돼지'였다는 말을 들었어. 나는 그때 유년기의 내 별명이 돼지였던 것을 생각했지. 처음엔 그냥 돼지로 불렸다가 나중엔 돼지 눈깔로 불렸어. 돼지처럼 욕심이 많고 이것저것 가리지 않고 돼지처럼 잘 먹는다 해서 붙여진 별명이었지. 또, 어릴 때 우리 집 헛간엔 돼지를 먹이는 사료 포대가 쌓여 있었어. 그 사료 포대에 찍힌 그림이 돼지였는데 어미돼지가 아기 돼지의 손을 잡고 걷고 있는 그림이었지. 그림엔 두 마리의 돼지가 가진 네 개의 눈이 똑같이 웃고 있었는데 웃고 있는 돼지의 살찐 눈두덩이 나와 똑같다고 해서 돼지 눈깔이 되었지. 하하하하. 커피를 마신 첫날은 그저 전생이 돼지였다는 말과 주로 자기 이야기를 했지. 어쩜 그녀는 누구에겐가 자기 이야기를 하고 싶어서 내게 접근 했을지도 모르겠다는 생각이 들만큼 자기 이야기만을 이었지. 그녀는 자신의 팔자가 무녀가 돼버릴 줄은 몰랐다고 말했어. 자신이 무녀가 돼 버린 것을 속상해하며 분노하고 있는 듯도 여겨졌지. '귀신이 보이나요?' 그 방면에 전혀 문외한 나는, 내가 생각할 수 있는 단순한 것들을 물었지. 그녀는 귀신이 보인다든가 귀신이 무슨 말을 해준 다기 보다 더 어렸을 때부터 자신에겐 사람을 읽는 능력이 있었던 것 같았다고 말했지. 그리고 지금도 사람을 보면 그 사람의 지난 과거와 다가올 미래가 영화의 필름처럼 보인다고 했어. 귀신의 문제에 있어서는 그저 그림자처럼 감지하고 있다고도 말했지. 그러면서 그녀는 귀신이나 사람이나 현재 살아 있거나 죽어 있는 것 외엔 똑같으므로 귀신을 무서워할 필요가 없다고도 말했지. 나는 궁금해서 참을 수가 없었어. 나는 내 미래가 보였다면 어떻게 보였느냐고 물었어. '그냥 건강하고 밥 먹고 지내요.' 그녀는 짧게 말했지. 하지만 그런 말들은 누구라도 할 수 있는 말이 아니겠어? 그리고 그녀가 제대로 된 무녀였다면 잠시나마 나 같은 놈하고 사귀었겠어? 아니 그러고 보니 나를 데리고 놀아본 건가? 하하하하 아무튼 그날 내게 전화번호를 달라고 한 그녀는 가끔씩 나를 불렀지. 두 번째 만났을 때 나는 지난 내 세월이 어떤 것이었느냐고 물었어. 그녀의 대답은 또 이랬지. '그냥 내가 보기엔 평범하게.' 나는 속으로 그런 점괘는 나도 뽑겠다고 생각했지. 요거 순진한 사기꾼이네 라는 생각도 들었지. 특별히 커다란 사건을 겪지 않았다면 살면서 거쳐 오는 갖가지 곡절들이야 모두 평범한 것들 속에 있는 것일 테니까. 하하하하 아무튼, 주역풀이도 좀 할 줄 안다는 그녀는 손가락을 꼽으며 뭔가를 따져놓기도 잘했어. 나로서는 일일이 기억해 놓을 수도 없는 말들이었지. 목화 금이 어떻고 수목토가 어떻고 그것들이 서로 어떻게 보완이 되면서 조화를 이루어 주는가 하는 이야기들이었지. 그 외, 내가 살아갈 인생 모양을, 처음엔 소의 형태였다가 그 다음엔 보통 크기의 돼지의 형태가 되고 나중엔 보통크기의 돼지가 작은 새끼돼지가 돼 버린다는 말도 했지. 비교적 듣기 싫은 말은 아니었지. '소' 라는 덩치 큰 동물이 그보다 작은 덩치의 돼지가 된다는 말도, 또 그것이 작은 새끼돼지가 된다고 한 말도 좀 그랬지만, 결국 보통 크기의 돼지이든 새끼돼지이든 돼지 정도는 되는 것이니 좋다는 뜻으로 해석했지. 12간지 중엔 쥐새끼도 있고 토끼새끼도 있잖아. 하하하하. 그런데 말이야. 거기에 사족을 붙이더란 말이야. 그녀는 나에게, 내 머리 안에 말이야. 쥐새끼의 영혼이 깃들어 있다는 거야. 게다가 결코 나는 아무도 사랑할 수 없는 인간일 수밖에 없는 인간 이라는 거야. mad woman."

그는 그녀를 가리켜 'mad woman'이라는 표현으로 마무리를 했다.

그는 다시 소주잔을 들어 입안에 털어 넣었고, 이번에는 자작으로 술을 채워 놓았다. 그리고는 세 개 남은 오징어 다리 중 한 개를 떼어내 입안에 넣고 질겅거렸다. 이제 그의 혀는 완전히 꼬부라져 있었다. 그래도 그는 완전히 꼬부라진 혀로 이번에는 시조를 읊듯 떠들었다.

"인생은 그저 한낱 꿈일 뿐이야. 하지만 나는 죽기는 싫고 무섭다. 죽어서 다시 태어난다는 것도 싫고 아주 없어진다는 것도 싫다. 헌데 살아 있다는 것은 축복일까? 만약에 말이다. 내가 죽어 다시 태어난다면, 나는 어떤 환경, 어떤 부모를 만나게 될까? 정말이지 그것이 제일 두렵다. 차라리 나는 사자나 호랑이 같은 맹수로 태어나고 싶다. 아아, 그런데 말이다. 하하하하 그것 또한 자신이 없다. 나는 맹수지만 동물원 안에서 태어나서 동물원 안에서 살다가 그 동물원 안에서 생명을 다하고 싶다 이거야. 그래, 나는 그렇게 못난 놈이다. 그리고 나는 지금 이런 내 삶이 좋아. 돼지 같겠지만 그래서 자랑스럽진 못하지만 편안하거든. 하하하하 지구상엔 인간들도 참 많아. 미안하지만 내 시선으로는 조물주가 학생부군, 학생부군을 외치며 그냥 막 찍어 던져 낸 듯한 사람들이 고만고만하게 말이지. 나도 마찬가지겠지만 말이야. 그러나 대체적으로는 졸거나 대취한 채로 마구 만들어 던져 놓은 사람은 그리 없는 것 같으니 그것만으로도 그 얼마나 다행이야. 그것만으로도 축복이겠지. 아무리 전능한 신이시라도 혹시 알아? 치매증이 있거나 졸거나 대취해서 또는 어떤 생각을 골똘히 하며 경황중 인 듯 만들다 보면 눈 하나 정도는 정수리에 달아 놓거나 두 다리를 머리 위에 붙여 놓을 수도 있는 문제가 있을지도 모르잖아. 배꼽을 볼떼기에 붙여 놓을 수도 있잖아. 어쨌든 재미있는 것은 그들도 나와 같은 비슷한 뱃속을 갔었으리라는 생각이야. 물론 구체적으로 따져본다면 천차만별의 성격과 천차만

별의 개성들을 가지고 있겠지만 말이야. 아아, 수많은 사람들. 지금도 지구를 뒤덮은 인류가 모두 작은 악마처럼 떠들고 있는 듯 와글와글 느껴진다. 그중에선 강도 살인마 기타의 사람들 물론 좋은 일을 하는 사람들도 생겨나고 가끔은 성인으로도 추앙받는 사람들도 생겨나겠지만 말이지. 성인까지야 추앙받지 못할지라도 작은 생명들에게까지 해하지 않고 살아가려고 노력하는 사람들도 보이고 말이야. 아하. 나도 그렇게 살 거야. 따지고 보면 간단해. 아주 간단해. 일은 간단해. 아주 간단하단 말이야. 아주 간단하다고······. 하하하하 나는 때때로 내가 참 재미있는 세상에 박혀 살고 있다는 생각을 하곤 하지. 세상살이가 무진 재미있다는 생각도 들지. 아! 무진 재미있는 세상. 나는 속 소리로 중얼거리기까지 하지."

그리고 그는 머리를 떨어뜨렸다. 머리를 떨어뜨린 그는 알 수 없는 말을 웅얼웅얼했다.

"아마도 전생에 있어서의 나는 한 번도 사람이었던 적이 없었나봐. 누구에게도 융합된, 그 어떤 깊숙한 인연들이 내게는 없는 것처럼, 나는 늘 혼자인 것 같아. 인간으로는 맨 처음, 맨 처음 살아보는 인간인 것처럼 말이야. 그리고 말이다. 내게 중요한 것은 아무것도 없어······. 인간은 죄를 많이 짓지. 꽃도 꺾고 나무도 베고······. 복지?

그래 좋지. 그래도 딱 십만 원만 더 찍어줬으면 좋겠어. 사실 매달 방세내고 어쩌고 하면 없거든. 아, 복지. 그래, 딱 십 만원만…….조금만 아주 조금만이라도 부담 없이 술이나 좀 사마실 수 있었으면 좋겠다 이거야."
 그때 그의 옆에 말없이 앉아 있던 상대가 그의 어깨를 두드렸다. 그리고는 그를 벤치에 뉘었다. 그는 곧 취한 잠에 떨어진 듯 미동을 하지 않았다. 그의 상대는 일어서서 잠시 그의 주변을 서성거렸다. 그리고는 말없이 자리를 떴다.

피싱

재건축을 한다, 한다. 라는 말들이 언제부터 들썩거렸는지 모른다. 말이 나고 10년이라더니 시작과 부결, 다시 시작과 부결. 도장을 찍어대기도 지칠 지경이었다. 이곳 명산 기슭에 다세대 주택들이 들어선 지는 40여년이 되었다. 대부분 2-3층으로 이루어졌고 이미 낡을 대로 낡아져 겨울이면 건물 전체가 골다공증이 걸린 듯 찬바람이 새어 들었고 여름 장마엔 여기저기 빗물이 배어들었다. 평지였다면 진작 개발이 되었을 텐데 풍치지구다 제한 구역이다 뭐다 하며 세월만 흘렀다. 재건축 말이 돌때마다 건축비가 올랐네, 인건비가 올랐네, 인구감소 추세가 어떻다. 이 정도의 용적률을 가지고는 형편없는 평가금액이 나올 것이야. 등의 별 영양가치가 없는 이야기들만 무성했고, 혹시 기다려 보면 제한 구역에서 어느 정도는 해제될 수 있을지도 몰라. 좀 더 용적률의 완화가 이루어지면 그때 하자. 그래도 서울인데, 서울 속 전원지구의 명산 자락에 공기 좋은 동네인데 무슨 이유로 집값도 바닥 중 바닥인지 몰라. 어쨌든 기다려 보면 여기도 대접 받는 날이 오지 않겠나? 등의 의견들이 나왔다. 개중에는 이 돈을 들고는 어디 가서 발붙이고 살 곳이 없다며 누워 버리는 사람들도 있었다. 그렇게 유야무야 일은 진척되지 않았다. 이제는 더 못 참아. 결국 거의 모든 주민들이 일어섰다. 심지어 누워버렸던 사람들도 일어섰다. 그 후 곧 여기저기에 현수막이 내걸렸다. 투기꾼들이 들어 와 얼마간의 득을 계산했고 집값도 전 가격에 비해 어림도 없이 올라갔다. 그래도 간혹은 싼 가격의 급매물이 나왔다. 원주민들도 눈치 빠르게 움직였다. 원주민인 그녀도 그랬다.

그런 그녀는 부동산 여자에게 슬며시 귀띔했다. 뭐든 가격이 저렴한 집이 있으면 소개를 해 봐. 솔직히 말해서 내 능력으로는 전세 안은 갭투자 라면 가능해. 심기를 내비쳤던 그녀에게 부동산 여자가 전화를 했다.

"급매물이야. 시세 보다 많이 저렴해. 대신 집이 비어있어. 주인이 뭔가 급한 일이 있는 모양이야."

암튼, 저렴한 건 확 구미가 당겼지만 빈집에다 급매물

이라면 그녀에겐 불가능에 가까웠다. 그러나 그녀는 사고 싶다는 말을 했다. 그리고 부동산 여자에게 또 한 번 같은 말을 했다.

"그 집이 말이야. 솔직히 누가 급히 전세라도 들고 나머지를 충당하는 식이라면 가능해. 어차피 지금 서두른다 해도 3, 4년은 걸릴 테니까." 그녀의 말에 부동산 여자도 가능성이 없지는 않다는 대꾸를 했다.

"전세들 사람을 알아봐 줘. 끝까지 노력해 줘야 돼." 그녀는 그 집을 사고 싶었다.

그녀는 집안을 서성거렸다. 그때 때를 맞추듯 핸드폰에 문자 하나가 떴다. 평소에는 거들떠보지도 않았던 그런 문자였다.

'00은행 23년 3월 임시국회 회의 생계고충해소 및 자영업자 정책지원 융자 신청 공고문'이라는 거였다.

'안녕하세요. 이번 달 열린 임시국회 회의 비상대응 전략으로 재정을 집행하여, 어려움에 처한 자영업자와 근로자 또는 일반인들의 생계부담을 전면 지원하기 위한 대책방안으로 지급금액 인상 및 기준 완화 등 신청기간이 확정되어 안내를 드립니다.'

'총 금액 5조 8천억 원, 소진 시 마감, 연리 2.8프로. 1인 지원금 최대 2억 원까지.' 라고 쓰여 있었다. 서성거리던 그녀는 아니면 말고 하는 식으로 하지만, 지푸라기라도 잡아 보자는 심정으로 그곳에 전화를 걸었다.

한 남자가 전화를 받았다. 그는 00은행 서울 본점 대리 누구라고 자기를 소개했다. 그리고는 그녀의 상황을 말해 보라고 했다. 그의 목소리는 대리라는 직급만큼 젊었다. 그는 지극히 사무적으로 말했다. 하지만 목소리엔 성실함에 배어있는 듯 그녀는 그렇게 느꼈다.

"근로자나 자영영업자도 아니고 일반 주부인데요. 그저 생계 고충 자라고 하면 되겠네요. 저 같은 사람도 해당이 될 수 있나 해서요." 라고 물었다. 그는 되는지 안 되는지 조회나 한 번 해 드리겠다고 말했다.

그녀도 조회나 한 번 받아보자 했다. 그는 우선 이름과 주민번호를 불러 달라고 했다. 그녀는 자신의 이름과 주민번호 앞 여섯 자리를 불러주면서 뒤까지 전부 불러야 하는지를 물었다. 그는 전부 불러달라고 했다. 주민번호 뒷자리를 부르면서 그녀는 정확한 조회를 하려면 주민번호를 전체를 불러주는 건 어쩜 당연한 걸 거라는 막연한 생각을 했다. 또 그들의 요구에 응하는 것이 예의라고도 생각했다. 그리고 혹시 떠도는 이야기로 이것이 피싱을 당하는 시발점이라면, 이정도로 지들이 뭘 하겠어? 낌새를 챈 내가 그만두겠다고 하면 그만이지 라는 생각도 했다. 하지만 그것으로 그녀의 전화기가 그들에게 장악이 되고 있는 거라는 걸 생각 하지는 못했다. 그는 컴퓨터를 두드리는 소리를 냈다.

"금융권에는 아무런 이상이 없네요. 이유만 합당하면 해당사항이 되겠는데요." 라는 답변을 했다.

"얼마나 받을 수 있는데요?" 그는 또 한 번 컴퓨터를 두드리는 소리를 냈다. 그는 용케도 그녀가 필요로 하는 언저리의 금액을 말했다.

"나중엔 금액이 어떻게 소비되었는가는 상관하지 않나요?" 그녀는 자신의 목적이 정당한 것이 아니었기에 그렇게 물었다.

"그것까지는 상관하지 않아요. 일단 해당이 되면 대출이 되는 거구요." 그리고는 혹시 차 순위로 될 수도 있다는 말을 했다.

"차 순위요?"

"네, 그런데 차 순위로 간다면 차례가 올지 모르겠네요. 금액은 소진되면 끝나는 거니까요. 하지만 방법은 있어요."

"방법요?"

"네, 10프로 이상의 고금리를 쓰고 계시다면 대환대출 방법으로 처리할 수 있어요. 쉽게 할 수 있는 방법으로는 카드 이지론이 있어요. 이지론 대출이 10프로가 약간 넘어요. 우선 대출을 받으시고 변제 하는 방법으로 가신다면 가능하긴 해요. 제가 과장님에게 여쭈어 볼까요?"

그의 목소리는 친절했고 조금은 은밀함이 깔렸다. 그녀는 낯선 사람이 그 어떤 규칙을 위반 하면서까지 친절한 그를 잠시 생각해 보았다. 요행은 불행의 안내자라는 말도 있지만, 그 친절함과 은밀함은 때론 살면서 얻게 되는 우연한 행운, 지금 자신은 그 어떤 선택된 사람처럼 느껴지기도 했다.

"제 어머니 친구 분이라고 말해두지요. 전화가 가면 받아보세요. 이것저것 따지듯 묻진 않아요. 친구 분이 맞느냐고 물으면 그렇다고 대답하시면 되요." 그녀는 그렇게 하기로 하며 그래도 어머님의 고향이나 나이 정도는 알고 있어야 하지 않겠느냐는 생각으로 고향과 나이를 물었다.

"60이 넘으셨고요. 오랫동안 몸담았던 공직에서 은퇴하시고 지금은 집에 계세요."

그녀는 그의 말을 믿었다. 오랫동안 공직생활을 해왔다는 어머니의 아들은 왠지 좀 더 신뢰가 갔다. 그녀는 고맙다는 말을 했다. 잠시 후 전화가 왔다. 좀 더 나이든 목소리였다.

"우리 대리님 어머님의, 친구 분 되신다면서요?"

그는 우리 대리님 어머님의 뒤에 쉼표를 붙이듯 여유를 두며 물었다. 그녀는 그렇다는 답변을 했다. 그는, 그렇다면, 노력해 줄 수도 있다는 분위기가 담긴 목소리로 잘 알았다고 말했다. 이어서 00은행 대리 아무개라는 명찰이 찍힌 사진이 그녀의 톡에 올라왔다. 그리 썩 잘생긴 편은 아니었지만 성실하고 반듯한 젊은이의 모습으로 보였다.

그녀는 그가 시키는 대로 이지론 대출을 받았다. 그가 시키는 대로 꼭꼭 싸매어 오토바이 퀵에 그 대출금을 보냈다. 잠시 후 전화가 왔다. 잘 받았다는 전화였다. 이어서 상환금 영수증이 그녀의 톡에 떴다. 일이 잘 진행되고 있다면서 그는 금방 상환을 하게 되어 그녀의 신용도가 올라가 좀 더 많은 금액의 대출을 받을 수 있다고 말했다. 또 잘하면 2프로대의 저 금리로 갈아탈 수도 있다는 말을 했다. 그녀는 더 큰 돈은 원치 않으며 이자율은 낮을수록 좋다는 말을 했다. 이어서 그는 지나가는 말처럼 상환금이 대출금 보다 많이 좀 적다는 이야기를 했다.

"적어도 50프로 이상은 되어야 처리하기가 편하거든요."

사실 마음에 걸렸던 문제였다.

"할 수 있으시다면 다른 카드로도 좀 해보세요."

그의 어투는 조심스럽게 느껴졌고 역으로 미안해하고

있다는 생각까지 들게 했다. 그녀는 그의 말을 이해했고 다른 은행에서 좀 더 받아 보내기로 했다. 좀 더 좀 더 그를 신뢰하게 된 그녀는 그에게 구름이, 바람이, 아니 무슨 연유로든 좋은 인연이 나를 도와줘서 고맙다는 말도 했다. 퀵서비스도 쓰고 하려면 요금이 나올 텐데 청구하시면 드리겠다는 말도 했다. 그는 그런 요금들은 다 나오는 게 있으니까 걱정하지 말라는 대꾸를 했다. 그러면서 말미에 '어머님.'이란 호칭을 붙였다. 일은 그렇게 일사천리로 진행되었다. 그녀는 상환했다는 영수증을 보며 이지론을 대출 받은 카드 회사에 전화를 했다. 통상적인 절차처럼 한 여성의 멘트가 나왔고 그녀는 지시에 따라 버튼을 눌렀다. 잠시 후 직원이라는 한 남자가 전화를 받았다. 그녀는 어쩌다 보니 금방 처리를 하게 되었는데 상환 처리가 잘 되었느냐고 물었다. 그렇게 묻는 자신이 젊은 이에게 미안하다는 생각은 들었지만 그녀 나름대로는 확인 절차가 필요했다. 그는 컴퓨터를 두드리며 방금 상환 처리가 된 걸로 나온다는 말을 했다. 그 역시 아무런 동요 없는 지극히 사무적인 목소리로 말했다. 이미 피싱이 된 그녀의 전화는 카드 회사 직원도 일반 은행원들도 모두 차단되고 그들의 일당이 장악하고 있다는 걸, 그들에게 완전히 먹잇감이 되었다는 걸 알지 못했다. 그녀는 그들에 대해 혹시나 하는 실낱같은 의구심이 갖던 조그마한 잠재의식마저 점점 희망 쪽으로 기울어 거의 100프로 가까운 신뢰를 하기에 이르렀다. 보이스 피싱, 스미싱, 그런 것들은 산 너머 먼 이야기로만 여겨졌다. 어느 땐 하루 중 거의 모든 시간을 인터넷 세상을 헤엄쳐 다니며 좋아요 누르고 댓글이나 달아댔지 보이스 피싱 같은 사회문제에 대해서는 별 관심을 두지 않았다. 그런 사건을 들으면 '왜 속지?' 라고만 생각했고 그것에 대한 지식을 익혀두려고도 하지 않았다. 어찌되었건 일은 그렇게 일사천리로 진행이 되었다. 집에 도둑이 들려면 개도 짖지 않는다는 말이 있듯이 그녀는 이 일을 남편에게도 말하지 않았다. 남편은 그녀가 욕심이 들려 설쳐대는 걸 싫어했고 게다가 대출까지 받으면서 설쳐대는 거래라는 것이 그녀의 입을 봉하게 만들었다. 그녀는 곧 마무리 하고 나중에 천천히 말하지 뭐. 라고만 속편이 생각했다.

  그녀는 남이 채갈세라 부지런히 부동산 계약도 해야 했다. 부동산 계약을 하기 위해 적금을 해약할 때 은행직원은 지나가는 말로 '거의 만기인데 아깝게 왜 해약을 하시느냐'고 물었다.

  적금은 그녀의 자식들이 결혼을 하게 될 때 나누어 주려고 푼푼이 모아 두고 있던 거였다. 그녀는 아무 말도 하지 않고 그저 미소만 보냈다. 바쁜 은행직원에게 개인의 속사정까지 이야기 할 필요도 없고 은행직원은 귀 아프게 들어 줄 의무도 없다는 생각을 했다. 또 거기엔 은밀한, 그리고 약간의 불법일 수도 있는 거래라는 게 있었다. 그렇게 그들에게 넘어간 그녀는 부동산 여자에게 전화를 걸어 당장 계약을 할 것이라는 말을 했고 그것도 갭투자가 아닌 현찰 거래 형식이 될 것이라고 큰소리를 쳤다. 그리고 곧 계약서를 작성했다. 집 주인은 사정상 급매로 내놓게 되었다는 하소연을 했다. 그녀는 미안하다는 말을 했다.

그녀는 곧 다른 은행에서 2차 대출을 받아놓고 퀵서비스 오토바이가 오기를 기다리고 있었다. 그때 경찰청 긴급 알림 문자가 그녀의 휴대폰에 떴다.
'경찰청에서 알려드립니다.'
'귀하의 휴대전화 기기에서 범죄에 이용되는 악성 애플리케이션 설치가 탐지 되었습니다. 통화 연락을 즉시 멈추시고 경찰청의 지능 범죄 수사팀 또는 가까운 파출소를 방문하시어 지금 보내드린 안내문을 경찰관에게 제시 하십시오. 타인이 보내 준 파일로 인해 악성 앱이 작동되면 정상적인 기관이 아닌 보이스피싱 범과 통화 할 수 있습니다.' 그녀는 개인의 정보를 이다지도 빠르게 탐지 할 수 있다는 것에 감탄을 했다. 그리고는 이미 빠져들어 거의 100프로를 신뢰하는 쪽으로 기울은 그녀는 아직은 연락이 되는 피싱범의 전화번호로 통화를 했다. 그녀는 경찰청에서 온 문자를 읽어주었다.

"요즘 그런 게 많아서 그런 일이 있는 거예요." 수화기 속 목소리는 천연덕스럽게 말하며 뒷말을 덧붙였다.

"만약에 처리 후 은행에서 돈을 찾으실 때 경찰을 사칭하는 누군가가, 무슨 이유로든 잘못되었다며 다시 통장에 넣어 달라 해도 넣지 마세요." 그는 그렇게 말했다. 대출금은 모든 상황 처리가 되는 대로 송금이 되는 거란 말을 반복 했다. 전화를 끊자 경찰청에서 똑같은 문자를 다시 보내었다. 경찰청의 경고 문자를 무시하는 건가? 내가 뭐에 빠져든 건가? 라는 생각은 조금 해보았다. 잠시 후엔 아예 전화가 왔다. 그녀는 전화를 받았다. 젊은 여경의 목소리였다.

"지금 OOO씨는 보이스 피싱에 장악되어 있어요. 빨리 핸드폰을 끄시고 경찰청으로 와 주세요."

"저는 1차 2차에 걸쳐 돈을 지불하기로 했어요. 1차를 지불하고 이 건을 카드 회사에 전화도 한 번 해봤는데. 정상적인 절차로 상환처리가 되었다며 걱정하실 필요가 없다는 말을 들었는데요." 그녀는 차분하게 대꾸를 했다.

"통화를 한 직원은 혹시라도 평소에 잘 아는 사이고요?"

약간의 콧방귀소리가 들려오는 듯도 했다.

"아니요. 직원이 받았을 뿐 누군지는 모르지요."

"그게 바로 장악된 거예요. 핸드폰에 악성 사이트가 깔린 거라고요."

어쨌든 통화를 마친 그녀는 경찰의 말을 반신반의 하면서 주문에 따라 핸드폰을 끄고 경찰청으로 행했다. 젊은 이에겐 미안했지만 이 일을 알게 된다면, 돌다리도 두들겨 보는 심정으로 어쩌고를 말하며 사과를 할 작정이었다.

화창한 봄 날씨였다. 그녀가 살고 있는 명산 기슭의 풍치지구 앞, 나이 먹은 건물 아래층엔 갈치구이 집이 있다. 갈치구이집 주인이 심어 놓은 커다란 화분 안에는 작은 홍매화가 붉은 꽃잎을 피우고 있었고 옆 건물 화단에 심어 놓은 살구꽃도 한창 꽃잎을 피워 올리고 있었다. 갈치구이 집을 뒤로하고 다시 주택가로 걸어 나갔을 때 누군가가 낡은 담벼락에 온통 붓질을 해놓은 것이 보였다. 어제까지도 없던 붓질이었다. 몇몇 인근 주민들이 모여서서 서로 그림을 쳐다보며 이런 저런 말을 주고받는 평화로운 모습이 보였다. 그녀는 담벼락을 쳐다 보며 그림이 그런 대로 잘된 작품이 된 것인지 아니면 그저 졸작인 편에 속하는 것인지 모르겠다는 생각을 했다. 다만 노란색감을 많이 넣어 밝게 보이기는 하나 어딘가 가볍게 떠 있는 느낌이라는 생각이 들었다. 그림은 가하학적인 무늬가 박힌 추상화 형태로 보였다.

"이거 언제 누가 그린 거예요?" 잠시 그들에게 다가간 그녀가 물었다.

할머니 한 분이, '어제 저녁 해가 누엿누엿할 때 누군가가 그림을 그리는 것을 보았다'는 말을 했다.

"할머니 여기 사세요?"

그녀는 담장 안쪽에 있는 다세대 주택을 가리키며 물었다. 할머니는 그렇다고 말했다.

"그럼 누군가가 허락은 했고요?"

"모르겠어요. 환하고 좋은데요."

대답은 다른 한 노인이 했다. 그도 그 다세대 주택의 주민이라고 했다. 그에 대해 그녀는 말했다.

"잘 알아봐야 해요. 현수막이 붙고 하니까 혹시 나중엔, 정직하지 못한 누가 그림의 소유권을 주장할 수도 있어요. 그러려고 사기를 치고 있는 걸지도 모른다고요. 그럴 거면 원상복구를 해놓으라고 당장 요구해야 된다고요. 아니면 아니다 라는 각서라도 받아 두어야 한다고요. 저기, 저기 싸인 있네요."

그녀는 손가락으로 그림 맨 아랫단에 표기 돼 있는 작가의 사인을 가리켰다.

"누구에게 부탁을 하던지, 저 사인을 사진으로 찍어 두세요. 다시 말하지만 누가 그렸는지 알아보고 확실하게 해두어야 된다고요."

그렇게 강조하듯 말해주고 그들에서 멀어져 경찰청으로 행하는 그녀는 자신에게 조금 실소를 했다. 혹시 자신이 보이스 피싱을 당해 경찰청으로 가고 있는 것이라면 이 오지랖은 상 코미디감이라는 생각이 들었기 때문이었다.

경찰청으로 간 그녀는 입구에서 신분증을 제시하고 안내를 받아 지능 범죄 수사과라는 곳으로 갔다. 지능 범죄 수사과는 건물 맨 위층에 있었다. 그녀는 승강기를 탔다.

통화를 한 여경인 듯 30대 젊은 여자가 그녀 앞으로 와 카드인가요? '현찰인가요?' 라고 물었다.

"현찰인데 2차분도 곧 가지러 오기로 했어요."

그녀가 그렇게 말하자 여경은 이제 그들은 전화를 받지 않을 거라고 했다. 그러면서 지금 그들은 이미 그녀의 움직임을 탐지하고 있을 거라고도 말했다.

"2차분은 보내지 않았으니 그나마 다행이에요."

여경은 그녀를 안쪽 구석에 있는 직사각형의 작은 빈 방으로 안내했다.

"지로번호와 비밀번호를 그들에게 가르쳐 준 건 아니지요?"

"아직 그런 건 없었어요."

직사각형의 작은 빈 방에는 정사각형의 탁자 하나가 있었고 그 위에 컴퓨터 한 대가 놓여 있었다. 탁자 아래로는 마주보고 앉을 수 있는 의자 두 개가 있었다. 여경은 컴퓨터 앞에 앉으며 그녀를 맞은 편 의자에 앉도록 했다. 여전히 그녀는 반신반의 하며 어쩜 경찰이 지금 무언가 착오를 하고 있는 걸 거라고도 생각했다. 여경은 그녀에게 핸드폰을 열어 달라고 말했다. 그녀는 지시에 따랐다. 핸드폰을 건네받은 여경은 보이스 피싱 범들과 오고 간 문자들을 모두 캡처했다. 그리고 은행 로고가 박힌 악성 코드라는 것부터 지웠다. 그녀는 순간 코드를 지우는 여경의 행동을 제지 하는 손짓을 보였다. 그리고는 또 한 번 정상적인 진행절차가 이루어지고 있다는 이야기를 들었다는 말을 했다. 그녀는 젊은 여경에게 답답한 여자가 돼 있었다.

"그게 장악되어 그렇다니까요. 그들은 계속해서 진화하

고 있어요. 지금 OOO씨가 경찰서든 금감원이든 어디로 전화를 한들 그들이 받게 되어 있어요." 이어서 여경은 컴퓨터를 켜고는 그녀에게 성명과 생년월일을 물었다. 이때쯤 그녀는 경찰의 말을 아주 조금씩 신뢰하기 시작했다.

"기준 고금리 대출금을 저금리로 대처하는 대출방법을 설명했을 때, 바쁘신데 제게 좋은 기회를 주셔서 감사하다는 인사까지 했어요."

'1차금을 보냈다. 10.8프로의 대출 금리였다. 좀 부족하다는 말을 해서 다른 카드로 대출을 받아 또 보내주기로 했다.' 그녀는 경찰이 묻는 대로 답변을 하며 그렇게 조서를 썼다. 그런데 조서를 쓰면서도 솔직히 그녀는 경찰을 다 신뢰하고 있지도 못했고 자신이 처한 현재의 사실이 사실인건지 아무래도 무슨 착각이 있는 건 아닌지 다 알 수는 없겠다는 생각을 조금 했다.

"빨리 와서 다행이에요."

여경은 다시 한 번 말했다. 그녀는 조금 얼떨떨한 상태가 돼 있었고 그 상태이면서 겉으로는 비로소 현실을 직시한 듯 여경에게 감사하다고 말했다. 역시 얼떨떨한 상태로 왜 초장에 잡진 못했을까? 라는 생각도 했지만 이것이 진짜라면 지금이라도 감지를 해준 것이 그 몇 배로 고마워서 입을 꾹 다물었다.

"우리 구에 남자 한 분이 더 있는데 아무리 전화를 해도 받질 않아요."

그도 장악이 된 모양이었다. 어쩜 자신보다도 좀 더 철저히. 자신이 거의 100프로라면 그는 완전히 100프로의 신뢰를 하고 있는 모양이었다. 지금도 그녀가 경찰의 말을 다 믿지는 못하듯이 좀 더 장악된 그는 좀 더 믿지 않는 모양이었다. 내가 당할 리가 없어. 평소에 그도 그런 생각을 했겠지. 라는 생각을 그녀는 했다.

그녀는 피해자 진술서를 쓰면서도 여전히 조금은 얼떨떨해진 상태로 이미 소용가치가 없어졌을, 여경이 캡처해 놓은 그들과 통화를 한 전화번호 3개를 꼼꼼히 기록했다. 핸드폰을 뒤적여 오토바이 퀵 기사의 오토바이 번호와 그를 찍은 사진도 함께 제출했다.

"혹시 돈이 전달 안 될까봐 요것까지는 찍어두었어요. 제가 사진을 찍으니까 그 기사분이 이렇게 말했어요."

'왜 제 사진을 찍어요? 저는 그저 배달하는 사람이에요. 이 안에 마약이 있어도 저로서는 전혀 알 수가 없는 일이지요.'

여경은 그래도 참고는 해봐야겠다는 표정으로 고개를 끄덕이며 오토바이 번호판 사진과 기사의 사진을 함께 캡처 했다. 그리고는 그녀가 쓴 진술서까지를 캡처해 두었다.

　오토바이 기사를 떠올렸다. 뚱뚱하며 다소 거칠어 보이는 50대 중반 정도로 보이는 남자였다. 그가 범인의 한통속이라고는 생각이 들지 않았다. 좀 흉하게 말해서 재수 옴 붙은 걸 거였다. 이것이 현실이라면 그에게 미안하다는 생각을 했다. 그는 자기 입증을 위해 시간과 에너지를 낭비할 수도 있겠다는 생각을 했다. 이어서 그가 내뱉는 욕설이 들려오는 듯했고 요즘 묻지 마 폭력 등 여러 가지 사건 사고들이 그녀의 머리에 스쳐갔다.

　"그들을 잡을 수 있을까요? 이미 만 리로 날아가 버렸겠네요. 게다가 문자를 받고 그들에게 어찌된 일이냐고 전화까지 해주었으니." 그녀는 또 그렇게 말했다.

　"CCTV가 있으니 찾아봐야지요." 여경은 그녀에게 거래 은행에 가 대출관련 자료와 입출금 내역서를 가져오라고 했다.

　그녀가 은행으로 가기 위해 승강기 앞으로 다가갈 때 그녀의 무릎이 한 번 꺾이었다. 비로소 제정신으로 돌아왔다는 걸 그녀는 실감했고 무릎이 꺾인 것을 두고 그녀는 생각했다. 그래 이 용량이 내 용량이다. 하지만 이건 내 경제력에 기인한 것이기도 하겠지. 이어서 그녀는 피싱범이 사용한 '어머님'이란 친근한 단어를 생각했다. '어머님.' '어머님.' 그녀는 입 속으로 되뇌었다. 그러자 그녀에겐 자연스럽게도 자신의 과거지사가 더듬어졌다. 그녀는 소위, 보릿고개를 약간 넘겼다는 60년대에 출생하였다. 그녀는 그 시절, 국가가 가졌던 GNP라는 것과 자신이 성장했던 어린 시절을 떠올렸다. 이어서 구로공단의 가발공장과 싸구려 의복, 비닐구두 등을 떠올렸다. 오랜 세월 셋집 쪽방 살이와 그 속에서 아이들을 낳아 키우던 세월들을 생각했다. 그리고 혼자 중얼댔다. '그래, 내가 너희들 어머니와 비슷한 나이겠다.' 그녀는 그들과 비슷한 나이로 성장한 아들과 딸을 생각했다. '하지만 내 자식들은 너희들과 같은 인성으로는 키워지지 않았다. 이 몹쓸 죄받을 것들아.' 그녀는 그렇게 입속말을 하며, 나 같은 인생이 욕심을 좀 부렸기로서니……. 라는 말을 중얼댔다.

거리로 나선 그녀는 고개를 약간 숙이고 걸었다. 7-8명 남녀 학생 무리가 뭐라고 떠들어대며 지나갔고 유모차를 밀고 가는 여자가 그녀 옆을 지나갔다. 커다란 투명 비닐봉지에 파랑 색과 빨강 색의 작은 돼지 저금통들을 가득 담아 짐칸에 싣고 있는 자전거도 지나갔다. 시츄 라는 애견을 앞세운 한 여자가 지나갔다. 시츄는 아직도 철지난 빨강색 털옷을 입고 있었다. 머리에도 붉은 털의 리본이 묶여져 있었다. 그녀는 애견을 힐긋 쳐다보며 '이젠 더워.

털도 많은데' 라고 혼잣말을 했다.

  그녀는 은행 안으로 들어갔다. 번호표를 뽑고 차례를 기다리는 동안 잠깐 핸드폰을 열고 보이스 피싱 이라는 것을 찾아보았다. 종류는 인신감금부터 여러 종류가 나열돼 있었다. 그녀는 자신에게 해당되는 문구를 찾아보았다. 한번쯤 읽어 두었으면 좋았을, 어쩌면 당연하고도 상식적인 문구들이었다. 은행에선 절대로 비대면으로 대출을 해주지 않는다는 것 대출 명목으로 계좌이체나 금품을 전달받지 않는다는 것 등 당연한 이야기들이었다. 누군가는 그녀가 당한 비슷한 이야기를 소개해 놓고 조심하라는 말도 쓰여 있었다. 차례가 되어 그녀가 창구 앞에 서서 필요한 서류를 주문하자 은행 여직원이 그녀의 얼굴을 조심스럽게 슬쩍 바라보았다. 그녀는 멋쩍은 듯한 모습으로 서 있었다. 잠시 후 은행 직원은 입출금 내역서와 단기 대출을 받은 서류를 그녀에게 내 주었다. 그녀는 그것을 경찰에 제출했다. 그녀의 서류를 받아 든 여경은 말했다.

  "너무 자신을 질책하지 마세요. 그들은 그쪽 방행으로 진화된 프로가 되어있고 일반 사람들은 아마추어가 되는 거니까요. 그들의 교묘함은 이미 마른 수건에서도 물을 짜대는 것들이에요." 여경은 그녀를 그렇게 위로했다

  집으로 돌아오며 그녀는 그들이 대표전화라고 쓰던 번

호로 전화를 했다. 당연한 듯 전화를 받지 않았고 없는 번호라는 멘트가 떴다. 그들은 그녀의 전화를 받고는 그대로 2차분의 대금은 포기를 해 버렸나보았다.

그녀는 부동산 여자에게도 전화를 걸어야 했다. 전화를 걸기 전에 그녀는 이럴까 저럴까로 잠시 머리가 복잡해졌다. 계약을 마친지는 이미 24시간이 자나 있었다. 해지를 한다 하면 계약금을 포기 하는 게 원칙이었다. 그녀는 부동산 여자에게 해지를 통보하며 솔직히 나 같으면 그래도 반은 내놓는다. 어쩜 다 내놓을 수도 있고 라고 말해볼 생각을 했다. 아니면 이미 엎어진 물이었다. 부동산 여자에게 사정 이야기를 하며 그래도 갭투자 방식으로 최선을 다해 줄 것을 주문해야 할까를 놓고 갈등했다. 그런 다음 부동산 여자에게 전화를 했다.

"이유는 묻지 마." 그녀는 크게 한숨을 내쉬었다.

"왜? 현금으로 다 처리 할 수 있다고 했잖아."

"글쎄 뭔 일이 자꾸 틀어지네."

그녀는 갭투자 방식을 선택했다. 자신이 원하는 대로 일이 잘 되면 그래도 나중에 가서는 본전치기 정도는 할 수 있겠다는 희망을 걸었다. 그녀는 또 몇 년을 넣고 해약한 적금까지를 날릴 수 없다는 생각을 했다. 부동산 여자는 모든 백방으로 노력을 해보겠다고 말했다.

"주인 여자에게도 솔직한 말을 해 주길 바래. 좀 여유를 두고 기다려 준다면 얼마간은 인간적인 예의를 갖추어 주겠다고 말이야." 그렇게 말하며 만약에 모든 계획이 일그러지면 주인은 보증금 건 액수에서 자신이 말한 얼마간의 인간적인 예의라는 것을 계산하게 될까 라는 생각을 했다. 이어서 그녀는 최선의 노력을 해 본 다음 다시 내 놓아도 급매물은 빠르게 이루어 질 거라는 생각을 했다. 그만큼 그녀에게도 욕심이 나는 기회의 집이었다.

전화를 마친 그녀는 자신이 손해를 본 금액을 계산했다. 2차분은 나가지 않아 다행이지만, 부동산 일까지 어그러진다면 그녀의 손해는 작은 게 아니었다. '등신 같은' 그녀는 속소리로 자신을 질책했다. 남편의 얼굴을 떠올렸다. 절대로 말할 수 없었다. 남편뿐 아니라 어느 누구라 해도 악착같이 숨겨야겠다는 생각을 했다. 자신을 등신이라고 공표하는 것과 같겠다는 생각을 했기 때문이었다. 몸에서 기운이 빠져나간다는 걸 실감했다. 어떻게 갚지? 10.8프로의 고금리 그리고 원금의 돈은 그녀에겐 결코 쉬운 금액이 아니었다.

그녀는 집 안으로 들어가기 위해 힘겹게 계단을 올라갔다. 집 안으로 들어간 그녀는 한동안 주방 한쪽에서 우두커니 서 있었다. 자기 자신의 촉이, 다 믿었던 도끼는 아니었지만, 무심결에 발등을 한번 대단히도 빡세게 찍혔구나. 죽을 만큼 세게. 아니 죽음만은 가까스로 모면할 만큼 진짜 빡세게. 그녀의 발등은 실제로 얼얼해 지기도 했다. 이런 내가 살았구나! 그녀의 머릿속엔 낚시 바늘에 아가미가 꿰인 물고기 한 마리가 사태 파악을 못하고 한참동안이나 둥그런 눈을 디룩디룩 굴리고 있는 모습이 그려졌다. 등신 같은, 천하에 등신 같은. 그녀는 얼굴을 일그러뜨리고 자기의 양 볼이 물고기의 아가미인양 두세 번 바람을 넣었다 빼기도 했다. 이런 내가 살았구나! 이 엄청난 세상을 잘도 살아왔구나! 그녀는 계속해 자신을 질타했다. 그렇게 한동안을 우두커니 서 있던 그녀에겐, 다행인지 세상에 있는 여러 이야기들이 머릿속에 맹목 없이 지나다니기도 했다. 더 큰 어처구니없는 사건 사고들이 지나갈 땐 그에 비하면 나는 약과겠지, 라는 생각도 들었다. 거기다 부동산 일이 잘 되면 몇 년의 수고는 해야겠지만 본전 정도는 찾을 수 있겠다는 희망이 있었다. 그녀는 '전생'과 '억겁'이라는 단어들도 떠올렸다. 또, 이것이 액땜이라면 어느 정도를 대신하는 건지도 생각해보았다. 그런 그녀는 잠시 멍한 시선이 되었다가 자신의 양쪽 입 꼬리에 힘을 주어 댔다. 이 상태에서 정말이지 어쩜 어처구니가 없을 생각들을 하고 있는 거 같아, 억지로라도 입 꼬리에 힘을 주며 피식 웃음을 만들려 했다. 왜냐하면 어떻든 살아야 하니까. 그녀는 억지로 웃음을 만들려 애쓰며 자꾸만 입 꼬리에 힘을 주었다.

낯선 풍경이었다

낯선 풍경이었다. 그러나 전혀 낯선 장소라는 느낌은 들지 않았다. 왠지 내겐 익숙한 분위기로 느껴졌다. 콧속으로 들어오는 공기가 그랬고 내 발걸음도 그랬다. 도로를 달리는 이상한 것들이 눈에 들어왔다. 높이 솟은 건물들도 내 눈에 들어왔다. 나는 긴 꿈에서 막 깨어난 듯했다. 건물 사이로 삼각산의 인수봉이 보였다. 나는 내가 서 있는 위치를 계산했다. 경기도 양주라고 생각했는데 나는 미아 삼거리 부근이라는 말을 하고 있었다. 미아 삼거리 부근은 또 어디일까? 잠시 의문했다. 내가 아는 이곳의 건물들은 도로변을 끼고 늘어선 초가집들과 두어 채의 기와집이 전부였다. 모든 건물이 무척이나 높아졌고 전부가 생소했다. 이상한 것들의 모습 또한 그랬다. 꼬불꼬불

한 이름표를 달고 있는 그것들은 마소가 끌지 않아도 화살처럼 잘도 튀어 나갔다. 나는 사람들의 모습을 바라보았다. 그들은 모두 머리털을 쌍동쌍동 잘랐거나 아무렇게나 풀어헤친 모습들을 하고 있었다. 쌍동쌍동 자른 머리털을 제멋대로 곱슬곱슬하게 구부려 놓은 사람들도 많이 있었다. 의복상태 또한 무척이나 우스꽝스러웠다. 그때 내 앞에서 '봄이잖아 이젠 완연한 봄이야' '나는 사계절 중 봄이 제일 좋아'라는 말을 주고받으며 지나가는 아가씨들이 있었다. 아주 짧은치마를 입어 다리통이 몽땅 드러난 스무 살 정도의 아가씨들이었다. 그녀들 역시 머리털을 맘대로 쌍동쌍동 잘랐거나 곱슬곱슬 구부려 놓았으며 아무렇게나 풀어헤친 모습들을 하고 있었다. 나는 아가씨들의 머리털을 바라보며 내 머리털을 만져보았다. 내 머리털은 산발이 되어 허리춤을 덮고 있었고, 나는 품이 넉넉한 흰 치마와 저고리를 입고 있었다. 나는 우뚝 멈추어 섰다. 양손을 바라보았다. 손톱은 맘껏 길어져 있었다. 발가락을 꼼지락거려 보았다. 내 발은 그 흔한 짚신조차도 신고 있지 않았다. 버선 속에 든 발톱 또한 맘껏 길어져 있었다. 나는 귀신이 되 있었다. 그러나 언제? 어떻게? 귀신이 되었으며 귀신이 된 후엔 어느 정도의 세월을 어떻게 지내 왔는지가 전혀 기억이 나지 않았다. 나는 주위를

낯선 풍경이었다 115

두리번거렸다. 우스꽝스런 의복차림의 사람들을 다시 바라보았다. 아무도 나를 인식하지 않는 듯 보였다. 다시 또 다시 곰곰이 생각해 봐도 전혀 생각이 나지 않았다. 나는 그냥 이대로 이곳에 서 있을 뿐이었다. 나는 오래 전에 죽었고 어떤 형식으로든 긴 세월을 보낸 후 튀어 나왔나 보았다. 그동안의 세월의 변화를 생각했다. 내 가슴엔 원인 모를 상처들이 밀려들었다. 나는 내 가슴을 몇 번이고 쓸어내렸다. 나는 누구였고 어디서 튀어 나와 이곳에 서 있는 것일까? 한참을 생각한 나는 그동안의 세상의 변화들에 대해 흥미를 가져 보려는 방향으로 자꾸 마음을 가다듬었다. 나는 내 모습을 어딘가에 비춰보고 싶었다. 나는 내 옆쪽에 있는 큰 건물 쪽으로 걸어가며 나를 생각했다. 나는 귀신이고 그래서 사람들은 나를 인식하지 못하는구나. 나를 만져 보았다. 팔 다리 허리 가슴 어깨 눈 코 입. 나는 내가 만져졌다. 사람들 옆으로 바짝 다가가 보았다. 역시 사람들은 나를 인식하지 못했다. 옷깃을 스쳐보기도 했다. 가볍게, 좀 강하게, 좀 더 강하게. 사람들은 전혀 나를 느끼지도 못했다. 아. 아. 어. 우. 야호……. 처음엔 작게 그리고 점점 세게 소리도 쳐보았다. 사람들은 내 목소리 또한 전혀 듣지 못했다. 큰 건물 입구에 다가가서는 단단한 콘크리트 기둥을 두 손으로 번갈아 쳐보았다. 귀신의 몸은 모든 물체를 그대로 통과 할 수 있는 줄 만 알고 있었다. 그러나 내 손은 기둥을 통과하지는 못했다. 하지만 어느 정도를 강하게 쳤는데도 통증은 전혀 느껴지지 않았다.

*

 큰 건물 안으로 들어갔다. 나는 두리번거리며 무엇이든 나를 비춰 볼 수 있는 것을 찾았다. 입구 왼쪽에 안내판이 걸려있었다. 안내판엔 건물 안에 있는 가게의 이름들이 언문으로 쭉 쓰여 있었고, 그곳엔 두 개의 미용실이 있었다. 미, 용, 실. 하고 나는 중얼거렸다. 미용실은 맨 아래에서 일곱 번째의 줄에 한 쌍처럼 나란히 붙어 있었다. 그리고 미용실이라는 글씨 앞에는 남녀의 머리털 모양과 가위 하나씩이 그려져 있었다. 나는 다시 한 번 미, 용, 실. 이라고 중얼거리며 언문 하나하나에 한자의 뜻을 대입시켜 보았다. 아름다울 미, 얼굴 용, 집 실. 구체적인 뜻은 모르겠지만 얼굴을 아름답게 보이도록 해 주는 집이라는 뜻으로 짐작 되었다. 남녀의 머리털 모양과 가위 하나씩이 그려져 있는 것으로 보아 단정하게 머리털을 손질해 주는 집이라는 풀이도 되었다. 일단 미용실이라는 곳으로 가봐야 하겠구나. 내친김에 산발한 머리털도 만지고 손발톱도 적당히 잘라내야지. 이토록 산발된 머리털과 긴 손발톱은 내 스타일이 아니거든. 나는 내 머리 속에서 흘러나온 스타일이란 말뜻을 생각해보았다. 스타일이 무슨 뜻인지 알 수는 없었으나 나는 그걸 내 본모습 정도로 이해했다. 그리고 나는 신체발부는 수지부모니 하는 말을 떠올려 보았다. 그 말은 우습게도 아주 오래 된 옛 이야기 같이만 느껴졌다. 나는 엽전 하나 없는 빈손인 것을 생각했다. 나는 다시 귀신임을 생각했고, 미용실에 들어가 내 손으로 직접 머리털을 만지고 손발톱을 적당히 정리할 것을 생각했다. 나는 위층으로 올라가는 입구를 찾기 위해 두리번거렸다. 그때 한 남자가 건물을 오르내리는 입구처럼 생긴 곳으로 다가가 오른편에 붙은 단추를 눌렀다. 그는 짧게 자른 머리털을 하고 몸에 착 달라붙은 흰색 윗도리와 감색 바지를 입고 있었다. 잠시 후 신호음과 함께 문이 열렸다. 처음 들어보는 맑고 경쾌한 소리였다. 남자는 안으로 들어가 무언가를 조작하며 다시 문을 닫았다. 나도 위층으로 오르기 위해서는 그 문을 통해야 한다는 것을 알았다. 나도 일곱 번째 층에 있는 미용실을 향해 가기 위해 문 앞으로 갔다. 문 오른 편에 붙은 조작 단추에는 위와 아래를 안내하는 화살표의 표기가 돼 있었다. 화살표 방향이 위쪽을 가리키는 깃은 위로 오르려는 사람들을, 아래쪽으로 향한 화살표는 건물 아래쪽으로 가는 사람들을 안내하는 표기임을 알 수 있었다. 아래로 향한 화살표가 붙은 단추는 세 개였다. 그리고 세 개중 맨 아래엔 위와 아래로 향하는 표기의 조작 단추 보다 조금 더 큰 청색 단추가 붙어 있었다. 건물 아래쪽에도 무언가가 있는 모양이었다. 나는 위로 올라가는 표시의 단추를 눌렀다. 그러나 단추는 내 힘을 받지 못했다. 두 번 세 번을 눌러 보아도 마찬가지였다. 나는 누군가를 기다려야했다. 잠시 후 다시 문이 열리고 다른 한 남자가 문 밖으로 나왔다. 그도 짧게 자른 머리털을 하고 몸에 착 달라붙은 흰색 윗도리와 감색 바지를 입고 있었다. 그때 나는 얼른 열린 문 안으로 들어갔다. 그곳은 밀폐가 된 정사각형의 방이었다. 방 안쪽에는 또 다른 작은 단추들이 일 열로 붙어 있었고 거기에도 맨 아래엔 좀 더 큰 청색의 단추가 붙어 있었다. 그 옆엔 거울이 있었다. 나는 거울을 들여다보았다. 하지만 거울 속에서 나는 보이지 않았다. 나는 입을 크게 벌리고 웃어보았다. 그러는 동안 열한 번째의 단추에 불이 들어왔다. 그러자 사각의 방은 자동으로 문이 닫히며 위로 올라갔다. 나는 내가 귀신임을 상기했고 거울 속에 내가 보이지 않으니 현재의 내 나이 정도나 좀 더 구체적인 내 모습도 알 수 없다는 생각을 했다. 다시 말하지만 나는 언제 어떻게 죽었는지, 어떻게 살다 죽었는지, 죽은 후엔 어느 정도의 세월을 어떻게 보냈는지, 아무것도 생각이 나지 않았다. 나는 텅 빈 공간 안에서 점프를 해보았다. 내가 아는 귀신은 천릿길도 순간적으로 날을 수 있지 않았는가? 나는 그렇지를 못했다. 나는 내가 뛴 만큼 뛰고 있었다. 새처럼 두 팔을 펼치고 날아보는 시늉도 해보았지만 그것도 안 되었다. 내 능력은 제자리 뛰기와 걷는 것 그 정도인 듯했다. 문이 열렸다. 또 다른 한 남자가 들어왔다. 그는 스님도 아닌데 삭발을 했고 감색의 긴 바지를 입었으나 상의는 팔뚝이 반 정도가 드러나는 의복을 입고 있었다. 그가 들어오자 단추의 불이 꺼졌고, 그가 아래 두 번째 것의 단추를 누르자 그 단추에 불이 들어왔다. 그래서 나는 그의 행동을 따라 다시 한 번 일곱 번째의 단추를 눌러보았다. 역시 힘이 가해지지 않았다. 나는 아직 어떤 요령들은 터득하지 못한 귀신일 거라는 생각을 해보았다. 우선 그냥 걷기와 제자리 뛰기만 가능한 듯 했다. 문은 다시 열렸고 이번에는 한 여자가 들어왔다. 여자는 다리와 팔뚝을 몽땅 드러내놓은 의복을 입고 있었다. 망측해라! 내 입에선 그런 말이 튀어 나왔다. 여자는 아랑곳 하지 않고 바로 위쪽의 단추를 눌렀다. 거기서 여자가 내렸고 이번에는 팔뚝은 드러내지 않았으나 나머지는 비슷한 차림의 서른 살 정도의 여자가 들어왔다. 여자는 맨 아래에 붙어 있는 청색 단추를 눌렀다. 잠시 후 문이 열리자 마소가 끌지 않아도 화살처럼 잘도 튀어 나가던 것들이 빼곡히 채워져 있는 것이 보였다. 여자는 그곳에서 내렸다. 그리고 마흔 살 정도의 한 남자가 들어왔다. 그는 여섯 번째의 단추를 눌렀다. 다시 불이 들어오고 문이 닫혔다. 남자는 검은 차돌 같은 직사각형의 작은 물건을 귀에 대고는 중얼거렸다. 나는 남자의 모습을 자세히 바라보았다. 미친 사람 같지는 않았다. 그러나 그는 계속해서 뭐라고 혼자 중얼거렸다. 그가 내렸다. 그가 내릴 때 나도 따라 내렸다. 남자는 복도를 걸어 사라졌다. 나는 다시 누군가를 기다려야 했다. 하지만 사람들은 한동안 나타나지 않았다. 잠시 후면 점심식사 시간이 될 것이었다. 점심식사 시간이 되면 문은 바빠질 거였다. 그런 것들은 자연스럽게 알 수 있었다. 나는 여섯 번째 층의 사각문 앞에 앉았다. 처음엔 어떤 습관이 있었던 것처럼 쪼그리고 앉아 있다가 양반다리를 하고 편히 앉아 버렸다. 그리고 잠시 후엔 내 입에서 나오는 대로 중얼중얼 노래를 불렀다. '우뚝 솟은 높은 뫼는 하늘까지 솟았네. 한양의 지세는 하늘을 열어 이룩한 땅. 굳건한 큰 대륙은 삼각산을 떠받쳤고…….' 나는 중얼중얼 노래하며 점심시간을 생각했다. 아침을 먹었는지도 기억에 없지만 허기는 느껴지지 않았다. 주위를 구경하기로 했다. 나는 문이 열려있는 한 사무실로 들어갔다. 쭉 늘어서 앉아 있는 사람들 각자는 모두 알록달록한 그림이 그려져 있는 어떤 화면 같은 것을 바라보고 있었다. 누군가는 메모를 하거나 누군가는 하품을 했고 누군가는 머리를 극적이고 있었다. 누군가가 앉아 있는 알록달록한 그림들은 맘대로 인 듯 수시로 색깔들이 변했다. 동그라미가 여러 개 그려져 있는 것들이었는데, 동그라미들은 빨강색이 되었다가 파랑색 또는 노란 색이 되기도 했다. 붓질을 하지 않았는데도 그것들은 자동적으로 변했고 그는 화면을 뚫어지게 바라보고 있었다. 나는 옆 사무실로 들어갔다. 문이 닫혀 있어서 그 옆쪽으로 갔다. 역시 문이 닫혀 있어서 그 옆쪽으로 갔다. 역시 문이 닫혀 있어서 다시 옆쪽으로 갔다. 마침 한 여자가 문 밖으로 나와서 나는 그 안으로 들어갈 수 있었다. 그곳에서는 다섯 명의 남녀가 원탁에 둘러 앉아 시커멓게 된 숭늉 같은 것을 마시며 담소를 하고 있었다. 그 맛을 알 수는 없으나 달큰하며 야릇한 향기가 났다. 그들은 강원도 지역에서 어느 정도의 지진이 일어난다는 날이 닷새가 남았으므로 그 날은 그곳에 가서 술을 마시자는 이야기를 나누고 있었다. 나는 어느 정도의 지진은 진동으로 즐기고 있는 세대를 생각했다. 나는 다시 옆 사무실 쪽으로 발길을 돌렸다. 문이 닫혀 있어서 잠시 문 앞에서 기다렸다. 한동안이 지나도록 문이 열리지 않아서 나는 더 이상의 방문을 포기하고 미용실로 행해 가기 위해 다시 사각문 앞으로 갔다. 잠시 서 있자 내 예상대로 점심식사 시간이 되었는지 사람들이 왁자하게 문 앞으로 몰려들었다. 많은 사람들과 사각문 안으로 들어간 나는 한동안 건물의 위와 아래를 오르내려야 했다. 그리고 드디어 일곱 번째 층에 닿았다.

*

　미용실은 양편에 붙어 있었는데, 양편 모두 문이 열려 있었다. 나는 오른쪽의 문 안으로 들어갈까 왼쪽의 문 안으로 들어갈까를 망설이다 왼쪽의 문 안으로 들어갔다. 그리 크지 않은 미용실이었는데 두 명의 남자 손님이 머리털을 깎고 있었고, 머리털을 깎는 사람 외에 손님의 양옆에는 다른 두 명의 미용사가 양손에 수건을 받쳐들고 시중을 들고 있는 듯 한 자세로 서 있었다. 넓지 않은 공간에 흰 가운을 입은 남녀 미용사들은 열두 명이나 되었다. 남자 미용사가 여섯 명이었고 여자 미용사가 여섯 명이었다. 그들은 스무 살 중반 또는 서른 살 초반 정도로 보였고, 모두들 팔과 다리를 몽땅 들어 내 놓고 남 녀 유별도 없이 한 방에 들어 있었다. 그들은 나를 반겼다. 나는 깜짝 놀라며 말했다.

"내가 보이세요?"

"예, 보이지요. 앉으세요."

"어머! 보이세요?"

깜짝 놀란 나는 재차 물었다. 그러자 그 중 한 남자가 빙긋이 웃으며 내게 앉을 자리를 안내했다. 그제야 나는 그들이 누구인지를 알 수 있었다. 하지만 내색하고 싶지는 않았다. 나는 엉거주춤 서서 이 꼴로 들어와서 미안하다고 말했다. 그리고 잠시 거울에 내 얼굴을 좀 비춰보았으면 한다는 말과 잠깐 가위를 빌려 머리털을 만지고 손발톱을 적당히 정리할 수 있다면 좋겠다는 말을 했다.

"지금 가진 것이 없어서……."

나는 그들이 누구인지를 알면서도 그래야 되는 것처럼 그런 양해의 말을 했다. 그러자 그들 중 다른 한 사람이 내게 말했다.

"그냥 해드릴 겁니다."

나는 그들이 권하는 의자에 앉았다. 내 모습을 거울 속에 비춰 보았다. 그 거울로는 내가 보였다. 그리고 조금 전까지만 해도 흑발이었던 내 머리털은 거울에 비추자 백발이 되었다. 백발의 긴 머리털이었다. 나는 팔순은 되어 보이는 쪼글쪼글한 할머니였다. 잠시 정신이 아득해졌다. 그때 여자 미용사가 내게 다가왔다. 내 옆쪽으로도 수건을 받쳐 든 두 명의 남자가 다가와 섰다. 내 머리털을 깎는 사람은 여자였다. 나는 내 옆쪽에 손님으로 앉아 있는 사람을 보았다. 그 사람의 모습은 미용사들의 몸으로 가려져 있어 보이지 않았다. 무슨 말인가를 서로 주고받고 있는 듯 했는데 무슨 말인지는 알아들을 수 없었고 그저 웅얼웅얼 하는 소리로만 들렸다. 나는 그 옆쪽을 바라보았다. 그 옆쪽도 마찬가지로 미용사들의 몸으로 가려져 손님의 모습은 보이지 않았고 역시 웅얼웅얼하는 소리만이 들려왔다. 내 옆쪽은 모두 남자 미용사가 머리털을 깎고 여자 미용사들이 수건을 받쳐 들고 서 있다는 것만은 알 수 있었다. 의자에 앉은 나는 팔십여 년은 거뜬히 살고 죽은 한 여자를 그렸다. 분명 나 일 텐데 나는 내 모든 것이 생각이 나질 않았다. 어떻게 팔십 여 년을 살았고 죽어서는 또 어떻게 보냈는지가 역시 전혀 떠오르지 않았다. 미용실에서 일하는 그들 남녀는 모두들 늘씬늘씬한 모습을 보였다. 내 머리털을 깎는 스무 살 후반으로 보이는 여자도 팔등신의 모습으로 서 있었다. 그녀는 오른쪽에 서 있는 남자의 손에 들려 있는 수건으로 내 어깨를 감싸 놓았다. 거울 안에 비치는 내 양 옆의 남자들의 모습은 스물다섯쯤으로 보였고 모두들 무척이나 키가 큰 모습의 미남들이었다. 그들 머리 스타일은 정수리 부분을 솟게 한 짧은 머리털 모양을 하고 있었다. 반면 여자들은 모두 긴 머리털을 하고 있었다. 이마 중앙에서 정수리까지를 가르마하고 쪽을 낀 머리가 원래 내 머리털 모양이거든요. 나는 말했다. 그들은 아무 대답도 하지 않았다. 그러나 모두들 내 말을 충분히 듣고 있다는 표정들이었다. 여자가 가위를 들었다. 여자는 재빠른 손놀림으로 내 머리털을 정수리 부분부터 한 올씩 잡고 바싹바싹 잘라냈다. 나는 눈을 들어 여자를 바라보며 의문의 눈초리를 보냈다. 그리고는 곧 그래야 되는 것처럼 아무 말을 하지 않고 그저 앉아 있었다. 여자는 머리털을 한 올씩 한 올씩 잘라내며 말했다.

"거울만을 보세요."

나는 당장 거울만을 응시해야 하는 것처럼 거울만을 보았다. 내 시선이 고정되자 거울은 갑자기 새카만 어떤 화면 같은 것으로 바뀌었다. 그리고 빛이 들어왔다. 처음엔 흰빛이었는데 곧 붉은 빛으로 바뀌었다. 붉은 기운 속에서 태양이 떠오르고 있었다. 태양 아래엔 푸른 전원이 펼쳐졌다. 산도 보이고 계곡의 맑은 물도 보였다. 그 속에서 옹기종기 모인 몇 채의 민가가 보였다. 전부가 초가집이었다. 초가지붕 위엔 고추가 널려 있었고 박꽃도 피어 있었다. 시간은 순식간에 넘어가고 있었다. 나는 내가 왜 여기 앉아 있는가를 알 것 같았다.

*

"천육백삼십 년대 정도가 되어 보이는데요? 아니, 천칠백십 년대. 아니, 피타고라스식 환생의 계산법대로 이백십육 년 전쯤 보이기도 하는데요."

나는 중얼거렸다. 중얼거리고서 나는 깜짝 놀랐다. 천육백삼십 년이란 말은 무엇이고 천칠백십 년은 또 무엇이며 이백십육 년은 무엇이고 피타고라스는 또 무엇인지 나는 나도 모르는 말을 또 한 번 중얼거렸기 때문이었다. 하지만 머리를 깎는 여자도 양편에 서 있는 남자들도 아무런 대꾸를 하지 않았다.

지붕 위에 박꽃이 피어 있는 한 민가에서 세 살쯤 보이는 통통한 여자 아이가 대문 밖으로 걸어 나왔다. 색동 깨기 신발을 신은 아이는 아장아장 걸었다. 머리털은 몽땅 뒤쪽으로 묶여 있었고 노란 색 저고리와 파랑색의 벙벙한

긴 치마를 입고 있었다. 대문밖엔 어미닭이 노란 병아리들을 떼로 몰고 다니며 모이를 쪼고 있었다. 아이는 주위를 두리번거리더니 막대 하나를 주어 들고 어미닭과 병아리들에게 장난을 치며 귀찮게 해댔다. 그 여자 아이가 나였다. 세 살의 나였다. 나는 그 아이가 나인 것을 알 수 있었다. 나는 화면 안에 펼쳐질 앞으로가 두렵기도 했고. 흥미롭기도 했다.

화면은 바뀌었다.

나는 다섯 살이 되었고 이번엔 분홍색의 치마저고리를 입고 있었다. 길게 땋은 머리털엔 치마저고리의 색상과 같은 분홍색 댕기도 매어 있었다. 무슨 생각을 하고 있는지 동그란 얼굴이 갸웃거리며 이리저리 눈동자를 굴려댔다. 이번엔 깨끼신발이 아니라 어른들이 신는 커다란 나막신 같은 것을 꿰어 신고 있었다. 나는 세 살 때와 똑같은 집의 대문간을 나섰고 마당가로 다가갔다. 나는 두 발을 구르며 무엇인가를 짓뭉갰다. 개미 떼였다. 줄지어 늘어서서 어딘가로 향하고 있는 개미 떼를 나는 짓뭉개고 있었다. 내 발에 밟히는 개미들은 혼비백산을 하며 도망을 가거나 짓뭉개졌다. 나는 악동의 얼굴로 재미있어 했다. 악동의 얼굴이 개미들에게 죽어라, 죽어라, 하며 소리를 쳐대기도 했다. 화면을 바라보던 나는 조심스럽게 입을 떼었다.

"저 때는 철이 없어서 생명의 귀중함조차도 몰랐겠지요?"

그리고서 나는 의아 해졌다. 왠지 나에 걸맞지 않는 듯한, '생명의 귀중함'이라는 말이 내 입에서 튀어 나오는 것에 대해 놀라고 있었다. 그러자 머리털을 깎던 여자가 말했다.

"다 참작이 되지요."

"참작이 되다니요?"

나는 물었고 이어서 안도와 수긍의 모습을 보였다.

화면이 바뀌었다.

일곱 살쯤 보이는 나는 여전히 댕기머리를 한 아이였고 이번엔 초록색의 치마저고리 차림이었다. 그때 내 앞에 세 살쯤 보이는 남자 아이가 있었다. 광목 재질로 된 윗도리만 입은 모습이었다. 내 동생이었다. 나는 그 애와 툇마루에 마주 앉아 수수깡으로 집을 짓고 있었다.

"제비 새끼가 다섯 마리야. 여섯 마리였는데 한 마리가 없어졌어. 쥐가 물어 갔나봐."

나는 처마 밑에 지어 놓은 제비집을 손가락질하며 아이에게 말했고, 아이는 내가 가리키는 곳을 바라보았다. 제비집 안에는 다섯 마리의 제비 새끼들이 노랑 주둥이를 하고 먹이를 물어다 줄 어미를 기다리고 있었다. 나는 그 장면을 성장기 일상의 모습으로 보았다. 화면은 그렇게 장면 장면을 보이며 빠르게 지나갔다.

열 살 정도로 보이는 내가 비슷한 또래의 여자 아이 하고 한여름의 논두렁에 앉아 있었다. 그 시절 친구인 듯 했다. 잠시 무슨 이야기인가 주고받는 것 같더니 둘은 머리채를 잡고 뒹굴었다. 주위엔 아무도 없었다. 내 입에서는 온갖 욕설이 튀어 나왔다. 나는 사납기가 승냥이와 같았다. 그 애가 울자 싸움이 그쳤는데, 내 손아귀엔 한줌이나 되는 머리카락이 쥐어져 있었다.

다시 화면이 바뀌었다.

열두 살 정도 보이는 내가 손수건 같은 것에 수를 놓고 있었다. 대문 밖으로는 두어 구루의 커다란 감나무가 서 있었고 감꽃이 피어 있었다. 그 나무 위엔 새들이 앉아 지저귀고 있었다. 나는 가끔씩 눈을 들어 지저귀는 새들을 바라보았다.

또다시 화면이 바뀌었다.

열다섯 살이 된 나는 비슷한 또래의 동네 떠꺼머리의 남자애와 야반도주를 하고 있었다. 떠꺼머리와 나는 어두운 들판을 뛰어가 산속으로 숨어들었다. 그와 나는 산을 넘고 내를 건너서 북쪽으로, 북쪽으로 향해 가고 있었다. 키가 크고 이복구비가 잘생긴 남자였다. 그는 커다란 봇짐을 지고 있었는데 그의 봇짐 위엔 큼직한 내 보따리도 하나 얹혀 있었다. 내 보따리 안엔 치마저고리 몇 벌과 속옷들 그리고 어머니가 아끼는 옥비녀와 쌍가락지, 노리개 두 쌍이 들어 있었다. 그와 난 두만강을 건너 중국 땅으로 들어갈 거였다. '어쩜 난 저런 짓을 했을까?' 하고 나는 중얼거렸다.

화면이 바뀌었다.

*

이십 대 초반으로 보이는 나는 세 살 정도 되어 보이는 남자 아이의 손을 잡고 어딘가로 가고 있었다. 남자 아이는 내 아들애였다. 그 때의 아이와 내 행색의 남루함은 그야말로 걸인과도 같았다. 그 꼴로 나는 두만강을 건너 다시 남으로, 남으로 향하고 있었다. 산을 넘고 냇가를 지났다. 고향 길은 아니었다. 한동안을 걷다가 들판에 다다르자 서른 살 중반쯤 보이는 다른 한 남자가 나를 기다리고 있었다. 남자의 뒤로는 일곱 살 여덟 살쯤 되 보이는 남자 아이 둘과 다섯 살 정도 보이는 여자 아이가 있었다. 그들의 행색은 나와 내 아들애와 마찬가지로 그저 걸인과도 같아 보였다. 나는 그를 따라서 다시 산을 넘고 내를 건너고 들판을 지났다. 나는 그 남자의 후처가 되었다.

*

후처가 된 나는 못된 한 여자가 돼 있었다. 나는 전실 자식들에게 아주 못된 계모였다. 나는 몽둥이를 휘두르며 악을 써댔다.

"더 볼래요?"

그 때쯤 머리를 깎는 여자가 물었다. 나는 무척이나 부끄러웠다. 그러나 궁금증을 버릴 수는 없었다.

"더 보아야겠어요."

나는 쑥스런 목소리로 말했다. 나는 더 봐야만 했다. 더 봐야만 하는 기회를 놓칠 수가 없었다.

어느새 내 머리는 정수리를 드러 내놓고 있었고, 화면 안의 나는 여전히 뭐라고 인가 악다구니를 써댔다.

"나는 많이 부족했고 아주 나쁜 여자였군요. 그렇지만 저런 환경이나 그때 내가 가진 교양 정도라고나 할까. 그런 원인들도 참작이 되는 거겠지요?"

나는 거의 기어드는 목소리로 그렇게 물었다. 그리고는 또 한 번 의아 해졌다. 역시 나와 걸맞지 않은 듯한, '교양 정도'란 말이 자연스럽게 내 입에서 튀어 나왔기 때문이었다.

"어느 정도는 참작이 되지요."

그녀가 다시 그렇게 대답했다. 그때부터 나는 여러 가지 질문을 했고 몇 번의 대답이 있었다. 남자들은 아무런 말도 하지 않았고 여전히 그대로 서 있었다.

"이제 제가 가는 곳이 다시 태어나는 곳이겠네요."

"그렇지요. 머리털을 다 깎은 다음에."

"곧바로 가나요?"

"곧바로 가게 되요."

화면에선 여전히 서슬 퍼런 내가 악다구니를 써댔다. 내가 악다구니를 퍼붓는 동안 아이들은 마루를 닦거나 마당을 쓸고 있었다. 그 시각 어린 내 아들애는 글방에 가 있었고 투전판에 앉은 남편은 술상을 들고 오는 주막집 주모에게 시시껄렁한 농을 주고 있었다.

"어쩜 손도 저리 예쁠까. 타고난 팔자가 녹녹했다면 정승부인감인데 말이야."

"저런 삶들 역시 다른 인연이 있었겠지요?"

이번엔 깊은 한숨을 내쉬면서 나는 그렇게 물었다.

"그렇기도 하지요. 하지만 사람들이 가진 심성으로는 충분히……."

낯선 풍경이었다

거기까지를 말하고 그녀는 뒷말을 잇지 않았다.
"그렇기는 하겠지요. 하지만 저 모양으로 살았으니 좋은 곳으로는 못가겠네요. 저지른 죄는 똑같이 받는 건가요?"
"똑같이 받던지 아니면 다른 형태로 오지요. 전부 참작이 될 것입니다."
여자는 그렇게 대답했고 다른 형태라는 것을 예를 들어 말했다.
"가령 살면서 돈으로 사기를 당하든 노동으로 당하든 그 갚음을 하는 거지요. 참작이 되어도 죄는 죄가 되는 거니까요."
나는 궁금증이 일어 물었다.
"대체 누가? 왜? 그래서 결국 무얼 결론하자는 거지요?
그녀는 대답했다.
"모릅니다. 그건 아무도 모르는 일입니다."
화면이 바뀌었다.

*

나는 백발이 산발한 노파가 되어 있었고 부엌인지 헛간인지 누추한 곳에 누워 있었다. 나는 그곳에서 한 생을 마치고 있었다.

"어쩜, 저런!"

화면을 바라보는 나는 그런 말을 신음처럼 내뱉었다.

어른이 된 한 아이가 장승처럼 내 옆에 서 있었다. 그 아이는 전실 소생의 두 번째 아들이었다.

"다른 것은 다 그만두고서라도 내 형과 여동생이 어떻게 죽게 되었는지 말해."

그는 내게 막말짓거리로 물었다.

"자살이잖아. 둘 다."

노파가 힘없이 웅얼거렸다.

"형도 동생도 자살을 할 사람들이 아니지. 형은 양잿물을 마셨고 동생은 스스로 목을 맸다?"

"말해. 말해. 죽기 전에 말해. 그때 형은 열두 살이었고 동생은 겨우 아홉 살이었어."

"모진 목숨, 이 모진 목숨……."

내 얼굴은 모든 비밀을 감춘 채 그렇게 힘없이 중얼거리며 죽어갔다.

결국 내 몸은 시채가 되었다. 그때 형과 동생을 말하던 남자는 발길질로 나를 걷어차며 말했다.

"더러운 할망구. 더러운 인간. 당장 지옥에나 뚝 떨어져라."

어느덧 나는 온몸에 소름을 도우며 덜덜 떨고 있었다. 덜덜덜 떨면서 나는 여자에게 물었다.

"결국 나는 전실 큰 자식과 딸을 죽게 했나요? 아니 죽였나요?"

여자는 대답하지 않았다.

"열두 살 아이도 그렇지만 아홉 살 아이가 자살을 선택한다는 것은 거의는 쉽지 않은 일이군요."

나는 초죽음이 된 목소리로 결론하듯 말했다.

여자는 대답하지 않았다.

"나 같은 것은 다시 태어나지도 말고 이대로 영원히 사라져 버릴 순 없나요?"

나는 어떤 말로든 위로를 받고 싶었다. 하지만 여자는 여전히 대답하지 않았다.

"그 후 남편이었던 사람은 어떻게 되었나요? 내 아들 아이는?"

여전히 대답하지 않았다.

"죽은 다음 긴 시간, 나는 어디서 무엇을 하고 있었는지요? 혹시 어느 정도라도 죄를 탕감할 시간이라도 갖지는 않았는지……"

나는 말끝을 흐렸다.

여자는 여전히 대답하지 않았다. 여자가 대답하지 않아

시 나는 알 길이 없었다. 그래서 재차 물었다. 그래도 대답하지 않았다. 또다시 물었다. 여자는 끝내 내 물음에 대답하지 않았다.

거울 속에 나는 어느덧 삭발이 되 있었고 순간 나는 캄캄한 천 길 낭떠러지로 떨어져 내렸다. 손발톱은 아직 정리도 하지 않은 상태였다.

이렇게, 서기1995년 6월. 한 아이가 태어났다. 모든 것을 망각한 아이는 아무것도 모른 채 앙앙 울면서 태어났다.

얼룩

지난 밤 금희씨는 평소 보다 일찍 잠이 들었다. 이유는 없었다. 그저 일찍 잠이 들었고 그래서 일찍 눈을 떴다. 이른 새벽이었다. 멀리에서 새 울음소리가 들렸다. 새는 후루룩 후루룩 면발을 흡입하는 듯한 소리를 냈는데 금희씨로서는 한 번도 들어보지 못한 소리였다. 무슨 새지? 면발을 흡입하는 소리치고는 심금을 울리는 묘한 울음소리였다. 어디선가 읽었던, 현재 지구 위에는 수천종의 새들이 살고 있다는 것과 그것들이 한 종류씩 멸종되고 있다는 글귀가 떠올랐다. 저 새가 암컷이라면 멀지않은 거리에 짝을 이룰 수컷은 있을까? 설마 저 암컷만 남아 평생 짝을 그리며 애달프게 울다가 소멸하게 되는 서글픈 운명의 새는 아니겠지? 라는 생각을 했다. 금희씨는 자신이 아는 새소리들을 생각했다. 참새의 짹짹거림과 제비의 재잘거림을 우선 떠올렸고 부엉이와 까마귀, 까치의 울음 소리 정도를 더 떠올렸다. 기억을 헤집어 박새, 공작, 황조롱이 등 자신이 알고 있는 여러 종류의 새들을 생각해 보았으나 그들의 울음소리는 잘 기억이 나지 않았다. 그때 방 천장 귀퉁이에 희미하게 번진 얼룩이 보였다. 그녀는 자리에서 일어나며 후루룩거리던 새가 오줌을 싸놓고 갔나? 새는 어떻게 오줌을 누지? 하는 좀 엉뚱한 생각들을 했다. 새똥은 종종 자동차의 보닛이나 루프 등을 더럽혀서 질색이었던 것을 생각 하며, 조류나 곤충류들은 따로 소변을 보지 않고 똥과 함께 요산이라는 것을 배출한다는 것을 기억해 냈다. 그녀는 불을 켰다. 얼룩은 오른쪽 구석에 놓여있는 5단 서랍장의 위쪽에 있었고 새의 오줌 치고는 컸다. 위치로 보면 위층과 아래층을 잇는 계단 쪽이 되었다. 아마도 위층 보일러 선에 문제가 생긴 모양이었다. 빨리 위층에 알려야한다. 하지만 그들과 가까이 살고 있다는 이유로도 달리 연락번호를 알아두지 않았다는 것을 생각했다. 그녀는 조심스런 발걸음으로 주방이며 거실 등의 천장을 살펴보았다. 얼룩은 아직 그녀가 자고 있던 방 천장 뿐이었다. '다행히 아직은 귀퉁이 조금이야.' 그녀는 옷을 갈아입었다. 시간은 다섯 시 사십 분을 가리키고 있었다. 창밖은 훤했지만 그래도 이른 아침이라는 이유가 발목을 잡았다. 잠시 주춤거리던 그녀는 현관문을 열고 밖으로 나갔다. 사업처가 서울을 벗어난 경기도의 어느 지역에 있다는 위층 남자는 출근시간이 빨랐다. 다시 집으로 들어온 그녀는 현관문 안쪽에 서서 위층 남자의 기척이 들려오기를 기다렸다. 7-8분 정도가 지났을까 문밖으로 나오는 남자의 기척이 들렸다. 그녀도 빠르게 문을 열고 나가 기척을 내며 계단을 올라갔다. 무슨 수출용 봉제 공장을 해 돈을 잘 벌어 드린다는 위층 남자는 한때 언청이가 있었고 몇 번의 수술을 거쳤는지 흔적은 보이지 않지만 그랬었다는 분위기만은 남긴 모습을 보였다. 그는 기척을 내며 계단에 밟고 올라서는 그녀를 바라보았다. 그녀는 우선 그와 인사를 나눈 뒤 자초지종을 말했다. 그는 다시 집안으로 들어갔고 잠시 후 그의 부인과 함께 나와, 부인을 인계하듯 하는 몸짓을 보이며 출근길을 서둘렀다.

"물이 새고 있다고요?"

동글동글하고 사람이 좋아 보이는 여자의 얼굴엔 여러 가지의 복잡한 감정들이 얽혀들었다. 그런 여자는 애써 자기의 감정을 숨기려 노력하고 있었다. 그녀는 여자를 집 안으로 안내해 방 천장을 보게 했다.

"나도 지금 막 일어났어요. 다행히도 아직 다른 곳은 번지지 않았어요. 빨리 수돗물을 잠그세요."

그녀는 지금 막 일어나서 보았다는 말을 강조하며 작은 소리로 말했다.

여자도 속삭이듯 작은 목소리로 응수했다. 그리고는 미안해하며 뒤돌아섰다. 그녀는 여자의 뒷모습을 바라보며, 여자의 복잡할 여러 심경들을 생각했다. 갑자기 집안에 있는 짐들을 치우고 방구들을 헤집는 공사도 신경이 쓰일 것이며, 지금 수돗물을 잠근다 해도 이미 떨어진 물로 얼룩은 다른 곳으로도 번질 수도 있다는 생각 등을 할 거였다. 물기가 마른 다음엔 분명 흔적을 남길 것이다. 얼룩진 방 천장 부분만을 어떻게 손을 봐줬으면 좋겠지만 그것 또한 흔적을 남길 것이다. 흔적을 남긴 귀퉁이를 바라보며, 집구석이 흥부네 이불더미 같이 되었다는 둥 여러 가지로 까탈스럽게 굴지는 않을까? 저 정도를 가지고 집안 전체를 도배해 줘야 한다면 정말로 억울한 일이야. 그나저나 신경 쓰이는 것은 아래층도 마찬가지일 텐데 어쩌지? 하는 등의 연이은 걱정들을 할 거였다.

여자는 가고 그녀는 집 안으로 들어왔다. 그리고 다시 거실 천장 등을 바라보았다. 얼룩은 아직 그녀의 방 천장뿐인 듯했다. 잠시 후 여자의 기척이 문 밖에서 들렸다.

그녀는 문을 열고 밖으로 나갔다.

"지금 잠갔어요."

여자는 속소리로 말하며 오늘 공사를 해야겠다는 말과 좀 시끄러울 거라는 양해를 구했다.

"잘 아는 가게가 있어요. 오전 10시 정도면 시작 할 수 있어요."

그녀는 여자의 심경을 헤아려 많이 신경 쓰지는 말라는 말을 했다. 평소 자신을 그다지 각박한 사람은 아니라는 생각을 하며 살아왔고 그렇게 살고 싶지도 않은 사람이었다. 누가 되었든 상대가 자신에게 기본적인 예의만은 갖추어 주길 바라는 마음으로 살아왔다. 여자는 다시 미안해하는 얼굴로 자기 집으로 돌아갔다. 그녀도 집 안으로 들어왔다. '끄응~' 그녀의 남편이 불만스런 투정의 목소리를 냈다. 그녀의 남편은 매사가 좀 예민한 편이었고 그런 이유로 한때 부부싸움이 잦았다. 그리고 언제부턴가 그녀가 조금은 느긋하고 무던한 쪽을 택했고 그런 태도로 남편을 유도하는 생활을 해왔다. 남편은 그녀의 의도대로 잘 따르며 변화를 보였다. 혹은 그도 나이를 먹어가고 있다는 징후를 보인 것인지도 모르겠다. 하지만 아직 잠자리에서 만큼은 예민했다. 잠자리에 들면 아무런 소음도 들리지 않기를 바랐다. 그래서 언제부턴가 각방을 썼다. 그녀의 가족들이 일어나는 시간은 일곱 시 경이었다. 그녀는 다시 거실 등의 천장을 살펴보았다. 얼룩은 여전히 그녀가 자고 있던 방 천정 외 더 이상의 흔적은 보이지 않았다. 그녀는 방으로 들어와 다시 누워 조금은 여유로와진 마음으로 천장의 얼룩을 바라보았다. 비록 작은 흔적이었지만 베란다 쪽으로 함경북도가 그려져 있었고 거실 쪽은 경남 해안으로 보였다. 생김새로는 해운대의 백사장 까지를 그려볼 수 있었다. 얼룩은 더 이상 크게 번지지는 않았지만 미세한 발걸음쯤은 하고 있을 것이다. 라는 생각을 했다. '잘 그려졌어.' 그녀는 중얼거렸다. 일찍 일어나게 된 연유도 있거니와 완전히 잠이 달아난 그녀는 이런 저런 생각을 하다가 창밖 멀리서 들려오던 새소리가 사라졌다는 걸 알았다. 무슨 새였을까? 그녀는 몇 년 전 남해 고성의 바닷가에서 백악기 시대의 공룡 발자국이라는 것들에 손가락을 대어보던 자신을 떠올렸다. 그곳에서 그녀가 본 발자국들은 어지러이 찍혀있는 새의 발자국과도 같은 작은 것들이었다. 그리고 아주 오랜 세월이 흐른 뒤 그 옆에서 수영을 하던 자신을 떠올려보았다. 그런 기억들을 잇던 머릿속엔 황량하고 거대한 광야가 그려졌다. 별빛이 쏟아졌을 한밤중과 태양 볕이 작렬한 한낮을 떠올렸다. 빗방울이 떨어지고 있었고 때론 거센 바람과 함께 화산이 폭발했고 천둥 번개도 쳐댔다. 세월은 빠르게도 지나갔다. 박테리아, 삼엽충, 양치식물, 갑주어, 양서류, 공룡, 파충류들이 차례로 태어나고 시조새가 꺼이꺼이 이상한 울음을 토하며 하늘을 날고 있었다. 육식공룡들의 무리에 희생을 당하는 거대한 초식공룡의 마지막 숨소리도 들려오는 듯 했다. 잠시 후 다시 처다 본 천장엔 얼룩이 변해 있었다. 함경북도가 있었던 자리엔 아이의 얼굴 하나가 그려졌다. 그 아래엔 여전히 해운대의 백사장이 보였다. 볼 살이 통통한 귀여운 모습이었다. 아이는 깔깔거리며 어딘가를 뛰어가고 있는 듯 보였다. 아이의 밝은 웃음소리가 들려오는듯해 그녀의 마음도 밝아졌다. 저런 밝은 얼굴로 내내 한 인생을 보낼 수 있다면 축복이겠지. 라는 생각을 하며 '그나마 다행이었어.' '얼마나 축복인지.' 라는 말을 연이어 속소리로 중얼거렸다. '그나마 다행이었어.'를 생각한 것은 그녀가 성장했던 시기의 국가가 가지고 있던 GNP라는 것과 그리 부유할 것은 없었지만 그저 그만한 생활환경은 가지고 살아왔다는 것 등을 떠올렸기 때문이었다. '얼마나 축복인지'는 자신이 건강한 편에 있는 사람이라는 자부심과, 그녀의 아들과 딸이 건강하고 씩씩한 모습으로 성장하고 있다는 생각을 했기 때문이었다. 그녀는 기본적으로 명랑한 아이로 성장했다. 그녀는 20대의 자신을 떠올렸다. 그때의 그녀는 웃기를 거부했다. 뭔가 늘 심각하며 사색적인 얼굴이고 싶었다. 그녀는 혼자 피식 웃어보았다.

그렇게 하기를 20여분을 더 보냈을까? 또다시 얼룩은 변해 있었다. 얼룩의 폭은 그대로였으나 길이는 길게 늘어나 있었다. 그녀는 다시 일어서서 거실 천정 등 이곳저곳을 살펴보았다. 여전히 얼룩은 그녀의 방 천장 뿐인 듯 했다. 여섯시 반경엔 아이의 얼굴은 사라지고 적어도 중증이상의 영양실조로 뵈는 빼빼마른 한 여인이 꺼벙한 눈을 뜨고 어딘가로 뛰어가고 있는 모습이 되 있었다. 여전히 해운대를 포함한 경남 해안이 보였고 이제 그것은 여인의 치마폭이 되어 펄럭이는 듯 했다. 그리고 얼룩은, 그녀가 일어나는 일곱 시경엔 그리기를 완전히 멈춘 듯 했다. 하지만 바삭 마른 볼엔 조금은 살이 붙은듯했다. 여인의 발걸음도 멈춘 듯 보였다. 눈은 여전히 꺼벙하게 떠 있었다. 자세히 보니 망부석이었다. 망부석이 된 여인의 눈은 먼 곳을 바라보고 있었다. '이제 여인은 망부석이 되어 서 있구나.' 그녀는 자신이 알고 있는 역사를 헤집었다. 망부석이 된 여자는 어느 시대 어느 곳이든 존재해 있었다. 그녀는 전쟁을 떠올렸고 기근과 칠거지악이라는 단어까지도 떠올렸다. 그리고 잠시 구도자의 마음이 되어 긴 한숨을 내뱉었다.

그녀의 생각과 상상들은 시계가 일곱 시를 넘기면서 종료되었다. 그녀는 식구들의 아침밥을 챙겨야 했다. 오전 10시 경이면 공사를 시작하겠다고 했다. 그때 난 어디로 가있지? 식구들의 아침밥을 챙기며 오늘을 어떻게 보낼까를 생각했다. 어디든 그 시간을 피해있을 생각이었다. 어디로 가나? 누구를 만나지? 뜬금없이 누구에게 전화를 하지? 다들 바쁜 세상에? 그녀는 친구들의 이름과 연락처를 뒤적거려 보기도 했다. 마땅히 불러내고 싶은 사람도 없었다.

남편과 아이들이 직장과 학교를 가기위해 집을 나선 후 그녀는 외출준비를 했고 오전 아홉시 정도에 집에서 나왔다. 일단은 그냥 나서기로 했다. 버스를 타고 가다가 내키는 대로 또 다른 발걸음을 하기로 했다. 그녀는 영화 한 편을 볼 수도 있고, 조용한 카페에 들려 잔잔한 음악에 귀 기울이며 차 한 잔을 마실 수도 있다는 생각을 했다. 집을 나서며 위층을 잠간 들렸다. 그녀는 위층 여자에게 외출을 하겠다는 말을 했다.

"날씨도 쌀쌀한데 피신하시는 거 아닌가요?"

얼굴이 동글동글한 여자는 당연한 물음을 했다. 그러면서 '적어도 오후 2-3시면 공사가 끝나겠지요.' 라는 말을 했다. 하늘엔 새털 같은 구름들이 가득 들어 차 있었다. 집 앞에서 옆집 할머니를 보았다. 할머니는 파 한 단을 사 들고 집으로 오는 중이었다. 그녀는 약간 쑥스러운 표정을 짓고 인사를 했다. 할머니는 그녀의 인사에 미소를 보였다. 아이들이 웬만큼 성장한 요즘의 그녀는 자신이 직업을 갖지 않고 그저 가정주부로만 머물러 있다는 것이 창피했다. 아이들이 성장하는 만큼 점점 더 그런 생각이 들었다. 이제 나는 무얼 하지? 십 수 년을 집에서 보냈는데 이제와 무얼 하지? 결혼 전 그녀는 보습학원에서 어린 아이들 상대로 국어를 가르치고 간단한 셈법을 가르쳤다. '지금은 그 자리도, 아이들이 좋아하는 젊고 싱싱한 아가씨들이 필요해. 나처럼 뚱뚱해진 중년여자는 아예 자원봉사로 나서거나 아주 헐값을 요구한다면 혹시 써줄까?' 그런 생각들을 하며 버스 정류장을 향해 걸어갔다. 버스 정류장으로 향해가는 길목에 미용실이 있다. 미용실은 이삼주 전 불타버렸다. 시커멓게 불타버린 미용실은 셔터 문을 굳게 내린 채 수리를 미루고 있었다. 불은 셔터문 위쪽에 걸린 미용실이라는 간판도 반쯤은 녹아들게 했고 미용실 옆 명리 철학관의 간판을 검게 그을리게 했다. 철학관 안엔 불이 켜져 있었는데, 그녀가 남편과의 불화가 잦았을 즈음 들린 적이 있었다.

"이혼을 하고 싶다고요?"

"댁 같은 여자들은 이혼을 하지 않아요."

철학관의 남자는 그렇게 묻고는 단호한 목소리로 결론을 내듯 말했다. 그의 책상 위엔 어느새 그녀가 불러준 생년월일을 놓고 이리저리 계산을 한 노트가 펼쳐져 있었다. 그녀로서는 알 수 없는 글귀들이었으나, 그녀는 그가 써놓은 글씨들을 바라보면서 물었다.

"왜 그런 결론이 나오는 거지요?"

그러자 그가 말했다.

"댁 같이 이기적인 여자들은 이혼을 하지 않지요. 계산상 손해 보는 행위는 절대로 하지 않아요. 이어서 그는 혼자 중얼거리듯 말했다.

"이혼은 아주 특별한 사유가 있거나, 세상 쓴맛을 모르는 겁 없는 것들이나 쉽게 하는 짓이지요."

미용실엔 어린 자식들을 두고 30대 중후반의 나이에 일찍이 혼자 된 여자가 운영하고 있었다. 여자는 이제 50대 초반이 되었다. 근래 미용실에는 비슷한 연령대에 한 남자가 드나들기 시작했다. 그들은 서로 외로움을 달래기로 했다는 말이 들렸다. 그리고 무슨 연유로든 남자가 불을 지른 사건이 일어났다. 폭발성 물질이 아니어서 다행히 인명 피해는 없었다. 대신 미용실 내부는 전소가 되었다. 미용실 옆으로 할머니 셋이서 도란도란 걸어가는 모습을 보였다. 자주 눈에 뜨이는 분들이었다. 이제 다들 80대 중반 정도가 되었겠구나. 그녀는 할머니들의 나이를 셈했다. 3년 전쯤인가. 할머니들이 인근 포장마차에서 순대 떡볶이 등을 먹으며 담소를 나누고 있는 모습을 보았다. 그녀는 그 옆에서 닭발을 주문해놓고 앉아 있었다.
"아직 젊어서 치아가 좋으니……"
그중 한 할머니가 말했다.
"예, 저는 닭발을 좋아해서요."
사실 그녀는 요리된 닭발을 좋아해서 가끔씩은 그 포장마차에 들렀었다. 할머니들은 포크로 순대와 떡볶이를 찍어먹으면서 말을 이었다.
"우리들은 6·25를 거치며 너무 많이 고생들을 했어. 너무도 많이 배가 고팠지. 그게 한이 되어서 이렇게 이것저것 먹으러 다녀. 그냥 죽게 되면 억울할까봐 말이야."
그렇게 말하며 할머니들은 웃음을 보였었다. 그녀는 그랬던 할머니들을 바라보며 어디 배고픔뿐일까? 희비가 섞인다는 긴 인생을 살아오면서 어떤 형태로든 크고 작은 상처도 많이 있었을 거라는 생각을 했다. 그녀는 오래 전에 어느 전시회에서 본 작품하나를 떠올렸다. 누구의 작품이었는지 작가는 기억에 없다. 제목은 '세월'이라는 거였다. 작품은 일정한 간격의 씨실에 갖가지 색깔의 날실을 불규칙적으로 얽어 꽉 채워놓은 형태를 하고 있었다. 작품을 감상하며 그녀는, 작품의 몇 군데 정도는 면도날로 살짝살짝 생채기를 내었어야 좀 더 완성도가 있는 작품이 되지 않았을까 라는 생각을 했었다.

  버스 정류장에서 버스를 기다리는 50대의 한 여자를 보았다. 좀 전에 불탄 모습을 보인 미용실의 단골여자였다. 그녀는 여자를 다시 한 번 힐끗 쳐다보며 '그게 아니라' 라는 말을 떠올렸다. 여자는 붉은색 구슬로 길게 뀐 액세서리 목걸이를 하고 있었는데 반짝반짝하는 것이 예뻐 보였고 여자를 젊게 보인다는 생각을 했다. 그녀는 미용실에서 여자를 몇 번인가 보았다. 하지만 그때나 지금이나 서로 아는 체는 하지 않았다. 여자는 말끝마다 '그게 아니라' 라고 말해 상대를 머쓱하게 하는 버릇이 있었다. 여자가 하는 '그게 아니라'의 뒤에 오는 말도 결국 같은 논리이고 결론인데, 습관처럼 누구의 말끝이든 '그게 아니라'를 붙였다. 언젠가 미용실에서 여자의 말 때문에 불편한 모습을 보이던 다른 손님에게, 여자가 잠깐 자리를 비우자 미용실 여자는 속삭이듯 말했다. '남편이 술만 마셨다 하면 머리가 돈대요. 밥상을 뒤엎는 것은 기본 중에 기본이래요. 그걸 견디며 자식들을 지켜낸 여자예요.' 미용실 여자는 손님의 마음을 그렇게 달래주었다.

　그녀는 버스를 탔다. 출근시간을 넘긴 버스 안은 한가한 편이었으나 마땅히 앉을 자리는 없었다. 2인석인 자리를 모두 한 사람씩만 앉아 있었지만, 그들은 한목소리로 '넓게 편히 앉아서 가고 싶어요. 내 옆엔 앉지 마세요.' 라고 말하는 것 같았다. 그녀는 버스 뒤쪽에 가서 서 있었다. 그녀가 서 있는 바로 앞자리에 앉은 20대 후반의 젊은 남자가 8절지 크기의 스케치북을 열고 4B연필로 버스 안의 풍경을 열심히 그려대고 있었다. 그림 그리는 것이 직업 인 듯 또는 직업으로 삼기위해 노력하는 사람처럼 보였다. 그의 펜놀림은 빨랐다. 운전수와 그 아래로 모두가 한명씩 일렬로 앉아있는 사실 그대로의 그림을 그렸다. 그러나 그가 그리는 그림 중에 현재 없는 인물이 하나 있었다. 왼쪽의 세 번째 자리에 앉은 인물이었다. 그 자리엔 중년의 한 남자가 앉아 있었는데 그는 그 자리에, 남자를 대신해 20대 단발머리 여자를 그렸다. 단발머리가 뒤를 돌아보고 있는 모습이었다. 그의 머릿속에선 무엇을 상상하고 있었는지 잠시 후엔 뒤돌아보는 여자애의 두 눈이 누군가를 발견한 듯 화들짝 놀래는 모양으로 그려지고 있었다.

　차창 밖으로 구청에서 무료로 운영해 주는 영화관의 간

판이 보였다. 그곳에선 철지난 영화를 한 달에 한 편씩을 상영해주었다. 지금 상영하고 있는 영화는 오래 전 이탈리아에서 만들어진 '해바라기'였다. 멋진 솜씨는 아닐지언정 작은 간판도 내걸었는데, 간판엔 노랗게 핀 해바라기 꽃밭에 처연한 모습으로 서 있는 소피아 로렌의 모습이 그려져 있었다. '해바라기'는 그녀가 여고 시절에 단체로 본 영화였다. 그녀는 오래 전에 본 화면 속에 노랗게 피어있던 해바라기 꽃밭을 떠올리며 영화의 내용을 기억해냈다. 2차 대전이 있었다. 내걸린 간판에 그려져 있는 명배우 소피아 로렌이 주연으로 나왔다. 영화 속에서 그녀는 짧은 신혼의 시절을 보내고 있었고 남편은 곧 소비에트 전선으로 떠났다. 전쟁이 끝나도 남편은 돌아오지 않았다. 소피아 로렌은 남편을 찾아 모스크바에서 우크라이나의 변두리까지를 찾아 헤맸다. 어찌어찌 우여곡절 끝에 남편은 찾았지만 전쟁의 상처는 그의 과거를 잊게 했고, 과거를 잊은 그는 소련의 한 여인과 결혼생활을 하고 있었다. 그녀의 머리엔, 햇볕에 잘 마른 옷가지와 아기 기저귀들을 거두어 안고 서 있던 러시아 여인의 앳된 모습이 스쳤다. 발걸음을 돌리던 소피아 로렌, 그리고 세월은 흘러갔다. 그녀도 재혼을 해 다른 남자의 아내가 되었다. 뒤늦게 전 남편이 찾아와 다시 마주 선 장면과 서로 각자의 길을 가는 장면으로 끝맺음 했다는 기억이 있었다. 그녀는 전쟁 후에 사람들에게 남겨질 여러 종류의 상흔들을 생각했다. '그저 조금 우물대다가 마감하는 게 인생인데.' 그녀는 그런 생각들을 했다. 학생들의 단체 영화관람 이었지만 주위엔 그 시각 영화관을 찾은 다른 손님들도 몇 명쯤 앉아 있었다. 영화가 중간정도 상영되었을 때 옆에 앉은 50대 정도로 보이는 여자가 훌쩍훌쩍 우는 소리를 냈다. 영화가 끝날 때까지 훌쩍훌쩍 울던 여자의 모습도 그녀의 머릿속에 남아 있었다.

그녀는 두어 정거장을 더 지난 다음 버스에서 내렸다. 그리고 버스를 내리기 전 정류장에서 본 '그게 아니라'의 여자가 걸고 있던 붉은 색의 긴 액세서리 목걸이를 생각했다. 붉고 반짝거리는 것이 예뻐 보였고 또한 젊어보이게도 했다는 생각을 다시 했다. 그녀는 자신도 붉은색 구슬을 사서 긴 목걸이로 꿰어야겠다는 생각을 했다. 그랬으므로 여러 가지 악세사리 등을 팔고 있는 큰 시장에 들려야겠다는 생각을 했다. 큰 시장으로 가기 위해서는 버스에서 내려 전철로 갈아타야 했다. 그녀는 버스에서 내렸다.

한낮의 전차 안도 한가했다. 그래도 몇 명인가 서 있는 사람들이 있었고, 앉을 자리는 없었다. 그래도 그녀는 두리번거렸다. 임산부 좌석 하나가 빈 채 남아 있었다. 서 있는 사람들을 바라보았다. 임산부석이라는 글씨가 확실하게 박혀 있는 자리에 남자들이 앉기는 좀 그럴 것이다. 아가씨들이 앉기도 그럴 것이다. 그녀는 그런 생각들을 했다. 그리고는 그 자리로 가 펄떡 주저앉았다. '좀 더 나이를 먹으면 창피한 것이 없어진대.' 아가씨 때 친구들과 주고받던 말들이 떠올랐다. 그녀는 공공장소에선 사과 하나도 제대로 씹어 먹지 못했던 자신을 떠올리며 '이젠 자연스럽게 나오는구나. 어쩜 체면 없어 보일 것들이'라는 생각을 했다. 앞쪽에 앉은 40대 중반의 남자가 그녀를 쳐다보았다. 그녀는 그가 '임신 중인 게 맞나? 그러기엔 좀 더 나이를 먹은 것 같애.' 라는 생각을 하고 있는 것 같았다. 그녀는 다시 주위를 두리번거리며 언제든 임산부가 차에 오르면 자리를 양보할 것이라는 생각을 했다. 그녀의 왼쪽으로는 60대 여자가 앉아 있었는데 여자는 작은 소리로 전화통화를 하고 있었다.

"수면제 없이는 잠을 잘 수 없다고?"

여자는 그렇게 묻고는 곧바로 답변을 이었다.

"그건 애초에 차단 돼 있던 회로가 열려 버린 것뿐이야."

통화하는 상대자이거나 가까운 누군가가 환청이라도 들

리고 있다는 건지 아니면 다른 어떤 병명을 가지고 나누는 말인지는 모르나 여자는 위로하듯 그렇게 말했다.

두어 정거장을 더 달렸을 때 자그마한 키에 날씬하고 예쁜 아가씨가 그녀 앞에 섰다. 날씬하고 예뻤지만 아가씨의 얼굴은 거의 전체가 성형이 된 모습이었다. 성형은 그럭저럭 성공적인 듯 보였다. 여자는 당당해 보였고 당당히 서있었다. 그러나 여자의 얼굴은 그냥 혈이 통하는 인형의 얼굴같이도 보였다. 그녀는 여자의 얼굴을 두어 번 슬쩍슬쩍 바라보았다. 작은 얼굴에 이마를 너무 많이 부풀려 놓았다는 생각이 들었다. 하지만 어찌 보면 불룩한 이마가 귀엽다는 생각도 들었다. 쌍꺼풀을 너무 두껍게 해놓았다는 생각이 들었다. 하지만 그것도 어찌 보면 시원한 느낌을 준다는 생각도 들었다. 오뚝한 코. 그것도 잘 된 듯 예뻤다. 손을 대지 않은 곳은 입모양 뿐인 듯 보였다. 입은 크지도 작지도 않았다. 그 입술에 핑크색 립스틱이 칠해져 있었다. 그녀는 처음의 얼굴은 어떤 모습이었을까를 상상했다. 지나치게 납작한 코를 가지고 있지는 않았을까? 눈은 가로로 길게 찢긴 듯 한 모양이었을까? 어쨌든 스트레스가 될 정도였다면, 그랬다면 잘한 일이지. 그녀는 그런 결론을 내렸다. 그렇게 천차로 다섯 정거장 정도를 더 달려 큰 시장에 닿았다. 하늘은 어느덧 잿빛

얼룩

이었고 하나 둘 눈발이 떨어지고 있었다.

그녀는 시장 입구 쪽으로 들어갔다. 사리사욕이 창궐한다는 시장 안은 숱한 사람들이 북적였고 그만큼 활기가 넘치고 있는 듯 보였다. 그들과 섞인 그녀는, 눈이 오는 겨울 어느 날, 그저 소박하고 평범한 시민 계층의 한 가정주부가 북적이는 시장 안을 걸어 들어가고 있다는 생각을 했다. 달리 정찰 제 라는 것이 없는 시장이므로, 한 푼도 손해를 보지 않겠다는 정신으로 무장된 사람들 틈에 끼어 자신도 시장 길을 걷고 있다는 생각도 했다. 시장 입구 쪽에서 그녀는 집에서 편히 입을 수 있는 티셔츠 한 장을 적정선이라고 계산되는 가격으로 깎아서 샀다. 시장 안쪽 중간정도에 있는 상점에서 아이들의 청바지도 얼마쯤 씩을 깎아서 하나씩 샀다. 청바지 가게 옆엔 실내화와 운동화 등을 팔고 있는 가게가 있었고, 가게 안에선 내내 비발디의 겨울음악이 흘러나오고 있었다. 그리고 가게 안쪽엔 곰처럼 덩치가 큰 남자가 구부려 앉아 좀 이른 점심식사를 하고 있었다. 그녀가 음악이 흘러나오는 가게의 상품들과 곰처럼 구부리고 앉아 식사를 하고 있는 남자를 흘끔거리자 청바지 가게 주인은 그녀게 눈을 싱긋 해보이며, 그가 게으르고 잘못 든 종업원이라는 말을 했다. 그러면서 커다란 비닐봉지에 청바지 두 개를 넣어주었다. 그녀는 그 봉지에 먼저 산 티셔츠를 함께 넣었다. 그렇게 티셔츠와 청바지를 사 든 그녀는 액세서리나 원 재료를 전문으로 취급하는 곳으로 갔다. 그곳에서 반짝이는 빨강색 구슬 여러 줄을 샀다. 그것도 커다란 비닐봉지에 담았다. 그녀는 이왕 온 김에, 라는 이유로 다른 쇼핑도 좀 했다. 아이들 털목도리도 하나씩 사서 그것들도 커다란 비닐봉지에 담았다. 좀 더 구경을 하고 돌아다니다가 욕실에서 쓰는 때밀이 수건과 주방에서 쓰는 기름 때 제거용 요술 행주라는 것, 기타 고무장갑과 섬유탈취제 등. 이것저것의 잡동사니들을 사서 커다란 비닐봉지에 담았다. 어느덧 오후 한 시가 넘어가고 있었다. 슬슬 배가 고팠다. 그녀는 이곳에서 갈치구이로 유명하다는 골목을 찾았다. 눈은 어느덧 굵기를 더해 함박눈이 되어서 평평 내리고 있었다. 갈치구이 집은 한 굴목에 여러 개의 가게를 열고 있었다. 커다란 비닐봉지를 든 그녀는 어느 한 긴 줄에 섰다. 식사를 마친 사람들이 가게 밖으로 빠져나가고 줄선 사람들이 하나씩 가게 안으로 들어갔다. 그녀 앞에 서 있던 대엿 사람이 들어갔을 때 그녀는 가게 옆으로 난 골목을 보았다. 그곳에선 한 여인이 열심히 구이 판을 닦고 있었다. 한여름의 파라솔이 그녀에게 내리는 눈을 가려주고 있었다. 열심히 닦아도 닦아야 할 구이 판은 자꾸만 쌓여갔고,

쌓여갈 것이었다. 그 여인을 보는 그녀는 순간 목이 멨다. 저건 중노동이었어. 정말로 힘든 일이었지.

아가씨는 아직 험한 세상을 살아보진 못했다.
삭풍이 몰아쳤다. 하늘위에도 길이 나 있나? 허공 위에서 어느 여인이 고무신을 직직 끌고 있는 소리가 들렸다.
"어디를 가시는 거예요?"
자못 점잖은 노인의 목소리가 묻고 있었다.
"저기 좀 가보려고요."
여인의 목소리는 그녀가 자고 있는 방 안을 지목하고 있었다. 직직 고무신 끌리는 소리가 몹시도 귀에 거슬렸다.
다시 고무신이 직직 끌리는 소리가 들려왔다. 허공 위에서.
그리고 검고 큰 뱀이었다. 커다란 뱀이 그녀의 배 위에 또아리를 틀고 짓누르듯 앉아 있었다. 뱀의 머리는 그녀를 쳐다보며 쉭쉭 온기를 품어댔다. 혼비백산이 된 그녀는 '비켜'라는 외마디 소리를 지르며 벌떡 일어나 불을 켰다. 한밤중의 꿈이었다.
'제기랄! 이젠 이런 것들까지?' 비록 꿈속의 일이었지만 그녀는 본능적으로 그것이 무엇이라는 걸 알 수 있을 것 같았다. 그녀가 생각하는 그것은 나약한, 또는 나약해져

버린 영혼을 지배하려는 어둡고 축축하며 냄새를 풍기는 불유쾌한 그 무엇이었다. 다음 날 그녀는 또 길을 나섰다. 이제 어디에 이력서를 내고 기다릴 여유도 없었다. '방 한 칸만 얻어주면 나는 넉넉히 자립할 수 있어.' 당당하게 선언한 그녀는 수도세 등 각종 세금이 밀려있는 상태에 있었고 앞 가게에서 외상으로 들인 쌀값이며 고구마, 옥수수, 계란, 라면 등 기타의 부식 값들도 갚아야 했다. 그들은 그녀의 방 한 칸 값을 믿었을 것이다. 날이 갈수록 그녀는 고개를 들고 살수가 없을 지경이 되었다. 지난 밤 꿈속 같은 일이 현실처럼 생생했다. '제기랄, 난 절대 원치 않아 다시 내 앞에 나타나면 난 널 죽여버릴거야. 그게 내 마음이다.' 허공에 대고 중얼거리는 그녀의 몸엔 소름이 돋았다. '난 무엇이든 아무것이나 해볼 거야.' 도심 도로변에 한식집이 있었다. 한식집 창문엔 '주방 아줌마 구함' 이라는 쪽지가 붙어 있었다.

순간 그녀는 서 있던 줄을 이탈해 불판을 닦고 있는 여인의 뒤쪽으로 해서 골목길을 빠져나갔다.

50대 중반 정도의 뚱뚱한 식당주인 여자가 그녀를 바라보았다.

"지금은 주방의 일손이 필요해요. 아가씨는 구하지 않

아요."

그리고 여자는 잠시 무슨 생각인가 하더니 '홀에서 일할 사람도 한 사람이 필요 하긴 해.' 라고 말했다.

홀이면 손님과 얼굴을 마주하며 음식을 나르고 기타 시중을 드는 일이었다.

"저는 주방에 꼭 박혀 일을 하고 싶은데요."

그때의 그녀는 행여 자신을 아는 누군가를 마주하게 될까 두려웠다.

"그럼 불판 철재를 닦는 일을 할 수 있겠어?"

여자가 물었다. 그녀는 '예'라고 대답했다.

주방 안쪽으로는 빈 공간 하나가 창문을 높이 달고 놓여있었다. 다음 날부터 그녀는 그곳에 앉아 철판을 닦았다. 그녀에게는 그것이 너무도 뼈골을 빼는 중노동이었다. 일에 익숙지 않은 이유도 있었을 것이다. 2주 정도를 했다. 손 바닥 여기저기에 물집이 생겼다. 손등에도 상처가 생겼다. 밀려 있는 세금들과 앞 가게에 갚아야 할 외상값을 제하면 약간의 여윳돈이 남는다는 계산이 되었다. 3주 째가 되는 아침 그녀는 뚱뚱한 주인 여자에게 말했다.

"다른 직장을 구해야겠어요."

순간 여자는 입을 내밀었다.

"아가씨 때문에 일을 시켜달라는 사람도 그냥 보냈어.

남 보다 반의 일을 못해도 참아줬는데. 돈은 일주일 후에 나 와."

일주일 후 여자는 또다시 입을 쭉 내밀었다.

"다음 주에 다시 와. 일도 못했으면서."

세 번째는 이유가 하나 더 첨가되었다.

"게다가 점심과 저녁을 먹은 밥값을 제하면 남는 것도 없어."

그녀는 길바닥에 팽개쳐진 너덜너덜한 거지가 된 기분이 들었다. 진즉 아가씨의 행실을 눈치 챈 여자는, 아가씨가 처한 처지와 상황까지는 생각해 주지 않았다. 아니면 그럴만한 여자가 못되었는지도 모르겠다. 창피한 것도 많았던 아가씨는 더 이상 찾지 않았다. 아직 세파에 영글어 보지 못했던 아가씨는 그날 골목에 숨어들어 울었다. 다음 날엔 겨우 가지고 있던 티브이와 책 몇 권을 보따리에 꽁꽁 싸매어 중고 시장에 내다 팔아야 했다.

금희씨는 뚱뚱한 그 여자의 나이를 셈했다. 아직은 살아 있을 확률이 많겠다는 계산을 했다. 눈은 함박눈이 되어 떨어지고 있었고 길 위에도 어느새 함박눈이 듬뿍 쌓여 있었다. 몇 개 옷가지들과 여러 가지의 잡동사니를 사 넣은 커다란 비닐봉지를 든 그녀는 쌓인 눈을 꾹꾹 밟으며 전철역으로 향해갔다. 그리고 뚱뚱했던 그 여자 모습을 떠올리며 여자를 생각했다. 여자도 살다 살다는 어찌 어찌 좋은 일도 했겠지. 부모에게, 또는 형제들에게, 그리고 가끔은 낯모를 타인에게 기부의 손길도 보냈겠지. 라는 생각을 하며 그녀는 때론 여자에게도 있었을 선행들에 묘한 불쾌감을 느꼈다.

범수의 기억

나는 무엇인가를 착각 하고 있는 것일까? 아니지, 나는 왜 나를 착각 하고 있다는 생각을 하게 되는 것일까? 그녀는 두 가지의 궁금증을 떠올리며 다시 실행해 보기로 했다. 지시에 따라 두 눈을 감고 편안한 자세로 누워 천천히 호흡을 내쉬었다. 이어서 넓은 들판을 바라보았다. 들판엔 온갖 곡식들이 열매를 익히고 있었고, 멀리서 할아버지 한 분이 뒷짐을 지고 걷고 있는 모습이 보였다. 그 옆쪽으로 고삐 매인 어미 소와 염소 두 마리가 풀을 뜯고 있는 모습도 보였다. 어미 소 옆엔 송아지 한 마리도 보였다. 그녀는 들판 길을 걸어 가 작은 천변을 건넜다. 그녀의 머릿속은 고정이 되어버린 것처럼, 처음 실행했을 때와 똑같은 길을 걷고 있었다. 그녀는 다른 곳 다른 장소를 떠올리며 발걸음 하고자 했다. 또는 아예 낯선 장소를 그려보기도 했다. 그러나 다른 아무 곳에도 그녀는 존재해 있질 못했다. 잠시 가만히 서 있었다. 멀리 마을 입구엔 키 큰 미루나무들이 일렬로 서 있는 게 보였다. 그녀는 다시 한 번 콧노래를 읊조렸다. '미루나무 꼭대기에 조각구름이 걸려 있네, 실바람이 몰고 와서 걸쳐놓고 도망갔어요.' 어릴 때 부르던 동요였다. 우러러 하늘을 보았다. 푸르고 텅 빈 하늘엔 태양이 떠 있었다. 그녀는 오전 열한 시 반쯤이 되었겠다, 라는 계산을 했다. 그 아래로 몇 점 구름이 떠서 흘러가고 있었다. 그녀는 멈추어 서서 흘러가는 구름들을 바라보았다. 앞뒤로 나란히 걷고 있는 오리 두 마리의 뒤뚱거리는 모습이 보였고, 그 뒤로는 그저 빵떡 같은 그름 한 점과 강아지 한 마리가 목을 길게 빼고 걷고 있는 듯 한 모습이 보였다. 그녀는 손끝에 염력을 뻗어 목을 길게 빼고 걷고 있는 강아지 모습의 구름을 살살 댕기어 미루나무 꼭대기에 걸쳐놓고 말했다. '좀 쉬어.' 그곳은 그녀가 자란 유년의 들판이었고 길이었다. 하지만 이번엔 들판 길을 벗어난 언덕을 넘기로 했다. 그녀는 애써 작은 반항을 시작했다. 그곳 또한 유년의 길인 건 마찬가지였다. 언덕을 넘으면 그녀가 다니던 초등학교가 있었다. 초등학교 정문으로 가는 담장 아래에 기댄 포장마차에선 중년의 한 여자가 호떡을 굽고 있는 모습이 보였다. 포장마차 앞에는 책가방을 멘 서너 명의 어린 학생들이 재잘거리며 호떡을 사먹고 있었다. 그 중에 한 아이가 '난 이거 먹고 한 개 더 먹을 거야'라는 말을 했다. 정문 쪽으로 걸어 간 그녀는 학교 건물을 바라보았다. 2층이었던 것이 3층 건물로 바뀌어져 있었다. 운동장을 바라보았다. 예전엔 아주 큰 운동장이었다고 생각했는데, 운동장은 작고 아담했다. 운동장 가에 놓인 그네도 시소도 보였다. 그네와 시소는 예전의 그 장소에 그대로 있었다. 그녀는 잠시 운동장 위로 만국기가 흩날리던 모습을 떠올렸다. 그리고 그 아래로 어린 학생들이 마스게임이니 부채춤이니 하는 재능을 뽐내던 모습을 그려보았다. 점심 도시락을 싸들고 온 인근 학부모들이 운동장 가에 빙 둘러 서 있거나 앉아 있었다. 백색과 청색의 머리띠를 한 작은 아이들이 때때로 두리번거렸다. 그녀는 어머니 모습을 떠올렸다. 겨우 멋을 낸 나일론 재질의 꽃무늬 블라우스와 하늘색 양산이 떠올랐다. '어찌 고양이 굴에서 호랑이 새끼가 튀어 나올 수 있냐고요?' 그녀는 고개를 숙이고 발 아래에 피어 있는 노란 민들레 꽃들을 바라보았다. 평범한 철도 공무원이 되 있는 동생을 생각했다. '출세'라는 말을 떠올렸다. 일찍이 혼자가 된 어머니는 아버지가 물려준 한줌쯤 되는 전답을 잡고 늘 농사일에 매달려야 했다. 그러면서 '출세'라는 말을 입에 달고 살았다. 훗날엔 그녀와 그녀의 동생이 '출세'라는 것을 해, 일찍이 과부가 된 자신의 한을 씻고 명예가 드높여 지기를 욕심 했다. 어머니는 갑작스런 복막염으로 60을 갓 넘긴 나이로 죽었다. 그녀는 어머니의 마지막 모습을 떠올렸다. 무슨 이유였는지 어머니의 한쪽 눈은 감겨 있으나 한쪽 눈은 반쯤 떠 있었다. 그녀는 반쯤 떠 있는 눈을 감겨주며 입속말로 중얼거렸다. '적어도 인생을 성실하고 반듯하게 보낼 수 있는 사람들이라면, 엄마는 성공적으로 자식들을 키워낸 거야.' 왠지 조금은 우스꽝스럽게도 생각되었지만 평소에 하고 싶던 말이었다. 어머니의 출세라는 말은 어디까지고 닿아 있었을 것이다. 어쩜 어머니는 자식이 가진 어떤 한계치를 전혀 생각해 주지 않는 욕심쟁이였다. 그것 또한 어머니의 한계이기도 했다. 성장하면서 그녀는, 그런 어머니와 크게 한번 싸웠다. 그녀가 지방의 어느 공무원 시험에 떨어지고 나서였다. 그날 저녁 밥상엔 그녀의 밥이 없었다. 그녀는 목청을 높였다. '어찌 고양이 굴에서 호랑이 새끼가 나올 수 있냐고요?' 그 후 그녀는 그 말이 내내 마음에 걸렸다. 그녀는 그랬던 어머니를 잘 이해하면서도, 어머니와 함께한 유년을 서글퍼했다. 엄마는 늘 땡볕에서 일했고, 능력 것은 공부했을 동생과 그녀는 가뭄에 콩 싹 내밀 듯 아주 가끔씩 100점이란 것을 받아냈을 뿐이었다. 그것도 딸딸 외우는 사회과목에서나 해당되었다. 동생은 가끔 친구들에게 줘터져서 울고 다녔고 그녀 또한 그와 비슷한 처지로 성장하는 그저 평범한 아이들에 불과했다. 그 어머니가 내 딸과 내 아들은 얼마만큼 활발하게 움직이고 있는가. 다른 또래들에 비해 덩치의 크기 또한 뒤떨어지지 않는지를 발돋움 하며 주시하고 있었다. 그녀는 초등학교를 등지고 걸었다. 그 앞쪽으로도 넓은 평지였다. 논밭이 있고 집들이 종종종 박혀 있었다. 시냇물도 흘렀고 길 바닥엔 크고 작은 자갈돌들이 나뒹굴었다. 시냇물을 건넌 그녀는 시선을 앞쪽으로, 앞쪽으로만 던지며 걸었다. 머릿속에선 개구리가 뛰었으며 메뚜기도 뛰었고 알록달록한 뱀까지도 불쑥 튀어나오기도 했지만 머리를 흔들며 그것들을 지웠다. 그녀는 떠오르는 잡생각을 멀리 하려 노력했다. 하지만 지시하는 골자만큼은 그대로 따랐고, 따라야 했다.

세계적인 팬데믹 상황, 이른바 '집콕'시대다. 처다 보는 것이 티브이고 뒤적이는 것이 유투브였다. 그녀의 눈은 아프리카 사막을 바라보다 버뮤다의 삼각지대를 들쳐본다. 로마의 테베레 강가에 서 있다가 티베트 고원의 돌담을 바라본다. 그렇게 뒤적이던 그녀의 시선이 전생 치유 프로그램에 가 있었다. 그녀는 보라색 하늘 위에 박힌 둥근 시계를 바라보았다. 시계의 시침과 분침은 그대로였고, 다만 그 안에 쓰인 숫자가 1, 2, 3, 4……. 순서가 아닌 거꾸로 4, 3, 2, 1 식으로 써져있었다. 그 아래엔 '누군가가 겪고 있는', '전생의 가르마', '현실에 처한', '치유' 등의 글들이 비교적 길게 소개 돼 있었다. 티브이 프로그램에서도 가끔씩 보이던 거였다. 그러나 그녀에겐 별 흥미를 가졌던 프로그램은 아니었다. 그녀는 천당과 지옥, 전생과 내생이라는 것에도 그다지 관심을 두지 않았다. 중요한 건 현실뿐이라 여겼다. 주어진 현재를 별 죄나 짓지 말고 그저 잘 보내는 것이 그녀의 목표였고 그 이상은 자기의 영역이 아니라 여겼다. 그녀는 숫자가 거꾸로 박힌 둥근 시계를 다시 바라보며 그 세계로 들어가 보았다.

"들판을 걷는 상상을 해보세요. 발의 촉감이 어떻습니까? 부드러운 흙길을 걷고 있다고 상상해 보십시오. 풀냄새, 맑은 공기, 새소리 또는 풀벌레 소리가 들리십니까?"

잔잔한 반항을 잇는 그녀는, 처음의 부드러운 흙길이 아닌 잔돌이 깔린 조금은 거칠고 비좁은 풀밭 길을 걷고 있다는 상상을 했다. 그녀의 발걸음에 돌이 채이고 있었다. 여전히 잡생각들은 떨치려 노력했지만 밀려드는 생각들을 다 떨칠 수는 없었다. 그런 그녀는 두리번거리며 길가에 싸 놓은 쇠똥을 찾아 힘껏 밟아 보기도 했다. 순간 그녀가 선택한 쇠똥은 적당히 굳어 있었다. 하지만 적당히 굳어 있는 쇠똥 속에서 똥만 먹고 사는, 별 죄는 없을 쇠똥구리가 열심히 쇠똥을 뭉쳐대다가 혹시 밟혀죽지나 않았을까? 걱정이 되었다. 그래서 고개를 돌려 밟아 놓은 쇠똥을 살펴보기까지 했다.

"숨을 깊이 들이켜세요."

그녀는 그대로 따랐다.

"멀리 산이 보이나요?"

당연히 보였다. 그곳 산천의 생김새 또한 그리했으니까.

"들판에 널린 꽃은 어떤 꽃인가요? 색깔은 어떤가요? 빨강색? 하얀색? 노란색?"

그녀는 처음에 그랬던 것처럼 흔했던 망초 꽃이나 민들레, 혹은 코스모스꽃 등을 떠올리다 이번엔 길가에 피어난 하얀 찔레꽃을 생각했다. 언젠가 달빛 아래 피어있던 하얀 찔레꽃의 화려한 아름다움을 그녀는 잊지 못하고 있었다.

"향기를 맡아 보세요."

찔레꽃의 향기까지는 기억을 하고 있지 못한 그녀는 냄

새를 맡지 못했다. 대신 코를 바싹 들이대다 가시에 콧등을 슬쩍 스치게 했다. 그녀는 인상을 찌푸리며 콧등을 한 번 문질러 보았다. 피가 날 정도는 아니었지만 조금은 따갑고 쓰라리기도 하다는 느낌을 받았다.

"주변 상황은 어떻습니까? 귀 기울여 보십시오."

그녀는 주변상황을 다시 둘러보며 귀를 기울였다. 산이 보이고 언덕이 보이고 언덕위에 종종종 들어서 있는 작은 집들이 보였다. 남녀 아이들이 주전자와 고기를 잡는 얼개미를 들고 뭐라고 종알종알 떠들며 지나가고 있었다.

"물소리가 들리나요? 새소리가 들려오나요? 바람소리가 들려오나요?"

그녀는 세 가지 소리들을 상상으로 다 들었다. 그것들은 그저 처음처럼 잔잔하고 아름답고 조용히 부는 바람소리로 들었다.

"맑고 신선한 공기를 크게 들이 쉬어 가슴 가득 채워볼까요."

그녀는 시키는 대로 했다. 시키는 대로 하면서 다시 체면 상태의 체면 의술이라는 것을 떠올리고는 자신의 몸 안에 손톱만큼의 좋지 않은 기운이 스며있다면 이 기회에 모두 날려 보내겠다는 의지로 또다시 깊게 심호흡을 했다. 구체적으로 따져든다면 그녀의 무의식 깊은 곳에도 이런 저런 이야기들이 쌓여 있겠지만, 다행인지 아직은 크게 잡혀드는 게 없다 싶어 처음과 마찬가지로 그저 깊게 호흡을 이으며 그 어떤 방향으로는 자신을 인도하지 않았다.

"온몸이 나른해지고 이완되고 편안함 속에 천천히 걸어갑니다."

그녀는 영어 단어의 '릴렉스하다' 라는 것을 떠올리며 단어의 스펠링을 생각해 보기도 했다.

"가는 길을 계속 걸어갑니다, 계속 걸어갑니다. 계속 걸어갑니다."

그녀는 지시하는 대로 계속 걸어갔다. 걸어가며 길가에 돋아난 산딸기나무에서 빨갛게 익은 산딸기 두 개를 따먹고 뽕나무에 열린 잘 익은 오디 한 개를 따먹었다.

"산을 향해, 산을 향해."

그녀는 그리했다.

"자, 이제 산 속으로 들어갑니다."

그녀는 녹음 짙은 푸른 산 속으로 들어갔다.

"시원한 계곡의 물소리를 들어보십시오."

맑은 계곡의 물은 간간 햇빛을 받으며 알록달록 빛이 났고, 작은 폭포를 이루며 아래로, 아래로 흘러가고 있었다.

"근방에 널찍한 바윗돌이 있습니다. 그리고 가보십시

오."

 그녀의 머릿속에 널찍한 바윗돌은 이번에도 작은 개천을 건너야 있었다. 시냇물이 돌돌돌 하는 소리를 내었다. 그 소리는 그녀에게 뭐라고, 뭐라고 하는 것도 같았고 그저 아무 생각 없이 돌돌거리는 것도 같았다. 그녀는 또다시 물 위로 튀어나온 돌들을 징검다리 삼아 조심스럽게 펄쩍펄쩍 뛰며 내를 건너야 했다. 그녀의 기척에 놀란 작은 물고기들이 사방으로 흩어지고 있었다.

"바위를 느껴 보십시오."

 그녀는 큰 바위의 차가운 느낌을 또 한 번 느껴야 했다.

"자 밀어봅니다."

 이번엔 입을 열어 '참깨'라는 주문은 하지 않았다.

"동굴이 보입니다. 보이시지요?"

 그녀는 또다시 커다란 동굴하나를 상상하다가 애써 지우며 이번엔 좁고 거친 동굴을 떠올려 보았다.

"이제 굴속으로 전생을 찾아 들어갑니다."

 그녀는 동굴 입구에 피어난 노란 나리꽃들을 바라보았다. 한 송이 두 송이 세 송이……. 그녀는 중얼거리며 꽃송이를 헤아렸다. 처음 시도할 때 그녀는, 혹시나 체면 상태에서 영원히 깨어나지 못할까? 또는 전생에 어떤 끔찍한 사건의 주인공까지는 아니더라도, 누구에겐가 그에 상응된 불행한 사건을 입힌 인간이 되어 있다면, 이후 그것이 트라우마가 되 간간은 나를 지배하게 될까? 라는 상상도 해보았다. 다행히 대체적으로 평이했고, 자연스럽게 현실로 돌아왔다. 암튼 약간의 반항기를 가진 이번엔 비좁고 거친 굴속을 더듬더듬 걸어 들어갔다. 그러면서 잠시 전생이 아니라 현생의 지나온 삶을 잠깐 생각했다. 그녀는 부끄러워서 얼굴을 찌푸리기도 하고 혹은 여의치 못해서 생긴 일상들을 초라하게 바라보기도 했다. 그녀는 처음과 달리 거칠고 비좁은 굴속을 한껏 웅그리고 더듬거리며 때론 뱀처럼 몸을 길게 뉘이며 굴속을 지나갔다. '하품이 나옵니다.' 라는 멘트엔 한껏 웅크린 몸으로 애써 하품하는 시늉을 했다.

그는 다시 열부터 하나까지 거꾸로 천천히 헤아리고 있었다. 그의 입에서 '하나' 라는 말이 떨어지면 그녀는 햇빛이 찬란한 동굴 밖으로 나가 서 있어야 했다.

여덟, 일곱, 여섯…….

그가 숫자를 셀 때마다 그녀의 의식 속 동굴은 점점 좁아졌다. 그녀는 비좁은 동굴 안에 갇힐 것만 같았다. 그녀는 연실 뱀처럼 몸을 누이며 거칠게 움직였다. 망령되게도 '바늘 귀 만큼' 이라는 단어가 떠올라서 잠깐씩 동굴이 바늘 귀 만큼 작아지기도 했다. 제 시간에 맞춰 나가야 했던 그녀는 염력을 뻗어 바늘 귀 만큼 작아지는 동굴을 자꾸 넓혀대느라 진땀을 빼어야했다. 그랬어도 그녀는 끝까지 비좁은 통로를 뱀처럼 기어 나아가야했다.

"이제 동굴 밖으로 나오십시오."

그녀는 몸을 한껏 오그리고 마지막 안간힘을 다해 햇살이 비치는 동굴 밖으로 빠져나갔다. 온몸엔 땀에 젖어 있었다.

"주변 풍경을 살펴보십시오."

그녀는 주변 풍경을 살펴보았다.

"들판이 보입니다."

그녀는 들판을 생각했다. 그곳은 낯선 곳이었다. 처음 시도 때에도 낯이 썰었고 지금도 낯설었다. 하지만 그곳은 처음 시도해서 본 그 장소였다. 들판이 보이고 호수가 보이고 높은 산이 보이는 그런 곳이었다.

"당신의 모습은 어떻습니까? 남자입니까? 아니면 여자입니까?"

그녀는 다시 남자가 돼 있었다. 현재의 자신처럼, 이번엔 여자가 되어야지 했는데 자꾸 남자가 되는 것은 어쩔 수 없었다.

"몇 살쯤 되어 보입니까?"

그녀는 다시 30대 초반의 남자가 되어 있었다.

"무엇이 보입니까?"

그가 물음을 던지자 또다시 16세기 조선의 풍경을 떠올렸고 높은 산과 계곡 호수가 보이는 뒤쪽으로 솟을 대문이 하나 보였다. 이번엔 '이게 아닌데' 라는 생각을 하며 그녀는 그 자리에 다 쓰러져 가는 초라한 초가삼간을 떠올리려 애썼다. 쉽게 떠오르지 않아 그대로 솟을 대문 집을 두고 대신 이번엔 그 집의 종이 되기로 했다.

"자 당신이 입고 있는 의복은 어떻습니까? 무엇을 신고 있습니까? 어떤 모습입니까?"

그가 묻고 있을 때 그녀는 처음과 같이 비단옷에 가죽구두 그리고 머리에 관가지 쓰고 있었다. 그녀는 도리질을 했다. 자신의 나이도 30대 초반에서 15세쯤으로 내렸다. 이상하게도 그건 어렵지 않게 탈바꿈이 되었다. 결국 그녀는 헝클어진 머리를 길게 땋아 내린 떠꺼머리총각 되었다. 이어서 때에 전 광목재질의 의복을 입고 집신을 신은 자신 모습을 생각하며 바짓단을 무릎께까지 거두어 올려놓았다. 때를 맞춘 듯 종아리에 모기 한 마리가 와서 붙었다. 떠꺼머리가 된 그녀는 손을 뻗어 종아리를 냅다 한 대 갈겨대기도 했다.

"아버지의 모습은 어떻습니까?"

그녀의 머릿속엔 또다시 붓을 든 선비가 떠올랐지만 머

리를 흔들며 종살이로 몸을 바쳐 일만하다 지치고 지쳐 일찍이 요절해버린 한 남자를 그렸다. 그의 볼 양쪽엔 커다란 점이 나란히 붙어 있었다. 그래서인지 그의 이름은 두 점 박이가 되었다. 나이 열 살 즈음이었다. 요절해버린 두 점 박이인 아버지의 나이는 30이 채 되지 않았다.
"어머니를 떠올려 보십시오."
그녀는 다시 단아한 모습의 여인을 떠올렸다가. 초라한 종살이 여인으로 바꿈 시켰다. 어머니는 아버지가 돌아가신 3년 후에 역시 젊은 나이로 돌아가셨다. '바보 같은 것들.' 그녀는 짧은 탄식의 말을 뱉었다. '어차피 종놈이 마소와 같은 것이라면 적당히 부리며 잘 먹여서 새끼들도 여럿 까게 해 필요하다면 종종 팔아 드시는 장사를 해먹어도 좋았을 텐데.' 그녀는 우둔하며 얄궂은, 거들먹거리는 양반이라는 군상들을 잠깐 떠올려보았다.
그는 부모를 거적때기에 싸매어 주인마님 댁 종산 아래 산비탈에 묻었다. 풍문으로 듣기에 그런 장소에 무덤을 쓰면, 대대손손 비천한 신분으로 살아야 하며 게다가 곧 후손이 끊긴다는 그런 곳이었다. 주인마님이 허락한 곳이 그곳이었으니까 그리했다. '바보 같은 것들, 어차피 종의 신분인데 자손이나 많이 낳을 수 있는 곳에 묻게 하고 대대손손 실컷 부리다 팔아먹지.' 떠꺼머리가 된 그녀는 다시 한 번 그렇게 중얼거렸다. 그러고 보니 여동생도 하나 있었다. 그 애는 두 살 때 홍역으로 죽었다. 어린 여동생을 떠올리니 어머니의 모습이 다시 떠올랐다. 거의 맨땅 위에 놓인 동생은 자지러지게 울고 있었다. 아랑곳없이 어머니는 방아를 찧고 있었는데 태양 볕은 작열했고, 삐쩍 마른 어머니의 쇠골엔 땀이 차 있었다. 잠시 후 방 안쪽에서 '시끄럽다.' 라는 안방마님의 짜증 섞인 호통소리가 들리자 어머니는 찧던 절구를 절구통에 기대여 놓고 아이에게 젖을 물렸다. 아직 젊음이 있어서인지 어머니의 젖무덤은 작은 보시기를 하나씩 엎어 놓은 듯 통통하고 예뻤다. 그녀는 그 모습을 서글프게 바라보았다. 마당가엔 봉숭아꽃이 빨갛게 피어 있었다. 무슨 생각을 하고 있는지 어머니의 시선은 내내 마당가에 피어 있는 봉숭아꽃들에 가 있었고, 그렇게 앉아 젖을 물리고 있는 어머니의 입술이 희뜩 희뜩하게도 보였다. 암튼 동생은 어머니와 아버지가 어딘가에 묻었다는데 그곳은 알 수가 없다.

"자 이제 집 안으로 들어갑니다."

지시에 따라 대문 안으로 들어가려 하는데 이번에도 삽사리가 반기며 □아 나와 꼬리를 흔들며 깡충깡충 뛰었다. '주인과 종도 구분 못하는 멍청한 놈. 내 앞에서 뛰어봤자 밥풀떼기 하나도 못 건져.' 이제 완전한 떠꺼머리가 된 그는 중얼거리며 주위를 두리번거리고는 삽사리에게 눈을 부라리며 발길질을 해 쫓아 버렸다. 대문 안으로 들어선 그는 댓돌 위에 놓인 신발을 신고 있는 안방마님의 얼굴을 얼핏 보았다. 그의 어머니였다. 하지만 그는 종의 신분이 되어야 했다. 종이 된 그는 머쓱해진 얼굴로 대문 옆 허청으로 들어가 바지게를 지고 문 밖으로 내빼듯 빠져 나왔다.

"돌쇠야 이 시간에 어딜 가? 나랑 가서 새끼나 꼬자."
그의 이름은 흔한 돌쇠였고 그렇게 말한 사람은 먹새였다. 그는 자신이 돌쇠가 된 내력은 모르나 그가 먹새가 된 내력은 들어 알고 있었다. 그가 먹새가 된 내력은 이랬다. 어느 날 마을에서 잔치가 벌어졌는데 종놈들에게도 한상 차례를 준다했다. 그때 세 살이었던 그는 종놈 형들을 줄렁줄렁 따라갔다. 그날 어린놈이 국수를 어른들이 먹는 그릇 크기와 양으로 두 그릇 반을 비웠다 하며 먹새가 되었다.

문 안으로 들어서려던 쇠눈이 라는 종놈도 눈을 껌벅이며 이 시간에 어딜 가느냐는 무언의 질문을 던졌다. 쇠눈이의 손엔 긴 대빗자루가 들려있었다. 그놈은 눈까풀이 큰 눈을 자주 껌벅댔는데 그 눈의 생김새가 소의 눈과 같다 해서 붙여진 이름이었다. 그는 아무런 반응도 하지 않고 그를 지나쳤다.

해를 보니 미시가 넘어서 신시 초입쯤 보였다. 이시간이면 잔솔가지나 조금 걷어오면 별 탈 없을 것 같았다. 그는 산으로 향했다. 혼자라는 두려움을 느꼈고, 그래서 몽둥이가 될 만한 나뭇가지 하나를 찾아 들고 지게작대기와 함께 양손을 휘저으며 걸었다. 혹시 튀어 나올지 모르는 늑대나 여우 또는 호랑이나 멧돼지들을 방어해야 해야 했다. 야산자락에 나란히 묻힌 부모들의 산소가 보였다. 그는 아버지가 자주 쓰던 말들을 기억해 냈다. '송충이는 솔잎을 먹어야 하고 뱁새가 황새를 흉내 내다간 가랑이가 찢어진다는' 그런 것들이었다. 아버지는 자신에게 주인을 잘 섬기며 사는 게 타고난 운명이란 말도 자주했다. '종놈이 도망치면 갈 데가 없고 산짐승 밥이 되든가 붙잡혀 다리몽둥이가 부러져 굶어 죽게 된다는' 이야기였다. 그게 종이 된 운명이라고 했다. '가만히 있지 말고 늘 알아서 일을 찾아해야해.' 아버지는 그 말들을 귀에 못이 박히게 했다.

'운명이라니······.' 그는 속소리로 중얼거렸다. '운명' 혹시는 그럴 것도 같았다.

여러 가지 멘트는 계속해서 흘러나왔다.

"어머니의 성격은 어떻습니까? 아버지를 떠올려보세요. 부부는 화목했나요?"

그는 그저 양팔을 흔들면서 산으로 올라갔다.

"결혼을 했나요? 했다면 배우자와 자녀를 떠올려보세요. 그들의 모습은 어떠한가요? 배우자의 모습이 지금의 누구와 연결되는지?"

그는 계속해 양팔을 흔들며 산으로, 산으로 올라갔다. 해가 저물고 있는 저녁산은 무섭기도 했다. 하지만 그는 그저 계속해서 올라갔다.

"자녀가 있다면 그들의 모습을 떠올려보세요."

천자문을 떼고 소학을 중얼거리던 큰애, 마당에 나가 팽이치기를 하던 대여섯 살 되어 보이는 아들애와 쭈그려 앉아 오빠의 모습을 바라보던 3살 정도의 딸애가 다시 떠올랐지만, 그는 떠꺼머리 종놈이어야 하므로 그저 양팔과 머리를 함께 저으며 산으로 들어갔다. 그는 산속 깊이라고는 볼 수 없는 야산 중턱에 다다랐다. 잔솔가지나 얼 만큼쯤 베어가야겠군. 그는 지고 있던 지게를 벗어 부려놓았다.

"배우자와의 사이는 좋게 느껴지십니까? 현생의 누구와 연결되는 느낌은 없습니까? 생김새와 이미지를 생각해보세요."

그때였다. 그의 앞쪽에 중간크기로 자란 늑대 한 마리가 지나가며 이빨을 보였다. 그는 늑대의 이빨을 바라보며 신은 왜 저런 것들을 만들어 놓았을까? 라는 생각을 했다. 그뿐 그것은 그를 지나쳤다. 그는 쫓아가 '저놈을 지게작대기로 후려쳐 잡아갈까? 늑대 한 마리 수입은 주인 나리도 좋아 할께야. 주인 나리는 특히 뜨끈한 생간을 소금에 찍어 먹는 걸 좋아해. 나머지는 몽땅 집어넣고 국을 끓이면 모두가 포식을 할 수 있겠지.' 라는 생각을 했다. 그러면서 서쪽 산등에 가까이 다가가 있는 저녁 해를 바라보았다. '저 해가 지기 전에 일을 끝내야겠군.' 그는 그런 생각을 하며 잔솔가지를 베기 시작했다. 한 번 이빨을 보인 늑대는 다시 보이지 않았다.

"혹시 신체적 고통은 무엇입니까? 그 부위가 현생에 실제로 연결되는 부분이 있습니까?" 그는 열심히 낫을 놀려 잔솔가지를 베어냈다. 시간도 그렇고 반 지개쯤 해가지고 산을 내려갈 계산이었다. '일은 늘 네 알아서 눈치껏 쉬지 않고 착실하게 해야 돼. 밥 값 이상은 늘 계산하고 움직여야 좋아한다고.' 아버지의 말이 다시금 귓가에 들려왔다.

"전쟁, 자연재해, 질병, 사고, 관계의 문제, 정치적 문제……. 이런 다양한 느낌을 느낄 수 있습니까?"

그는 열심히 낫질을 했다. 앞산을 보니 어느덧 해는 붉은 노을을 하늘 가득 뿌려 놓고 사라졌다. 그는 낫질해 놓은 나뭇가지를 바라보았다. 양이 차지 않았다. 이 시간에 산에 오른 건 내 잘못이었다. 그는 그런 생각을 하며 웃음거리가 되어 내려가고 싶진 않다는 생각을 했다. 그는 열심히 낫질을 했다.

"자 이젠 죽음의 순간이 다가왔습니다."
이럭저럭 벌써 죽음의 순간이라 했다.
"당신은 눈을 감습니다. 그 죽음의 순간 당신은 어떤 생각을 하게 됩니까? 당신은 몇 살입니까? 어떤 이유로 죽게 되고 그 순간 당신은 무엇을 떠올리고 있습니까? 되돌아 볼 때 잘 산 것 같습니까? 후회가 있습니까? 아쉬움이 있습니까?"
그는 계속해서 낫질을 했다.
"보고 싶은 사람이 있습니까? 용서해야 할 사람이 있습니까?"
그는 계속해서 낫질을 했다.
부엌에서 일하는 진천 댁이 '가랑잎이 붙은 잔 나뭇가지가 불이 잘 붙어 좋다'고 했던 말을 떠올리고는 가랑잎이 될 나뭇잎이 붙은 잔가지들을 몇 개 더 베어냈다. 이럭저럭 베어놓은 나뭇가지들이 반 지게쯤은 될 것 같았다. 그는 나뭇가지들을 모아 새끼줄로 묶어 지게에 실어 놓았다.

"자 이제 서서히 잠에서 깨어납니다. 자, 열부터 다시 거꾸로 셉니다. 마지막에 '하나'라는 말이 떨어질 때 당신은 전생의 인연에서 벗어나 다시 빛의 세계로 돌아옵니다."

이럭저럭 그는 이제 체면에서 깨어날 준비를 해야 했다. 하지만 그때였다. 송아지만 한 늑대 한 마리와 그보다 덩치가 좀 작아 보이는 것과 좀 전에 본 중간 크기로 선장한 것 두 마리가 산비탈에서 내려오는 게 보였다. 그놈들은 그를 향해 빠르게 달려 내려왔다. 순간 그는 낫과 지게작대기를 집어 들었다. 오른손엔 지게작대기, 왼손엔 낫자루를 쥐었다. 그는 방어태세를 취했다. 범이 덤벼들어도 정신을 바짝 차리면 이긴다는 말이 머리에 스치기도 했다. 그에게 다가온 그놈들이 섬뜩한 눈빛으로 이빨을 보이며 그를 빙빙 에워쌌다. 그놈들은 그의 허점을 잡기 위해 주위를 빙글빙글 돌았다. 눈 한번 깜박하지도 않았다. 그것들은 당연한 듯, 한 가지 목적으로 똘똘 뭉친 듯 보였다. 어지러워 쓰러진다는 말도 머리에 스쳤다. 그는 그것들이 떼로 달려들기 직전에 그중 덩치가 가장 커 보이는 수컷 늑대의 머리를 작대기로 후려쳤다. 그놈은 '캑'

소리를 지르며 나가떨어졌다. 그러자 나머지 것들이 떼로 덤볐다. 그는 작대기를 흔들며 이번엔 덩치 큰 암놈의 머리를 후려쳤다. 그놈은 머리가 아닌 엉덩이 쪽을 맞췄다. 그놈은 비실거리며 몇 걸음 뒤로 밀리더니 다시 덤벼들었다. 무슨 정신으로 그랬는지 그때 그는 어흥, 어흥 이라는 호랑이 울음을 두어 번 흉내 내보기도 했다. 큰놈으로 한두 놈만 작살내면 다들 내빼버린다 들었는데, 그게 아니었다. 머리를 맞은 늑대도 죽지는 않은 듯 비실비실 누워 있었다. 그는 다시 작대기를 흔들어댔다. 그때 중간크기의 늑대 한 마리가 그의 왼쪽 허벅지를 물었다. 그는 왼쪽 손에 들고 있던 낫으로 그놈의 배때기를 후려쳤다. 그놈의 배때기에선 피가 흘렀고 그 자리에서 죽어버린 것 같았다. 그때 '캑' 소리를 지르며 나가 떨어져 비실비실 누워 있던 덩치 큰 늑대가 일어나 합세를 했다. 그리고 그는 비실대던 그 수놈 늑대에게 목덜미를 물리고 쓰러졌다. 그놈이 높이 점프를 해 목덜미를 물어버렸다.

 때맞춰 열에서 시작한 숫자가 '셋'을 헤아리는 소리가 들려왔다. 목덜미를 물린 떠꺼머리는 냅다 동굴 입구로 돌아왔다. 멀리서 늑대들의 울음소리가 들려왔다. 그는 목덜미 아래로 흐르는 피를 손바닥으로 쓱 문질렀다. 쓱 문지르며 다시 어흥, 어흥 이라는 말을 내뱉었다. 피는 목덜미 뿐 아니었다. 왼쪽 다리 아래로도 흘러내렸고, 허벅지 살이 옷 속에서 너덜거리는 듯했다.

　이제 그녀는 조금도 지체할 수 없다는 생각으로 잡생각 하나 없이 바람같이 굴속으로 향해갔다. 하지만 망령되게도 그의 머릿속에선 여전히 동굴이 비좁은 상태가 돼 있었고 때때로 바늘귀처럼 좁아졌다. 게다가 동굴 속에서 해골로 남는다는 망령까지 끼어들어 그를 시달리게 했다. 망령의 결론은, 오랜 세월이 흐른 어느 날 해골엔 물이 고일 것이고 누군가가 그 물을 마시고는 깜짝 놀라 바윗돌에 냅다 집어던져 쪽박처럼 깨버리게 될 거라는 것에까지 달려갔다. 그가 마지막 숫자를 말하며, '자, 깨어납니다.'라며 엄지와 중지를 부딪쳐 '딱' 소리를 냈어도 그는 여전히, 때때로, 바늘귀처럼 좁아지는 굴속에서 안간힘을 하며 해골로 남는다는 망령에 시달려야했다.

　그녀의 마지막 모습을 발견한 건 열한 살 난 아들 범수였다. 팬데믹 상황으로 오전의 비대면 원격수업을 끝낸 아들 범수는, 점심때가 되었는데도 주방 쪽이 조용하자, 엄마를 부르며 방 안으로 들어갔다. 그때 범수의 눈엔 잠깐 어디서 많이 본 그림 하나가 머리에 스쳤다. 그녀의 입은 위아래가 최대한 벌어져 있었고 두 눈도 최대한 크게 떠져 있었다. 갑자기 닥쳐온 큰 두통이라도 있었는지 두

팔은 머리를 감싼 모습이었다. 그리고 두 다리는 빳빳이 길게 늘인 차렷 자세였다. 그녀가 원한 건 아니지만 불행하게도 그녀는 자신의 아들에게 그런 끔찍한 모습을 각인시키고 세상을 떠났다.

민정이가 집을 나간 날
나는 포도나무 두 그루를 샀다

민정이가 집을 나간 날 인숙씨는 포도나무 두 그루를 샀다. 포도나무를 사기 위해 집을 나선 건 아니었다. 어미가 싫다고 집을 나간 민정이에게 그래도 냉장고 하나는 사줘야 했다. 그녀는 한 조각의 빵인들 싱싱한 상태가 아닌 음식을 딸에게 절대 먹게 할 수는 없었다. '훗날에 기억될 어떤 애정의 보상 따위들은 전혀 원하지도 않아. 그저 어미 마음이다.' 냉장고를 사며 그녀는 생각했다.

포도나무를 사며 그녀는 평화, 사랑, 축복 따위의 단어들을 떠올렸다. 따로 익혀두지 않아 정답은 모르겠지만, 포도나무엔 그런 상징들이 어울릴듯했다. 그런 단어들을 떠올려서인지 그녀는 자연스럽게 남편이었던 사람을 생각했다. 그녀의 남편은, 죽은 지가 벌써 10여년이 되어갔다. '그래, 뭐. 당신은 당신 인생을 산 것이겠고, 나는 내 인생을 사는 거겠지. 하지만 나는 여전히 야속해' 라고 그녀는 중얼거렸다.
"나머지의 것들은 내일 오후, 트럭에 실어 나를 거야."
그녀는 에라 모르겠다 라는 심정을 담은 목소리로 '맘대로 해.'라고 말했다.
민정이가 대문을 나섰을 때 그녀는 방문을 열어보았다. 민정이의 방엔 옷장도 책장도 비워져 있었고 침대 아래쪽엔 그것들을 포장한 보따리와 박스 등이 놓여 있었다. 대학 졸업 후 민정이는 한동안 직장을 잡지 못해 안달했다. 그리고 작년에 우선 임시직이라는 이름이었지만 중견업체에 들어갔다. 매달 입금되는 급료를 얼마쯤 손에 쥔 민정이는 이제 달세 방이라도 얻어 집을 나가겠다고 말했다. 그때 그녀는, 초등학교에 막 입학해 있던 어린 민정이를 떠올렸다. 학교 앞까지를 겨우 두세 번 정도 배웅했을 때 아이는 종알거렸다.
"이젠 오지마세요. 저 혼자 갈 수 있어요."
물론 선생님의 교육이 있었을 것이다. 하지만 그녀는, 무척이나 당돌해 보이던 그때의 어린 민정이의 모습을 떠올리며 똑같은 섭섭한 감정을 느꼈다. 그녀는, 새들도 자라면 둥지를 떠나는 게 세상의 이치라지 라는 생각을 다시 해야 했고, 불은 끄고 떡을 썰던 한석봉의 어머니를 떠올리며 또다시 스스로를 위로해야 했다. 그리고 민정이에게는 비로서 작은 소망을 이룬 셈일 거라는 아쉬운 결론을 냈다.

얇은 이불 한 장과 옷가지 두어 개를 넣은 캐리어 가방을 끌고 민정이는 집 앞에서 택시를 불러 타고 갔다. 독한 것. 하지만 기특하다. 자기감정대로 고집을 피울 줄도 알고. 한때 집 떠나 살아보는 것도 좋은 경험이 되겠지. 그녀는 그렇게도 마음을 달랬다.

그녀의 남편은 교통사고를 내고 저세상으로 가버렸다. 남편의 불법 유턴으로 난 사고였다. 차량에 붙은 블랙박스와 기타의 여러 정황들은 남편의 행위를 그대로 보여주고 있었다. 마주오던 차량은 1톤 타이탄 트럭이었다. 다행인지 트럭운전수는 전치 3-4주 정도의 진단을 받았을 뿐이었다.

장례를 치룬 그녀는, 남편이 가기 보름 전 고향 부모가 물려준 전답을 팔았다는 것을 알았다. 대단한 크기의 전답은 아니었지만 그 땅은 그녀가 노후를 꿈꾸는 희망이었고 일상의 버팀목이었다. 땅은 급매물이 되어 헐값에 팔렸다. 여자를 안 것이 언제 부터였는지 정확히는 모르지만, 죽기 한 달 전쯤부터는 약간의 낌새를 느끼긴 했다.

하지만 그녀는 남편을 그냥 좀 지켜보았다. 길게 갈 것 같지도 않았다. 그러기엔 이젠 남편의 전부가 늙어버렸다고 생각했다. 별달리 지출과 탈선을 하지 않는다면 짧게는 슬쩍 방관해줄 생각이었다. 남편과의 나이 차이는 10여 년이 되었고 그녀가 아는 남편은 평생 가정밖에 모르는 샌님 같은 존재였다. 이제 고목이 다 된 처지에 어쩌다 간신히 피어올린 꽃. 그녀는 남편의 태도를 즐기기도 했다. 하지만 전답을 처분할 정도였을 줄은 꿈에도 생각지 못했다.

남편이 가고 시댁 쪽에서 남편 형제들이 나서 여자를 찾아 돈을 되받아 와야겠다고 펄펄뛰었다.

"여자가 사기를 친 거야. 결국 멀쩡한 형님을 죽인 셈이지. 블랙박스와 그때의 여러 정황에서 보이는 형님의 얼굴을 보면, 뭔가로 상당히 분노를 하고 있었단 말이야. 천하에 나쁜 년. 어쩌다 그런 사기꾼에게 걸려들어서."

그들은 그렇게 결론했다. 그녀는 아무 말도 하지 않았다. 끼어들지도 알려고 하지도 않았다. 그들의 얼굴은 하나같이 그것을 다시 받아 내어 자기들끼리 분할하겠다는 결기로 가득 차 있었다. 그들은, 그것이 조상대대로 물려받은 귀한 땅이라는 말을 절대적인 목소리로 떠들어대기도 했다. 그녀는 차량에 붙은 블랙박스와 남편의 핸드폰을 그들에게 넘겨주었다. 남편은 장손이지만 아래도 줄줄이 늘어선 동생들이 그동안 장남인 형에게 좀 더 돌아가는 몫을 불만했었다. 아파트 살 때도 보태줬잖아요? 그런 세세한 불만들도 했다. 땅은 30프로 정도를 삭감해 처분되었고, 그녀는, 전부를 다 받아낼 수 있는 금액이라 해도 그것이 얼마가 될까를 계산 했다. 형제들이 이런 저런 이유를 따지며 이리떼처럼 악다구니를 처댈 것도 생각했다. 하지만 법적으로는 이미 그녀와 민정이에게 돌아올 몫이었다. 그때 가서 알아서 처리해주면 될 일이었다. 그 뒤 형제들이 여자를 찾았다는 소식이 있었고 한동안 시끄러웠다. 여자는 일관된 목소리로 자신이 직업여성임을 주장한다고 했다. 남편은, 이런 저런 이유로 짊어지고 살아왔던 여자의 빚을 탕감을 해준 처지였다는 말도 들렸다. 그래도 더 뒤적거려 조금이나마 받아내야겠다는 소식도 들렸다. 그 일은 여자가 어딘가로 잠적해 버렸다는 소식 후 잠잠해졌다.

  새들도 자라면 둥지를 떠나는 게 세상의 이치라고 생각하면서도 그녀는 민정이가 왜 나를 떠나려 희망했을까? 곰곰이 생각했다. 그녀는 민정이의 기분을 잘 알 것도 같았다. 그녀도 그 나이엔 별 이유 없이 부모를 숨통막혀했다. 결론적으로는 세대 차이에서 오는 기본적인 갈등들이었다. 하지만 그녀의 생각으로는, 지금 민정이의 처지는 자신과 비교하면 새발의 피 같았다. 게다가 '나는 혼자다'라는 생각이 자꾸 그녀를 섭섭하게 했다. 그녀는 자신의 섭섭한 감정을 떨쳐내려 애썼다. 시대적으로 어느 정도는 가부장권의 권위가 확실했던 친정 부모는 한자리에서 함께 숨을 쉬고 있다는 자체가 숨통이 막혔다. 가만히 앉아 있어도 느껴지는 권위에 대한 압박이었다. 똑같은 상황은 아닐지라도 그녀는 민정이의 불만을 그런 비슷한 유로 생각했다. 따지고 보면 자신과 친정 부모, 민정이와 자신의 연령 차이는 비슷하게 30여년이었다. 30여년의 세대차가 숨통을 막는 무언가의 기류를 만들었으리라. 그녀는 그리 생각했다. 이어서 그녀는, 나는 어떤 어미였을까? 생각해 보았다. 민정이가 원하는 것만큼의 최소한의 예의를 갖춘 어미는 되었을까? 자신이 없었다. 부족한 점은, 부족한 상태로 나이든, 그저 평범한 어미로 이해해 주리라 믿었다. 민정이가 원하는 것만큼 청결했던가? 그녀는 매사가 좀 털털한 편이었고, 티셔츠 한 장도 스팀다리미로 말끔히 다려 입어야 직성이 풀리는 민정이는, 오이 한 개조차도 깨끗하고 예쁜 봉투에 넣기를 바랐다. 잔소리 부분에서도 자신이 없었다. 하지만 그녀로서는 일상에서 가능한 참고 참으면서도 아주 가끔씩 조심스런 잔소리를 해댔을 뿐이었다. 잔소리의 대부분은 그녀가 살아오면서 느끼고 겪었던 이야기들에 대한 나름 처세 같은 것들이 되었다. 남편이 그렇게 가버린 후, 그녀에겐 자신도 언제 어떻게 될지 모르겠다는 상념들이 병이 된 듯 따라붙었다. 게다가 그녀가 생각하는 민정이는 아직은 너무도 어리고 순진했다. 그녀는, 언제든 오로지 혼자 남겨질 딸애가 걱정이 되었다. 그녀는 혼자인 민정이가, 나이에 어울리지 않을 만큼 냉정하고 이성적이며 지혜롭기를 바랬다. 또 어느 정도는 이기적이길 바랬다. 그러면서도 겉으로는 예의를 갖춘 부드러운 이미지를 연출할 줄 아는 앙큼한 아이이길 원했다. 가장 많이 쓴 말은 이런 것들이었다.

"넌 너무 까칠해. 까칠하면 네 손해야."

민정이는 성격 또한 까칠했다. 그녀는 그것도 걱정이었다.

"온순하게 적응하는 삶으로 가. 까칠한 생각이 들 때면 늘 득과 실을 따져보고 대거리를 해."

그녀는 그렇게 말했다.

"똑똑한 척을 잘하는 여자는 지혜가 부족하기 때문일 수도 있어. 똑똑할 척을 해야 할 땐 그것이 어리석음이 될지 손해가 될지 계산을 해서 하란 말이야."

그런 것들이었다. 그리고 그런 말을 할 때마다 그녀는

자신은 그렇지도 못한 여자라는 생각을 했다. 하지만 민정이는 지독하게도 그런 여자가 되길 바랐다.
"생활이 너무 팍팍한 사람들 옆으로는 가까이 다가서지도 마. 같이 엮어질 수가 있어. 뭘 가지고 있는 척도 하지 말고 너나 잘 먹고 잘사는 것을 욕심 하란 말이야."
그런 이기적인 것들도 있었다. 일상에서 기회가 주어질 때마다 그녀는 그런 비슷한 잔소리들은 좀 해댄 편이었다. 그 정도의 잔소리는 귀에 박히도록 해대야 하는, 꼭 필요한 잔소리라고도 여겼다. 그녀는, 그래도 민정이가 그리 멀지 않은 다섯 정거장쯤 떨어진 곳에 방을 얻어 놨다하니 다행이라 생각했다. 그리고 그걸 어미를 다 벗어나지 않은 걸로 계산하기로 했다.
가전제품을 파는 가게는 집에서 한 정거장이 떨어져 있었다. 시간은 정오를 향해가고 있었다. 가전제품 가게 앞에서 그녀는 민정이에게 보낸 문자의 답을 받았다. '감사.^^' 거부하지 않는 다는 짤막한 표시였다. 혼자 사는데 굳이 큰 것을 살 필요는 없지. 가전 상가를 둘러보며 생각했고 제일 작은 것들을 열어보았다. 그러다 김치 냉장고가 붙은 보통크기를 샀다. 그녀는 현재 자기가 쓰고 있는 냉장고가 오래되었다는 생각을 했고 민정이가 곧 집으로 들어올 것이라는 계산도 했다. 그리고 이럭저럭 결혼이라도 하게 되면 자신이 가져다 쓸 요량이었다. '엄마는 창피하게 그 큰 걸 어디다 뻗대 놓으라고? 누가 보면 식충 인줄 알겠어.' 민정이의 불만 섞인 웅얼거림이 들려오는 듯했다. 어쩜, 푼수 없어 보일 바로 이런 점들이 우리 민정이의 숨통을 조였을 거야. 안 그래도 까칠한 앤데. 그녀는 그렇게 생각했고 그래서 이미 가게 밖으로 나온 그녀는, 다시 들어가 민정이가 좋아할 것 같은 크기의 냉장고를 한 번 더 이것저것 열어보고 살펴보아야 했다. 그리고 '너무 작으면 쓸모가 없어지지. 저만하면 그저 보통 크긴데 뭘.' 이라는 혼잣소리를 내뱉으며 가게를 나왔다.

그녀는 다시 집으로 돌아오기 위해 버스를 타고 내렸다. 버스정류장 앞엔 스포츠센터 건물이 있고 그 아래엔 오랫동안 한 자리를 차지하고 제철 과일들이나 화분에 담긴 꽃들을 트럭에 싣고 와 장사를 하는 상인이 있었다. 상인은 이제 도착한 듯 트럭에 실린 화분들을 하나씩 내려 길바닥에 늘어놓고 있었다. 트럭 안쪽엔 제법 큰 화분들이 있었다. 거기엔 원가지가 제법 큰 포도나무 두 그루가 서로 맞대어 있었다. 그녀는 잠시 멈추어 두 그루의 포도나무와 화분에 담긴 꽃들을 바라보았다. 앞서 말했듯, 웬만큼 뜰이 있는 주택을 갖는 건 그녀의 오래된 꿈이었다. 그 정원엔 감나무와 포도나무를 키우고 주렁주렁 열린 포도나무 아래에 파라솔을 놓고 누구와도 풍성한 담소를 나누며 유쾌한 웃음을 웃는 꿈을 꾸었다. 그녀는 어린 민정이가 잘 익은 포도송이를 한 손 가득 들고 한 알씩 한 알씩 따먹던 모습도 떠올렸다. 지금도 민정이는 잘 익은 먹포도를 좋아했다. 미소 지은 어린 민정이의 반짝이는 두 눈동자가 그녀를 바라보고 있었다. '별처럼 예쁜 내 아기였어.' 그녀는 그때의 민정이의 모습을 떠올리며 포도나무를 심고 싶은 간절함을 느꼈다. 하지만 포도나무는 너무 컸다.

"아저씨 포도나무를 좀 작은 것은 구할 수 없을까요? 우선 화분에 심을 수 있는 것이면 좋겠어요."

그녀는 우선이라는 말을 썼다.

"글쎄요. 어찌 구하기 힘드네요. 저 나무는 누가 부탁을 해놓아서 멀리까지 가서 가지고 온 것인데, 부탁만 해놓고 일주일째 나타나지 않네요."

"종류가 뭐지요?"

"캠벨포도예요."

그녀는 캠벨 먹포도가 주렁주렁 열린 모습을 상상했고, 이 기회에 포도나무를 갖고 싶다는 강한 욕심이 들었다. 그리고 포도열매 수확을 할 때 남편의 제삿날 즈음이 되었으므로 또 한 번 남편을 생각했다. 남편의 제사상에 올릴 포도송이를 생각했다. '나는 어쩔 수 없이 착한 그런 나약한 여자라고. 전통적인 그 어떤 것들을 깨버릴 수 있는 여자도 못돼. 결국 나는 순진한 여편네가 아닌가?' 라고 중얼거렸다. 하지만 그녀가 남편의 제사상을 차린 건 10여년 세월 중 단 한 번 뿐이었다. 남편이 개인적으로 들어 놓은 저축연금이 계약 만기가 되자 부인의 몫이라는 것이 계산되어 나오기 시작한 바로 지난해의 일이었다. '그래도 몇 푼이나마 당신 덕을 보니까 마음이 내키면 제사는 지내 줄까? 연금이 나오기 시작하자 그녀는 그렇게 말했다. 나머지의 세월은 아니었다. 기억되는 날이 오면 그녀는 허공에 대고 말했다. '꼴좋다! 아무것도 못해 주겠어.' 그렇게 중얼거렸고 야속하다고 말했다. '그 땅에 집을 짓고 노후를 보내는 것이 내 꿈이었잖아. 그렇게 배신을 해버리다니. 바보같이. 아니 어쩜 바보는 나겠네? 나는 아무것도 아닌 여자였지? 혹시 죽을 것 같은 예감이 들어 빠르게 처분했어? 여생은, 그 여자와 함께 하고자 했었나? 아무튼 날 주기는 아까웠던 모양이지? 그러고도 제사를 지내준다면 나는 세상천지에 1등이 되는 멍청이겠지? 어떤 형식으로든 그 돈을 도로 내놓기 전에는 절대 없다'는 말을 하고 또 했다. 어쩌다 복권이라도 사면 또 허공에 대고 말했다. '그 돈을 여기에 붙여 내놓아.' 별다른 능력도 수입원도 없던 그녀는 살던 아파트를 팔았다. 그녀는 아파트값의 반은 딸의 몫으로 반은 20여년 가정을 지킨 자신의 몫으로 여겼다. 그런 계산 후 딸애 학업에 보탰고 약간의 여윳돈을 남기며 다세대 주택으로 이사를 왔었다.

  그녀는 포도나무 두 그루를 내려 보라고 했다. 상인은 트럭 앞쪽으로가 포도나무 두 구루를 내렸다. 전지가 잘 된 포도나무 두 구루가 양팔을 벌린 듯 서 있었다. 키 높이는 15세 아이만 했다.

"그럼 그 일주일은 물을 주지 않았나요?"

"가끔씩 뿌려주었지요."

  상인은 웃으며 대꾸했다.

"잎이 보이지 않는데요? 잎이 나올 성 싶지도 않아 보이고요."

  그녀는 자신의 말이 지나쳤나 싶어 살짝 웃어보였다. 포도나무 줄기들은 그런 의심을 살 만큼 바싹 말라있었다.

"잎은 4월 말일경이나 되어야 나올 겁니다."

"잘 살아 있는 거 맞죠?"

"그럼요 살아있지 않음 팔수가 없는 거지요."

  그는 살아있다는 것을 말했고. 만약 살아있지 않음 보상을 해주겠다는 말은 하지 않았다.

"만약에 잎이 돋지 않는다면 어떡하지요?"

그래서 그녀는 그렇게 물었다.

"그냥 제 말을 믿으세요. 우선 이대로 물만 잘 주어도 잎이 나오게 돼 있어요."

그녀는 포도나무 줄기를 다시 만져보았다. 그리고 옥상에 있는 창고 한쪽에 박아둔 비교적 큰 화분 두 개를 생각했다. 오래전에 키운 행문목과 난 꽃을 담은 화분들이었다. 이사를 하고 작아진 실내가 답답했던지 한 겨울철을 보내고는 죽어버린 것들이었다. 그녀는 우선 그곳에 심고 나중에 옮기기로 했다. 나중이 길어지면 좀 더 커다란 화분을 구해 심기로 했다. 포도나무는 자신이 살고 있는 다세대 주택의 아래층에 붙은 화단 앞에 내놓아도 될 것 같았다. 그곳 화단 안에 그대로 심는 것을 생각했지만 땅에 심으면 오롯이 자신의 것이 되지 않을 것 같다는 생각이 들었다. '혹시 뜰이 있는 집으로 이사라도 가게 되면 땅을 헤집어 파가기도 그렇잖아.' 그녀는 화분 안에 심는 것을 기정화 했고 화분 안에서도 캠벨포도가 주렁주렁 열릴 것을 꿈꾸었다. 포도나무 뿌리 쪽은 검은 비닐로 싸매져 있었다. 상인 말대로 가끔씩 물을 뿌려 주었는지 검은 비닐 위쪽이 느슨히 벌어져 있었다. 양손에 나무줄기를 잡고 지팡이를 삼듯 걸음을 떼어보니 집까지 옮기는데 그리 무리가 없을 듯했다.

"얼마지요?"

상인은 '두 개를 합해 원가가 5만원'이라고 말했다. 그러면서 주문한 사람이 나타나지 않으니 원가 그대로 5만원만 달라고 했다. 그녀는 평소 이 상인을 신뢰했다. 뭐 그리 크게 거래한 적은 없지만 가끔 들리면서 그의 인상과 그가 쓰는 언어가 신뢰할만하다 생각했다. 게다가 그는 거의 한 장소에서 믿음을 주며 장사하는 사람이기도 했다. 그때 한 할머니가 작은 난초 화분을 들고 와 그에게 말했다.

"분갈이 좀 하려고요."

"예, 해드릴 게요."

그가 선선한 목소리로 대답했다.

"2000원 드리면 될까요?"

할머니는 웃으며 말했다.

"그냥 해드릴게요. 흙이 얼마 들어가지도 않겠는데요. 뭘."

역시! 그녀의 입에서 '역시'라는 말이 흘러나왔다.

동네에서 단골처럼 하는 상인이 보여야 할 나름의 상술적인 면도 있겠지만 그만큼 그의 태도와 언어는 정직하다는 믿음을 주었다.

"그래도 드릴게요. 예서 산 화분도 아닌데."

할머니도 정직하게 말했다.

그녀는 포도나무 값을 치뤘다. 치루면서 그래도 좀 깎아볼 걸 이라는 생각은 잠시 좀 했다. 적어도 조금은 붙여 먹었을지도 모르지. 게다가 판로도 이미 불분명해진 것이 아닌가? 그녀는 그런 생각들을 하며 자신의 생각이 소비자들이 할 수 있는 기본적인 생각들일 거라는 생각을 했다. 그때는 이미 포도나무 값이 그녀의 지갑을 떠나 상인의 손에 들려있기도 했다.

"무거우시면 배달해 드릴까요?"

상인이 물었다. 그녀는 '바쁘신데 그냥 가져갈게요.' 라는 답변을 하며 자신을 그래도 착한 사람이라는 생각을 했다. 상인은 고맙다고 꾸벅 인사를 했다. 아주 멋진 집까지는 욕심하지 않지만 뜰이 있는 좀 괜찮은 집……. 포도나무를 들고 걷는 그녀는 많이 쪼그라든 꿈이지만 그 꿈을 다시 꾸었다. 착한 사람인 자신에게는 그런 꿈이 이루어져야 마땅하다는 생각도 들었다. 그곳에선 민정이가 낳은 손자들이 술래잡기를 하고 있었고. 절대로 외롭지 않을 그녀는, 아이들이 넘어질세라 지켜보는 착한 할머니가 돼 있었다. 때때로 새들이 지저귀고 꽃이 피어나리라. 잠시 그렇게 별 대책도 없는 꿈을 꾼 그녀는 현실로 돌아왔다. 현실로 돌아 온 그녀는, 지금 보다도 더 늙어 더 구식이 될 이 어미에게, 민정이는 자기 아이들을 맡기지도 않을 것 같다는 생각을 했다. '노인들과 세상 살아 온 이야기를 나누며 보내시는 게 심심치도 않고 더 나을 걸요.' 그런 식으로 또 배신을 때리겠지.' 라는 생각을 했다.

커다란 개를 끌고 지나가던 한 노인이 물었다.

"포도나무지요?"

알면서 묻는 질문이었다.

"네."

그녀는 짧게 대답했다.

개를 끌고 근처를 자주 산책하는 노인이므로 얼굴은 익어 있었다. 하지만 그녀는 그가 어디에 살고 있는지, 어떠한 사정을 가진 노인인지는 알 수 없었다.

"집이 큰가보지요?"

노인이 다시 물었다.

"아니에요. 우선 화분에 심고 옮길 거예요."

그녀는 대꾸를 하며 조금 웃었다. 그리고 다시 포도나무를 양손에 들고 번갈아 다리를 옮기며 집으로 향했다. 골목에서 고양이 한 마리가 어슬렁거리며 걷다가 그녀의 모습을 보고는 자세를 낮추며 제법 야성의 도전적인 모습을 보였다. '제법이네.' 그녀는 고양이에게 말해주었다. 지나가던 30대 초반의 젊은 여자가 또 말을 걸었다.
"집이 주택인가 보죠?"
그렇게 묻는 여자는 뭔가 부러워하는 눈초리를 보였다. 여자도 얼굴은 익어 있었다.
"아직은 아니에요. 하지만 곧 옮길 거예요."
이번에 그녀는 '아직은' '곧'이라는 말을 얹어 또다시 비슷한 대답을 했다. 그러면서 다시 남편을 떠올렸다. 그녀는 속으로 남편에게 말했다. '그 돈 내놓아. 주택으로 이사를 가게.' 그녀는 그 돈이라는 액수를 셈했다. 현재 살고 있는 집값도 계산했다. 소박하겠지만 도심에서는 조그마한 정원이 딸린 주택을 살 수 있겠다는 계산을 했다. 외출중인 듯 한 여자가 그녀에게 다가왔다. 여자의 나이는 40대 중 후반 정도로 보였다.
"들어드릴까요?"
그녀도 낯은 익어 있었다.
"아녜요. 가까워요."
다세대 주택 뒤쪽에 제법 큰 정원이 딸린 주택들이 몇 채 있다. 여자는 그쪽으로 시선을 두며 역시 부러워하는 눈빛으로 쳐다 보았다. 그녀는 여자에게도 조금 미소를 보였다. 여자를 뒤로 하고 다시 집으로 행했다. 그녀의 집 앞쪽에서, 인근에 살고 있는 교회 목사의 사모인 여자가 자전거를 끌고 가다가 멈추어 섰다. 여자는 그녀가 들고 있는 포도나무를 쳐다 보았다.

"가지가 예쁘게 잘 다듬어졌네."

여자는 포도나무 줄기들을 만지작거렸다. 사우나 실에서 우연히 만나 그녀가 주는 삶은 계란을 먹으며 이런 저런 이야기를 나눈 뒤 여자는 그녀에게 늘 아는 척 했고 사교적인 모습을 보였다. 그 날 여자는, 자신은 늘 여기저기를 옮겨 다니며 개척교회 만을 잇고 있다고 말했다. 그러면서 그녀에게 종교가 있나요? 라고 물었다. 그녀는 아직 없다고 솔직히 대답했다. 그러면서 어떤 종교든 자신에게는 어찌 늘 무관심한 존재라는 말도 했다. 그날 여자의 언변은 그녀의 사고를 휘잡고 제압했다. 그래서인지 그날의 그녀는 왠지 자신은 영혼구제도 못하고 살고 있다는 생각이 들었고 종교초차 받아들이지 못하는 황폐한 인간이 되어버렸을까를 의문하게 했다. 그걸 눈치를 챘는지 여자는 그때부터 그녀를 가까이 하고자 했다. 아니면 영혼을 구해 주어야 할 한 마리의 어린 양이라 여겼는지도 모르겠다. 하지만 그녀에게 있어서 종교는 여전이 무관심한 존재였다.

"우리 교회에 나오세요."

이미 계란 한 개를 처리하고 다시 한 개를 들어 껍질을 깨어놓은 상태에 있는 그녀에게 여자는 그렇게 말했다. 삶은 계란은 미끼였나? 좀 부담스러워진 그녀는 커피 캔을 사서 계란 값에 대응했다. 교회는 집 앞에 있는 골목시장 안에 있었고 인상 좋은 목사님과 함께 가끔씩 교회 앞에 서서 주님에게로 인도하는 팸플릿 등을 나누어주는 모습을 보였다.

"포도나무를 어디다 심으려 그래?"

그녀의 사정과 그녀가 살고 있는 곳을 잘 알고 있는 여자는 그렇게 물었다. 그러면서 여자는 자신이 아픈 곳을 건드렸나? 하는 시선으로 그녀를 바라보았다. 그녀도 여자의 마음을 눈치 채고 아무렇지도 않은 척 했다. 그녀는 같은 말을 또다시 반복해야 했다.

"왠지 뜰이 있는 괜찮은 주택으로 이사를 할 것 같아서." 라고 말하며, 아시다시피 그저 꿈이야. 라는 미소를 보였다.

"교회에 나와 그럼 주님이 잘 살게 해주지."

여자는 기다렸다는 듯이 대꾸했다.

"글쎄 아직 주님께서 나를 인도 해주지 않아서. 난 거짓 행동은 못하는 사람이니까."

그녀는 언젠가도 했던 말을 또 했다.

"그건 무조건 나와 보면 알게 돼."

여자도 언젠가 그녀에게 했던 말을 다시 했다. 그녀는 웃음을 보였다. 그녀의 웃음은 아니 적어도 현재는 안 그럴 거야. 라는 대답이었고 여자도 눈치를 채며 그녀가 갑갑하다는 듯 웃어보였다. 그러면서 그녀가 모를 말을 중얼거리며 다시 자전거를 끌며 뒷모습을 보였다. '노아가 농사를 시작하여 포도나무를 심었더니' '땅을 파서 돌을 제하고 포도나무를 심었도다.' 라는 것들이었다. 그녀는 포도나무를 바라보며 중얼거렸다. '너희들과 나는 좋은 인연이 되어 오래 살기를 바래. 내가 좋은 뜰에 너희들을 살게 해 줄 수 있었으면 좋겠어.' 그녀는 그런 중얼거림을 하며 자신이 가진 미신적인 욕심을 좀 생각 했다. 그건 포도나무의 운명에 기댄 욕심이었다. '어리석기도 하지' 그녀는 다시 중얼거리며 그런 자신에 대해 피식 한 번 웃어보였다. 그리고 포도나무와의 인연을, 포도나무의 마음을 생각했다. 현재 자신의 손에 들린 포도나무에겐 썩 좋은 주인을 만난 셈은 아닐 거라는 생각도 했다. 넓은 뜰, 좋은 공기, 아낌없는 보살핌. 자신에게 주어진 현재는 많이도 부족한 듯싶었다. 잠시 딸애 민정이를 다시 생각했다. 민정이에게는 그래도 내가 좋은 어미였을까? 딸애는 무슨 판단을 할까? 그녀는, '어쨌든 나는 최선을 다했어.'라고 중얼거렸다.

"열매를 달아놓으면 다 따먹으려고? 우린 종족보전을 위해서 열심히 열매를 달아 놓는 거란 말이야. 그리고 죽기 싫은 건 기본이야."

그때 포도나무가 그녀에게 그렇게 말하는 것 같았다. 그래서 그녀는 '맞다.' 라는 맞장구를 쳤다. 자신은 열매를 주렁주렁 달아 놓을 것을 매년 희망할 것이고, 그 희망으로 보살필 거고, 그 희망이 충족되지 않으면, 포도나무에게, 포도나무의 평생을, 봉사할 수 있을까를 생각했다. 참으로 야속한 것이 인간인 듯싶었다. 그녀는, '평생 봉사해 줄 수 있어.' 라는 답변을 했다. 그녀의 지금 마음은 적어도 그리 해 줄 수 있을 것 같았다. 하지만 그 말은 자신이 없는 것일 거라는 걸 그녀도 알고 있었다. '이놈들 나를 홀랑 속여?' 자신은 분노할 것이다. 물을 공급하며 때때로 영양 흙도 채워주어야 하는 희생을 감수했으므로 분하다고 날뛸 것이다. '그래 네 말이 맞아. 니들도 살기 위해서는 열매를 달아놓으려고 할 테지?' 라고 말하며 그녀는 포도나무에게 미안하다고 혼자 중얼거렸다. 그런 이유로 그녀는, 인간이 참으로 치사한 생명체라는 생각도 좀 해보았다. 그리고 그것이 먹고 살아야 할 어쩔 수 없는 인간의 행위이고 자신도 속해있다는 생각으로 마무리 했다. 그러다가 다시 중얼거렸다. '수명이 다할 때까지 보살필 거야.'

그럴 수 있으리라는 생각도 들었다.

 집으로 돌아 온 그녀는 화단에 두 그루의 포도나무를 기대어 놓았다. 그곳엔 그녀가 가꾸고 있는 여러 개의 화분들이 놓여있었다. 그녀는 그곳에 고추도 심고 상추도 심었다. 그곳엔 그녀의 장미꽃도 명자 꽃도 있었다. 더덕 줄기도 해를 넘기며 제법 굵은 줄기를 뻗대고 있었다. 언제부턴가 그곳은 그녀의 것인 양 화분들은 채워 놓은 작은 텃밭이 되어 있었다. 그리고 그 점에 있어서 나름 미안한 생각이 들어 화단을 공유해야 할 주인들에게 여름철이면 두어 차례 상추를 뜯어 주는 것으로 미안한 마음을 대신했다.

 그녀는 옥상창고로 올라갔다. 총 3층으로 지어진 주택이었다. 그녀는 그 중 가운데층에 살았다. 가구 1인당 한 개씩 배당이 된 작은 창고가 옥상에 있었다. 그녀는 구석에 박혀 있는 화분 두 개를 꺼내놓았다. 포도나무가 자라기엔 화분이 좀 많이 작아보였지만 우선 한두 해의 뿌리는 간직하게 해 줄 수 있을 것 같았다. 화분 두 개를 꺼내놓은 그녀는 잠시 고개를 들어 하늘을 바라보았다. 하늘은 높고 파랬다. 그녀는 창공이라는 말을 떠올렸고, 이어서 푸른 바다를 떠올렸다. 그녀는 30여년 전 신혼여행을 갔던 제주의 푸른바다를 떠올렸다. 갈매기도 보였다. 바람이 차가왔다.

"춥다. 추워서 해녀들도 보이지 않나봐."

그녀가 말했고, 그녀의 남편은 해변을 나는 갈매기 들은 바라보며 '쟤들은 춥지도 않은가봐.' 라고 말하며 미소를 보냈었다. 그리고 그날 남편은 그녀에게 '아들 둘에 딸 둘이 내 목표야.' 라고 말했었다. 그때 그녀의 대꾸는 '아들 하나와 딸 하나'였다.

그녀는 창고에서 반포쯤 남아 있는 영양 흙이 담긴 봉투를 꺼내고 모종삽도 챙겼다. 영양 흙이 담긴 봉투엔 3키로 라는 글씨가 쓰여 있었다. 옥상 위는 햇볕이 좋았지만 3층 주인에게 발자국소리를 내는 게 미안해서 옥상을 활용하지는 못했다. 그녀는 그것들을 들고 내려왔다. 그리고 영양 흙을 나누어 두 개의 화분 아래에 깔았다. 그리고는 이제야 생각이 난 듯 핸드폰을 꺼내들고 인터넷으로 들어 가 캠벨포도나무 검색했다. 그곳엔 화분에 담겨져 주렁주렁 열매를 맺고 있는 포도나무들이 있었다. '아!' 그녀는 반색을 했다. 화분에 심겨져 살고 있는 포도나무도 있구나! 그녀는 그렇게 살고 있는 포도나무가 있다는 걸 처음 알았다. 하지만 그곳 사진속의 포도나무들은 그녀가 가진 화분들 보다는 좀 더 커보였다. 포도나무의 키 높이는 당연한 듯 작아보였다. 그녀는 다시 검색창에 포도나무심기를 쓰고 검색을 했다. 웅덩이를 깊이 파는 것보다 10센티 정도의 깊이로 뿌리를 묻는다. 좋은 열매를 맺게 해달라고 기도한다. 소개한 사람은 그런 글을 써 놓았다. 내친김에 포도나무에 대한 검색을 좀 더 했다. 뿌리 내림은 어느 정도일까? 하는 등등이 궁금했기 때문이었다. 그녀는 포도나무 뿌리구조를 검색 했다. 포도나무는 넝쿨식물이므로 소나무처럼 직근성의 뿌리구조를 가지고 있지 않다. 잔뿌리로 성장을 하며 지표면 아래로 약 1미터 이내의 뿌리를 내린다. 그녀의 표정은 밝아졌다. 그리고 화분의 깊이를 눈으로 측정했다. 저 정도면 70센티는 되겠지. 내년엔 큰 화분으로 옮겨 심어야겠다는 생각을 다시 했다. 이어서 그녀는 포도나무에게 필요한 일조량을 검색했다. 하루 내내 볕이 잘 드는 곳이어야 좋다고 나와 있었다. 그녀는 일조량은 충분할 것이라는 생각을 하며 고개를 끄덕였다. 4~6월엔 일조량보다 충분한 수분을, 열매가 성숙되어가는 7·8월엔 강우량보다 충분한 일조량이 필요하다고도 나와 있었다. 여기서도 그녀는 고개를 끄덕였다. 통풍문제도 살펴보았다. 그리고 검색창을 닫으며 오늘의 뉴스 화면을 슬쩍 바라보았다. 그녀의 눈에 '금은방 철벽을 뚫다 헛고생만' 이라는 문구가 보였다. 그녀는 그 뉴스를 읽었다. 30대 여인이 톱 망치 등을 가지고 한밤중에 금은방 옆에 붙은 분식집 가게로 몰래 침입해 벽을 뚫었으나, 금은방 주인이 사방으로 설치 해놓은 철판 때문에 밤새 헛고생만 했다는 이야기였다. 실패한 여자는 그대로 줄행랑을 쳤으나, 결국 인근 CCTV의 분석으로 경찰에 잡혔다는 내용이었다. 뉴스 하단엔 분식점에서 금은방으로 잠입하려던 헛된 수고가 그대로 보이는 사진이 붙어 있었다. 분식집 한쪽 벽면엔 여자가 드나들 만큼 파헤친 흔적이 너덜거렸다.

검색창을 닫은 그녀는 포도나무의 뿌리를 감싼 검은 비닐을 뜯어내고 한 구루씩 화분 안에 넣었다. 4월 말 일경에나 잎을 볼 수 있다고 한 상인의 말을 떠올리며 포도나무 가지를 서로 부딪치지 않게 양편으로 어긋나게 벌려 심었다. 그리고 그 위에 작년에 상추 등을 심었던 화분들에서 흙을 조금씩 떼어내 포도나무 위를 덮었다.

금은방 가게를 털려고 밤새 헛고생만 했다는 뉴스를 읽은 터였기에 그녀는 포도나무를 심는 내내 뉴스에 나온 여자의 형편에 대해 궁금해 하며 자신의 형편이라는 것을 생각했다. '내 역사는 어떤 모양새일까?' 그녀는 수많은 세월이 흘러오며 이 땅에 살아왔을 수많은 여자들과 현재를 살고 있는 여자들을 떠올려보았다. 그리고 자신의 현재를 곱씹었다. 그녀의 눈동자가 위 아래로 움직였다. 사실 그녀는 일상에서 자주 그런 식으로 자신의 처지를 곱씹어왔다. 그녀의 오늘은 어떤 이야기들이 스쳐갔는지, 별다른 표정은 보이지 않았고 다만 콧궁기를 두어 번 씰룩거리며 자신에 대한 계산을 마무리 하는 듯 했다. 그녀는 마지막으로 포도나무위에 덮인 흙을 꼭꼭 다지면서 인터넷에 쓰여 있는 대로 좋은 열매를 맺게 해달라고 기도했다. 그런 그녀는 양팔을 뻗댄 듯 심겨진 포도나무를 바라보며 포도나무처럼 두 팔을 뻗대어 기지개를 쳤다. 이어서 두 팔을 그대로 내려 무릎 아래로 뻗대며 허리를 굽혔다. 그 행동을 세 번쯤 했다. 그리고 가만 서서 심겨진 포도나무 두 그루를 바라보았다. 그때 그녀는, 혹시 누군가가 화분 두 개를 몽땅 가져가지 않을까를 생각하며 걱정을 하기 시작했다. 금은방 침입 뉴스를 읽은 탓이었는지는 모르겠으나, 그녀에겐 '나만큼 포도나무를 욕심하고 있는 누군가에게 도둑을 맞을지도 몰라.' 그럴 수도 있을 거라는 생각이 들었다. 그래서 그녀는 포도나무를 심은 화분 두 개를 하나씩 들어보았다. 흙이 채워진 화분은 충분히 무거웠다. 하지만 포도나무만을 뽑아 들고 간다면 일은 간단할 것 같았다. 어찌할까? 어찌할까? 고민한 그녀는 화분 두 개를 철삿줄로 단단히 옭아 맬 것을 생각했다.

그녀는 뛰듯 철물점으로 가 철삿줄을 샀다. 철사는 굵은 것부터 가는 것까지 여러 종류가 있었다. 그녀는 자신이 쉽게 자르고 구부릴 수 있는 것을 선택했다. 그녀는 뛰어갔다 뛰어온 탓으로 숨이 찬 듯 숨소리를 좀 쌕쌕거렸다. 쌕쌕거리며 '제법 덥네!' 라는 혼잣말을 했다. 그녀는 철삿줄로 두 그루의 포도나무 두세 군데를 서로 얽어놓았다. 그러고도 화분들을 다시 들어 보았다. 하나씩 들어보고 두 개를 한꺼번에 들어보기도 했다. 포도나무를 한 그루씩 뽑아보는 시늉도 했다. 그리고 얽어맨 철삿줄의 상태를 거듭 꼼꼼이 살펴보았다. 그녀의 힘으로는 분을 들기도 어려웠고, 철사을 자르거나 풀어버린다는 것도 귀찮을 것 같았다. '끝났네.' 라는 말을 하며 허리를 펴는 인숙 씨의 이마와 콧잔등엔 땀방울이 송골송골 맺쳐 있었다.

김영숙 씨 이야기

코로나 바이러스가 어제는, 또 오늘은, 어느 지역에서 얼마만큼의 환자가 발생했고 어느 정도의 사망자를 냈다는 뉴스가 티브이나 기타의 방송에서 연일 보도되었다. 누구라도 아시는 이야기겠지만, 바이러스에 심하게 감염된 환자는 폐가 딱딱하게 굳거나 스펀지처럼 변해서 죽기도 하고 완치가 된다 해도 손상된 폐는 그대로 가지고 살아가야 한다고 했다. 산소를 호흡하며 사는 데 있어서 기존과 같지 않겠단 이야기부터 세상이 온통 난리가 난 듯했다. 영숙씨는 집 안에서 꼼짝하지 않고 지냈다. 꼼짝 않고 지내면서 하루를 거의 티브이나 유튜브를 켜고 바이러스가 어느 지역에 더 많이 확산이 되고 있는지를 주시했다. 보통 사람들이 그렇듯 그녀는 우선 자기 가족부터 걱정했다. 가족이라야 멀리 남쪽에서 선박회사에 근무 하고 있는 아들과 그녀, 집에서 출 퇴근을 하는 남편이 전부였다. 그녀의 걱정은 유튜브에서 말하는 무당들의 점사와 각종 예언자들의 이야기까지를 더듬게 했다. 앞으로 6개월이면 꺾인다. 7개월 후쯤이면 완전히 종식된다. 지구와 금성이 어떻고, 수성과 토성이 어떻고……. 아니다, 인간과 영원이 함께 가야하며 이건 시작에 불과하다. 점점 더 강하게 변종된 바이러스가 계속 발생해 지구를 휩쓸어버릴 수도 있다. 그녀에겐 6개월도 7개월도 너무 긴 세월이었고 시작에 불과하다는 것과 변종이 된 바이러스가 계속 생성될 수도 있다는 말은 치를 떨게 했다. 그 사이 그녀의 창문 앞엔 목련꽃이 피었다. 목련은, 어느 시인의 싯귀처럼, 겨우내 종이접기라도 한듯 한 송이 두 송이 꽂아 올리더니 어느새 커다란 나무에 한가득 매달아 놓았다. 창문을 열고 먼 산을 바라보았다. 먼 산은 잿빛 파일에 연초록의 물감을 흩뿌려 놓은 듯 보였다. 태양 볕이 따스했다. 그녀는 오랜만에 산 공원에 가보기로 했다. 산 공원은 마을에서 약간 둔덕이 진 곳에 그대로 공원을 만들어 놓았고. 사람들은 둔덕이 진 공원을 산 공원이라 불렀다. 그곳은 그녀의 집에서 1킬로쯤 떨어져 있었고 산책이라는 이름으로 자주 찾아가기도 하는 곳이었다. 그녀는 마스크를 쓰고 선글라스를 꼈다. 모자까지 눌러 쓰고 집 밖으로 나갔다.

 공원으로 가는 길엔, 천변 산책로로 진입하는 입구가 연결돼 있었다. 그녀는 천변 산책로 방향으로는 잘 가지 않았다. 천변의 산책로로 들어서면 곧바로 넓은 주차장 아래를 지나가야 하는 200여 미터의 굴다리가 있었다. 그녀는 굴다리 아래를 통과하는 것을 꺼려했다. 전등은 24시간을 밝혀 놓았지만 그곳은 늘 음산해 보였고 어느 화가의 친절인지 온통 그림 칠을 해 놓았는데, 그림은 동서양의 고대 신화를 담고 있었다. 곰과 호랑이가 토굴 속에서 마늘과 쑥을 쌓아 놓고 앉아 있는 모습까지는 좋았다. 중간 정도를 걸어 들어가면 귀신 같은 형상으로 그려진 사람이 이글거리는 태양을 머리에 이고 울고 서 있는 모습이 그려져 있었고, 머리카락들이 모두 뱀이 되어 넘실거리는 여인이 목에 칼을 맞아 피를 쏟고 있었고, 쏟아지는 피를 타고 어린아이들이 튀어나오는 그림까지도 있었다. 그래도 천변을 산책하는 사람들은 늘 보였고 그들도 그녀처럼 모자와 선글라스 마스크로 중무장을 하고 있었다. 모자와 선글라스를 하지 않았어도 모든 사람이 마스크는 하고 있었다. 누가 누군지 알아보기 힘들었다. 황사가 많이 있다 해도 그녀는 마스크를 쓰는 습성을 들이지 못했다. 마스크는 숨쉬기를 갑갑하게 했다. 그녀는 마스크를 코 아래로 내렸다가 사람들이 다가오면 코 위로 밀어 올렸다. 사람들은 가급적이면 서로 거리를 두고 지나치고자 했다. 그녀도 그게 예의인 듯해 그리했다. 그러다가 한 여자를 만났다. 여자는 마스크만을 하고 있었다. 여자가 먼저 알아본 듯 했다. 모르는 척 지나치려 하다 여자가 자신에게 미소와 눈길을 주고 있는 것을 느끼고는 아는 체를 했다. 그녀는 '마스크를 하니 긴가? 민가? 했지.'라는 말을 했다. 많이 친밀한 사이는 아니었지만 가끔은 친밀한 듯 얼굴을 마주하고 일상적인 대화를 나누곤 했다. 그녀와 여자는 약간의 거리를 두고 마주서서 이야기를 나누었다. 당연한 것처럼 둘은 전염병에 대한 불만을 먼저 말했다. 여자는 어제오늘의 이야기가 아닌, 까마귀니 두꺼비니 하는 먹거리를 이야기 했고 충분히 있을 수도 있는 살생무기의 노출을 의심하며 걱정도 하고 있었다.

"핵폭탄이니 살생무기니 귀한 인간들끼리 뭐하는 짓이야. 이 병마가 지나가면 다 버려야 할 물건들이야."

여자는 불만과 염려를 쏟아 내놓았다.

"요즘 사업은 어때요?"

여자는 알바 생을 두고 24시간의 편의점을 운영하고 있었다.

"사업요?"

여자는 그녀가 잘 알면서도 궁금해 하는 양 질문을 한다는 듯 반문하며, 얼마 전 이런 저런 사정으로 가게를 접은 그녀에게 동병상련이라도 기대하듯 불만을 털어 놓았다. 당연한 듯 그녀는 소득주의 정책을 불만했고 정부가 시장경제를 자기들 맘대로 흔들어댄다고 불평했다.

그녀는 여러 해 동안 시장에서 점원 한 명을 두고 가죽제품 가게를 했었다. 그녀가 가게를 접은 건 석 달 전의 일이었고, 정부의 그 어떤 정책들과는 상관이 없었다. 다만 이젠 쉬고 싶다. 라는 자신의 희망 때문이었다. 그래도 편의점 여자는 계속해서 동병상련을 기대하고 의지하는 듯 말했고 점원 셋을 쓰다 요즘은 두 명을 남겨놓았다는 말을 했다. 여자는 자신이 그 한 명의 몫을 해야 하기 때문에 따로 운동할 시간이 없다고 했다.

"가뜩이나 손님들도 뜸한데, 두 명을 써도 거의 세 명의 몫이 들어가요."

여자는 볼멘소리로 교대할 시간에 맞춰 겨우 이렇게 근처를 산책하고 있다고 했다. 그러면서 빨리 가게로 가봐야 한다는 말을 했다. 그녀는 여자와 헤어졌다.

공원으로 들어가는 입구의 벽면엔 국회의원이 되겠다는

후보자들의 사진이 아직도 제거가 되지 않은 채 간단한 프로필을 달고 쭉 붙어있었다. 그녀는 그중 한 여자에게로 시선을 주었다. 이곳에서 20여년을 살면서 때마다 나이를 먹어가는 여자의 사진을 보았다. 한 번도 성공을 거두지 못한 여자는 늘 무소속이었고 지금도 무소속이었다.

그녀는 공원 안으로 들어갔다. 70여 평 정도 되는 공원 안쪽에 빙 둘러 심어놓은 개나리가 노란 꽃들을 무더기로 피워 올리고 있었다. 그 앞으로 길게 놓인 나무 벤치엔 모자와 마스크를 쓴 한 노인이 앉아 있었다. 그녀는 그 노인을 피했다. 피한다는 게 그저 관심을 보이지 않는다는 것이었다. 노인은 자주 나와 늘 벤치에 앉아 있었고, 젊은 사람이건 노인이건 남녀를 불문하고 말 상대로 걸려들었다 하면 두어 시간은 족히 붙잡아 놓고 떠들었다. 그는 그것이 자신의 생애에서 마지막으로 해야 할 사명이라도 받은 것처럼 그랬다. '6·25전쟁, 1960년대의 보릿고개, 1960년 중반엔 베트남 파병으로 외화를 벌어들였고, 한일협상과 차관, 포항에 제철소 건설, 독일에 광부와 간호사 파견, 중동건설의 붐, 경부고속도로 건설, 그로써 우리나라의 경제가 비약적 발전했다.' 누구라도 많이 들어왔을 이야기들이었고, 결국 그런 간난신고 끝에 중진국으로 발돋음 했다는 얘기였다. 그리고 특정 사람들을 거론하며 불만을 말했다. 그가 거론하는 특정 사람들은, '국익을 위해 한 푼의 달러도 벌어들이지 못한 것들이며, 상상의 욕망만 크게 키워댄, 대책 없는 사람들일 뿐'이라고 성토 했다. 길어지면 박정희 대통령의 녹색혁명 같은 것들이 나오고, 좀 더 길어지면 이승만 대통령의 토지개혁까지를 들고 나왔다. 그 앞쪽으로는 어른들 운동기구와 어린이들을 위한 시소나 그네들이 놓여 있었다. 근처 아이들로 왁자지껄했던 놀이터에 언제부턴가 아이들이 보이지 않았다. 그녀는 운동기구를 써보려다가 마스크를 턱 아래로 내리고 크게 심호흡을 했다. 그녀는 심호흡을 하며 공원 둘레를 돌았다. 나무 벤치에 앉아 있는 노인이 몇 번인가를 힐긋거리며 그녀를 쳐다보았다. 그녀는 아랑곳하지 않고 노인의 앞쪽으로도 몇 바퀴쯤을 돌았다. 그리고 공원 밖으로 나왔다.

다음날도 그녀는 걷기 운동을 하기 위해 공원에 갔다.

세 번째 날은 항상 앉아 있던 노인과 50대 중반의 남자와 30대 초반 정도로 보이는 남자가 보였다. 그들은 긴 나무 벤치에 여유를 두고 한 사람씩 떨어져 앉았지만 일행인 것처럼 이야기를 나누고 있었다. 노인의 이야기가 어느 정도를 진행시켰는지 모르나, 우리나라가 가지고 있는 원자력의 기술력에 대한 이야기들을 나누었고, 기무

사, 국정원 같은 이야기들을 했다. 기득권의 도덕문제를 민주화라는 이름으로 불평해 왔지만, 그건 그들이 권력을 가지고 있지 않을 때의 이야기라는 말도 했다. 그때 30대 초반의 남자가 무슨 게이트니 어떤 사태니 하는 이름들을 들먹이며 '똑같아요. 아니, 좀 더 심한 듯해요.' 라는 말을 반복했다. 30대 초반의 남자는 젊은이답게 포스트모더니즘이니 파시즘이니 하는 용어를 입에 올려 그게 어떻고를 이야기했다. 그때 그녀는 그 또래에 있는 자신의 아들을 떠올렸다. 아들은 그와 상반된 의견을 가지고 있었다. 언젠가 아들은 이승만 대통령을 미국의 등에 업힌 괴뢰정부라고 하고 박정희 대통령을 노동자를 희생시킨 독재자라고 했었다. 아무튼 요즘 들어 그녀의 아들은 휴일이면 뻔질나게 서울 나들이를 했다. 눈치로 보아 애인이 생긴 모양인데 어떤 여자인지는 아직 묻지 않았다. 만나는 여자가 그저 순조로운 가정에서 순탄하게 커온 여자이기를 바랬다. 그들의 이야기는 좀 더 멀리 가 있었다. 중일전쟁을 이야기하고 장개석과 모택동을 이으며 문화대혁명을 이야기 했다. 그리고는 잠시 침묵을 이으며 앉았다가 어디론가 함께 사라졌다. 여전히 아이들은 보이지 않았다. 부모들은 자신들의 아이가 누가 만졌을지도 모르는 시소나 그네를 이용하는 것을 꺼려하나 보았다.

넷째 날의 공원에도 나무 벤치엔 노인이 앉아있었다. 그녀는 또다시 아랑곳하지 않고 크게 크게 심호흡을 하며 공원 안 둘레를 걸었다. 그가 또 자신을 힐긋거린다고 느꼈지만, 역시 아랑곳하지 않았다. 공원 둘레를 서너 바퀴정도 돌았을 때, 그 날은 허리가 구부정하고 80세 중반은 넘어 보이는 머리가 하얀 할머니 한 분이 공원에 들어와 그녀의 뒤를 따르듯 공원 안 둘레를 걷기 시작했다. 할머니의 걸음이 많이 불편한 듯 보였다. 그때 그녀는 자신의 왼 쪽 발 뒤꿈치가 시큰거린다는 것을 느꼈다. 왜 그러지? 그녀는 서서 몇 번쯤 발목 돌리기를 했다. 그리고 공원 밖으로 나왔다.

집에 돌아온 그녀는 티브이를 켰다. 티브이에선 여전히 바이러스를 이야기하고 있었다. 그녀는 티브이를 보면서 다시 발목돌리기를 했다. 덤으로 오른쪽 발목도 돌려주었다. 별문제는 없는 듯 했다. 점심을 먹으며 그녀는 아들의 전화를 받았다. 요즘은 아들이 집에 들르거나 통화라도 하게 되면 늘 같은 말을 했다. 마스크를 꼭 착용할 것과 사람들과는 항상 거리두기를 하고 한 번의 식사도 거르지 말며, 몸속에는 항상 면역물질을 가득 가득 저장해 두어야 한다는 이야기들이었다. 오늘도 그녀는 같은 말을 반복했다.

다음 날도 그녀는 집 밖으로 나와 공원을 산책했다. 그 날도 그녀는 왼쪽 뒤꿈치가 좀 이상하다는 것을 느꼈다. 대체 왜 이러지? 뭐지? 몸무게가 늘었나? 허리라도 좀 틀어져 무게중심이 문제를 일으켰나? 혈관에 문제라도 생겼나? 그녀는 여러 가지의 것들을 의심해보며, 혹시 아무 것도 아닌 걸 가지고 자신이 쓸데없이 병을 만들어 대려고 하고 있지는 않은지를 생각해 보기까지도 했다. 그녀는 잠시 벤치에 앉아 핸드폰을 열고 그동안 주위에서 많이 들어왔던 족저근막염을 검색창에 치고 살펴보기도 했다. 족저근막염은 발바닥의 문제였고 뒤꿈치 쪽의 문제는 아닌 듯했다. 뒤꿈치 쪽은 염증문제들이 나열 되어 있을 뿐이었다. 하지만 그녀는 다시 족저근막염을 열어보았고 족저근막염에 좋다는 운동 등을 살펴보고는 미끄럼틀을 붙잡고 뒤꿈치를 들어 올리는 운동을 좀했다. 그날도 그녀는 집으로 돌아와 티브이를 켜고 바이러스의 상황에 대한 뉴스를 들었다.

 그 다음 날도 그녀는 똑같이 산책을 하기 위해 집을 나섰다. 발뒤꿈치가 아무래도 이상했다. 시큰거림을 넘어 약간의 통증도 느껴졌다. 그래서 그 날은 그냥 집으로 돌아와 소파에 길게 누워 자신의 발을 쉬게 했다. '나도 참 아무 생각 없이 그동안 내 발을 너무 혹사시켰어. 보통체

격에 보통 체중을 유지하고는 있었다지만, 내 생활은 거의 걷거나 서서 보낸 세월이었지. 아무래도 남들 보다는 조금은 더 많이.' 그녀는 자신에게 주어진 대로 부지런히 살아야 사람 같은 삶이라 생각해왔고 그렇게 살아왔다고 생각했다. 자신의 남편을 생각했다. 다행히 그녀의 남편은 성실했고, 지금도 성실하게 직장생활을 하고 있었다. 그 덕에 그녀는 현재 살고 있는 50평대의 아파트와 도심의 변두리지만 작은 건물 하나를 가지게 되었다. 그녀는 그런 생각들을 하며 자신의 두 발을 바라보며 미안하다는 말을 내뱉기도 했다. 그러다 집근처에 있는 정형외과를 떠올렸고 그곳으로 향했다. 정형외과에서 그녀는 시큰거리는 왼쪽 발뒤꿈치를 엑스레이로 찍어 보았다. 의사는 엑스레이 사진을 화면에 띄워놓고 펜 끝으로 동그라미를 그리며 뒤꿈치 안쪽에 종양이 생겼다고 말했다. 그러면서 그곳이 아프지 않았느냐고 물었다.

"찌릿찌릿했지요. 어제 오늘은 좀 아프기도 했어요."

그녀는 답변을 하며, 그것이 약물치료로는 안 되는 거냐고 물었다. 60대 중반이 넘어 보이는 의사는 종양이 많이 커져 있기도 하고 약물로 쉽게 나을 것 같지도 않다고 말했다. 그러면서 큰 병원에 가서 정밀 검사를 받아보라고 했다.

그 날 엑스레이 사진을 챙겼고 우선 소염진통제를 처방받았다. 병원을 나서며 그녀는 의사도 아니면서 의사의 소견에 자신의 생각을 첨가했다. 우선 소염진통제를 2주쯤 먹어보는 거야 그리고 다시 와서 엑스레이를 찍어봐야지 분명 차도를 보일 테지? 그럼 약 처방으로 완치 가능한 것이 되는 거야.

다음 날 그녀는 다시 공원과 공원길을 산책했다. 걸으면서 어떤 통증도 시큰거림도 없이 자유스러운 자기 발을 감지했다. 그녀는 이것이 소염진통제가 도리를 다하고 있기 때문인지 어떤지를 알 수 없다는 생각을 했다. 그래서 이틀쯤 건너뛰기도 하며 약을 먹기도 했다. 2주 후 그녀는 다시 그 병원을 찾아가 발뒤꿈치를 찍었다. 다시 찍힌 사진도 이전과 똑같아 보였다. 의사는 양팔을 벌리며 말했다.

"저는 큰 병원에 가보라고 했어요. 분명히 그랬다고요."

그는 그녀에게 자신의 견해를 상기시키듯 말했다.

그녀는 두 개의 필름을 들고 집으로 돌아와 소파에 길게 누워 종합병원에 전화를 했다. 예약을 하면 2주 후에나 진단을 받아 볼 수 있게 된다고 했다. 그녀는 우선 전화 예약을 하고 그동안은 소염진통제를 먹으며 보냈다. 다시 2주 후의 결과엔 첫 번째 두 번째 필름보다는 어떤 현격

한 차도를 보일지도 모른다는 자기 위안도 했다.

2주 후 그녀는 큰 병원에 가서 우선 필름 두 개를 보였다.

"통증이 느껴지시나요?"

의사의 첫 물음이었다.

"예, 3주 전부터는 그렇게 느껴졌어요."

그녀는 날짜를 계산해 답했다.

"그건 종양이 커져 신경을 압박해서 그런 듯합니다."

의사는 수술치료가 필요하다는 말을 했고, 수술을 하기 위해선 MRA 촬영을 해야 한다고 했다 MRA 촬영은 1주 후에 잡혀 있었다. 병원을 나오며 그녀는 원무과 직원에게 수술이든 치료든 모든 게 속결로 이루어지지 않는다는 불평을 했다.

"요즘은 바이러스로 인해 특별한 경우가 아니면 병원을 찾지 않기 때문에 그래도 이정도면 빠른 거예요." 원무과 직원은 그렇게 답했다.

1주일 후 그녀는 MRA 촬영을 했다. 그러고도 또 1주일이라는 날짜가 붙어 결과를 보러 오라고 했다. 1주일을 더 보낸 그녀는 다시 병원을 찾았다. 의사가 화면에 그녀의 촬영된 발꿈치 뼈를 띄웠다. 그녀의 왼쪽 발뒤꿈치 안쪽은 좀 더 상세한 내역을 보이고 있었다. 그녀의 뼈 안쪽엔 동그랗게 동공을 보이고 있었고, 안쪽이 텅 비워진 듯 하얗게 보였다.
"다행히 양성종양으로 보입니다."
그녀는 우선 급성종류가 아닌 것에 안도했다. 의사는 뒤꿈치 뼈를 깎아내고 뼈를 대신해주는 물질을 삽입하는 수술을 해야 한다고 말했다.
"보이시죠? 하얀 부분과 아래를 감싸고 있는 뒤꿈치 뼈가요? 그냥 놔두면 뒤꿈치 뼈가 부서질 수 있어요."
"왜 그런 게 생기는 거죠?"
"글쎄요. 정확한건 정밀검사를 해봐야 알아요."
"끔찍하네요. 혹시 그것들이 다른 곳으로 전이가 되는 종류의 것은 아니겠지요?"
양성종양으로 보인다는 의사의 말에, 안도는 잠시였다. 그녀의 몸엔 소름이 돋았다. 그녀는 잔뜩 겁을 먹고 의사의 얼굴을 바라보았다.
"글쎄요. 정확한 건 정밀검사를 받아 보아야 알아요."
의사는 그렇게 정밀검사를 받아봐야 안다는 말을 두 번 했다.
"정밀검사는 언제 하는 거지요?"
그녀는 다급한 듯 물었다.
"수술처리를 하게 되었으니 그때 조직을 떼어 내 하도

록 하지요."

그녀의 수술 날짜는 그로부터 한 달 후에 잡혔다.

집으로 돌아온 그녀는 주 2회 정도만 공원산책을 했다. 멀리 보이는 산은 어느덧 연초록 색채에서 진초록 색깔로 탈바꿈 하고 있었다. 노인은 여전히 그 자리에 있었고 개나리꽃이 진 공원 둘레엔 어느새 키를 키운 금잔화가 노란 꽃망울을 달고 있었다. 금잔화의 꽃은 그녀가 좋아하는 꽃이었다.

수술 전 날 오후에 그녀는 입원을 했다. 수술은 다음 날 아침 10시로 잡혀 있었다.

"오늘 저녁 일곱 시부터는 물 한 모금도 마셔서는 안 돼요."

담당 간호사가 그렇게 말하며 그녀에게 몇 가지 주의사항을 말했다. 그녀가 입원한 병실의 창문 앞쪽으로 작은 공원이 있었다. 링거 병을 꽂은 채 산책을 하는 사람, 누군가가 밀어주는 휠체어를 타고 있는 사람, 환자복을 입고 혼자 걷는 사람, 벤치에서나 공원 안에 자리를 펴고 환자복을 입은 사람과 음식을 나누는 방문자들의 모습들도 보였다. 코로나 바이러스가 발생한 이후로 병원 안으로 들어올 수 있는 방문객은, 환자 가족에 한정해 하루 1

인에 해당된다고 했다. 그래선지 병원 안은 조용한 편이었다. 그래도 병원 입구의 바이러스 검색대 쪽은 여전히 오고 가는 사람들로 붐볐다. 저녁 여섯시쯤 그녀와 그녀의 남편은 병원 근처에 있는 한식당으로 갔다. 바이러스의 영향인지 식당 안 역시 한가했고 손님으로는, 대각선 쪽에서 한 남자가 두부찌개를 놓고 소주잔을 기울이며 앉아 있는 모습뿐이었다. 주인의 취향인지 한식당 안엔 내내 클래식 음악이 은은히 흘러나왔다.

"찌개를 끓이고 술도 파는 집엔 뽕짝이 어울리지 않나?"

그녀가 말했다. 그에 대해 그녀의 남편은 '시끄럽게 떠들지 말고 조용히 먹고 나가라는 주인의 뜻'이라고 했다. 그녀는 혼자 술잔을 기울이고 있는 손님과 진열장에 놓여 있는 술병들을 바라보았다.

"우리도 반주로 소주 한 병 주문할까?"

그녀가 물었다. 그리고 그녀와 그녀의 남편은 두부찌개와 밥, 소주 한 병을 놓고 식사를 했다.

"오늘은 집에 가서 쉬고 낼 아침 아홉시까지 와 주면 되겠어."

그녀의 남편은 그녀가 병원에 있는 동안 휴가를 냈다.

"다시 말하지만 멀리 있는 아이에게 쓸데없는 말을 할

필요는 없어."

 술잔을 부딪치며 그녀는 다시 다짐을 주듯 말했다.

 병원 안 전체엔 와이파이 설치가 잘 돼 있었다. 식사를 마치고 혼자 병실 안으로 들어 온 그녀는 유튜브를 열고 이것저것 뒤적이다가 석양이 비치는 벌판에서 어미치타와 새끼들 셋이 보이는 화면을 클릭했다. 화면이 열리면서 멀리서 수사자 한 마리가 지나가는 모습이 보였고, 풀숲 아래로 몸을 숙인 어미치타는 수사자의 향방을 주시하고 있었다. 해설자는 동물의 '먹이사슬의 경쟁'에 대해 이야기를 했다.

 곧 하이에나들과 어미치타가 싸우고 있는 장면이 펼쳐졌다. 새끼를 지키려는 어미는 필사적이었다. 아무것도 모르는 새끼치타들은 그 시기 특유의 소리인 끼약, 끼약을 외치며 어미를 불렀다. 기분 나쁜 울음을 하며 몰려드는 하이에나의 숫자가 너무 많았다. 결국 아기치타들은 모두 갈가리 찢겨져 그들의 뱃속으로 들어갔다. 화면을 보는 내내 그녀는 분개했다. 하지만 다음 장면으로는 그 하이에나들에게 들개들이 몰려드는 것이 보였다. 다행히도 들개들의 숫자가 좀 더 많은 듯했다. 그녀는 들개들을 응원하며 그들의 싸움을 응시했다. 결과는 들개들의 승리였다. 이리 물리고 저리 물려 죽거나 신음하는 하이에나들이 보였다. 그래도 그녀는 멀쩡히 살아 있는 몇 마리쯤의 하이에나들을 바라보며 또 분개했다. 아무튼 아쉬운 대로 속이 후련했다. 그러면서 그녀는, 내 시선은 왜? 하이에나와 치타, 사자와 들개들을 동등하게 바라보지 못하는지를 생각했다. 그녀가 내놓은 답은 간단했다. 하이에나가 제일 못생겼다는 이유였다. 그 점에 대해 그녀는, '그렇지 뭐, 만물을 구원 하는 신도 아니고 나는 그냥 인간이고 속인인 걸.'이란 말을 중얼거렸다. 그때 그녀의 병실 앞 복도에서 분주한 발걸음 소리와 아이의 흐느낌 소리가 짧게 들려왔다. 궁금했지만 문을 열기가 미안해서 꼼짝 않고 누워 자신의 아들을 생각했다. 조용해지자 그녀는 다시 유튜브에 시선을 두고 뒤적거렸다. 그녀의 눈에 정체불명의 미확인 물체 UFO 사진이라는 것이 보였고, 언젠가 정체불명의 미확인 물질이라는 것에 대해 떠들어대던 아들의 모습을 다시 떠올렸다.

"30만개 그 이상의 은하와 하나의 은하엔 대략 4000억 개의 태양과 같은 행성이 있단 말이야."

그녀는 정체불명의 미확인 물체라는 UFO 쪽을 헤집었다. UFO가 자주 출몰한다는 미국의 51구역에서 일어났던 이야기라는 것들을 읽어 보았고, 강원도 어느 지역에서 깨를 털고 있는 할머니 머리 위쪽으로 날던 UFO의 사진이라는 것도 보았다. 아들애의 말처럼 30만 개 그 이상의 은하와 하나의 은하엔 대략 4000억 개의 태양과 같은 행성이 있다는 이야기도 읽었다. 그녀는, 그렇다면 UFO가 충분히 있을 수 있겠다는 생각을 하며 잠이 들었다.

다음날 아침 아홉시 경 그녀의 남편이 왔다
"아침식사는?"
그녀가 물었다.
"좀 전에 병원 아래층 편의점에 들러 빵과 우유로 대충 때웠어."
딴엔 아내의 걱정을 덜어주겠다는 생각이었겠지만 그녀는 말했다.
"마누라는 어제저녁 일곱 시 이후로는 물 한 모금도 못 마시고 있는데 혼자 먹었단 말을 꼭 해야겠어?"
그녀의 남편은 그녀를 보고 멋쩍게 웃으며 말했다.
"잠은 잘 잤고?"
"응, 모처럼 편히."
"퇴원하고 나서 맛있는 거 많이 먹자."
그녀는 또 이렇게 말했다.
"맛있는 타령을 지금 꼭 해야겠어? 어쩜 온 종일을 굶어 버릴지도 모르는데."

그러자 그녀의 남편은 '이 병원 편의점의 빵과 우유는 맛이 쓰더라. 맛이 없어.' 라는 응수를 했다. 그녀의 태도와 목소리는 농담 반 진담 반이 담긴 듯했고 딱히 퉁명스럽다고도 느껴지지 않았다. 오랫동안 익숙해진 그들의 일상적인 대화방식이었다. 굳이 그들의 애정 문제를 말한다면 별달리 큰소리치며 싸워 본 적은 없지만, '사랑은 무슨? 그저 일상을 보내는 거지.'라고 답변해야 할 정도로 무감각한 듯 살아왔다고 그녀도 그녀의 남편도 생각해왔을 뿐이었다.

그랬던 그녀의 남편은 그녀가 수술실로 들어갈 때 이렇게 말했다.

"미안해. 정말로 모든 게 많이."

눈물이라도 떨굴 것 같은 분위기였다.

"웬일이야? 당신이?"

그녀는 눈을 크게 뜨고 반문했다. 생전 낯이 간지러운 말과 행동은 못할 사람이라고 그녀는 남편을 평가해 왔다. 이어서 가까운 사람이 이지경이 되었을 땐 그 어떤 생각을 하게 될 수도 있겠다는 생각을 했다. 그런 생각을 하면서 남편의 태도가 좀 불경스럽다는 생각도 했다. 그녀는 남편을 바라보며 그냥 손을 흔들었다. 원친 않았지만 남편의 말과 태도 때문에 그녀는 잠시 자신의 죽음을 떠올렸다. 내가 죽으면 저 사람에게는 혹시 내가 천사표 될까? 그녀의 눈앞엔 한밤중에 베갯잇을 적시는 남편의 모습이 그려졌다. 곧 수술대에 눕혀지자 그녀는 '잠시 만요, 잠시 만요.' 라는 말을 했다. 그리고 일어나 앉아 짧은 통곡을 했다. 그녀는 다시 불경스러움을 떠올렸고 대기해 있는 의사와 간호사들에게 자신이 실수를 하고 있다는 생각을 했다. 그래서 그녀는 자신에 실수에 대한 변명을 했다.

"좀 전에 남편이 모든 게 많이 미안하다 하네요. 미안할 것도 없는 사람이."

그리고 의사와 간호사들을 바라보며 '죄송합니다.' 라는 말을 애써 미소를 보이며 씩씩한 목소리로 했다. 그녀의 몸은 착착 수술준비에 들어갔다. 소변줄기가 채워지고 마취과 전문의가 다가와 그녀의 이름을 불렀다.

"김영숙씨."

그녀는 '예' 라고 대답했다. 이어서 마취과 전문의는 단도직입으로 말했다.

"자, 마취에 들어갑니다. 하나 둘 셋 넷 숫자를 세세요."

그때 그녀는 새삼 자신이 살아온 세월을 돌이켰다. 감나무 아래에서 긴 줄에 감꽃을 주어 꿰던 6-7세 전후 자신의 모습이 그려졌고, 친구들과 책가방을 들고 노래를 부르며 집으로 돌아오던 학창시절의 모습도 그려졌다. 결혼식이 있었던 날 늦잠 잔 탓으로 허둥거리던 자신의 모습도 떠올랐다. 순간, 남편과 함께 서 있던 자리엔 태양볕이 따스했으며 금잔화의 노란 꽃들이 가득 가득 피어 있었던 듯 여겨지기도 했다. 그들의 앞쪽엔 어린 아들애가 뛰어 놀고 있었다. 가물가물한 의식 속에서 그녀는 남편의 얼굴을 떠올리며 '선량한 사람'이라고 입속말을 하며 완전 마취가 되었다. 수술에 필요한 시간은 두어 시간이 걸린다고 했다.

 그녀의 남편은 대기실에서 환자의 동향을 전해 주는 벽걸이 화면을 바라보며 아내의 수술이 끝나기를 기다렸다. 아내가 깨어나면 아들에게 전화를 할 것을 생각했다. 네 엄마가 신신 당부를 해서 그동안 말을 하지 못했다는 이야기를 해줄 작정이었다. 아내는 계속 '수술 중'이었다. 그것이 그에겐 너무도 긴 시간인 것처럼 느껴졌다. 목이 마른 듯해서 자판기로 가 두어 번 커피를 빼어 마시기도 했다. 그는 지난 세월의 아내를 생각했다. 아내는 늘 바빴다. 아이도 보살펴야 했고 살림도 해야 했으며 장사도 해야 했다. 잠깐씩은 거들어 주기도 했지만, 거기엔 이기적인 계산들이 끼어 있었다는 걸 부인할 수도 없다는 생각을 했다. 가끔은 '이제 당신도 집에서 쉬며 살림만 하면 어떨까?' 라는 말들도 해왔지만 그것 또한 마음에도 없는 말이었다는 것을 자신은 알고 있었다. '내가 바람을 피웠어?' '술을 많이 마셔?' 평소에, 속으로 종종 내세우던 것들이 치사하고도 초라하게 느껴졌다. '엉큼한 놈, 이기적인 놈.' 그는 그렇게 자신을 질타하기도 했다. 그러면서 때론 무덤덤한 듯 30여 년을 보낸 세월이, 자신에게도 결코 가벼울 수 없다는 것을 새삼 느끼는 듯 여겨지기도 했다.

한참을 기다리니 '수술 끝'이라는 글귀가 보였다. 그는 자신도 모르게 벌떡 일어나 서성거렸다. 곧 회복중이라는 글귀가 보일 것이고 그는 아내에게 다가갈 준비를 했다. 아내의 '수술 끝'이라는 글귀도 너무 길게 붙어 있는 듯 느껴졌다. 그때 수술실에서는 그의 아내에게 변이 일어나고 있었다. 그녀는 깨어나지 않았고 무슨 이유가 있었던지 호흡이 느려지고 맥박이 멈추어 지고 있었다. 의사들이 뛰어왔고 마취과 전문의도 뛰어 들어왔다. 그들은 그의 아내가 호흡을 하도록, 다시 심장이 뛰게 하도록 최선을 다했다. 하지만 그날 그녀의 심장은 끝내 그대로 멈추었다.

평론

〈서한경 소설세계〉

다양한 모티프와
디퍼런드(differend)한 실험정신

유한근 (문학평론가)

　프랑스의 사회학자이자 문학이론가인 장 프랑수아 리오타르(Jean Francois Lyotard)는 '거대서사'를 비판하고 이 용어의 반대 개념인 소서사(Petit Narrative)를 옹호한다. 그것은 포스트모던적 발상에서 비롯된 인간의 사소한 삶이나 행위는 모두 서사적이기 때문일 것이다. 일상적인 삶에서 소설의 모티프를 찾아내야 하는 현대작가의 경우에는 거대서사보다는 소소한 일상 속의 소서사에 관심을 가지고 쓸 수밖에 없는 절망감(?)을 극복하는 하나의 방식으로 아이러니 혹은 알레고리 표현구조를 선호할 수밖에 없을 것이다. 이것이 우리 시대의 트렌드이고 대세이다. 서한경 작가도 그 대열의 중심에 서 있다.

그동안 서한경 작가[1]는 "독특하고 개성 있는 작가"로, 그의 소설은 "특유의 시니컬한 언어로 인간 군상들과 (…) 인생살이의 '부조리한 실존'과 닿아 있"다는 평가를 받아 왔다.(윤원일 소설가) 또한 서한경 작가의 "소설은 간결하고도 응축된 문장과, 현실에 대한 깊이 있는 성찰과 밀도 있게 응축된 서사로 삶의 아이러니한 세계를 풍자로 명쾌하게 찍어 올리고 있다."(김성달 소설가). 그리고 첫 소설집 《나는 용이다》에서의 "세상의 특징을 잡아내는 관점이 독특한 서한경 작가"의 소설로, "형식주의에 대한 파괴이자 도전인 소설기법을 활용한 작품을 선보인다. 한 마디로 말할 수 없는 세상의 아이러니를 특유의 냉소와 조롱으로 비틀고 뱉는 인물들을 생생하게 그려 보인다."는 평가를 받기도 했다. 부연하면, 우리 사회의 세태를 "삶의 아이러니가 길어 올린 풍자와 비판의 모습을 누구보다도 적나라하게 보여주고 있"으며, "때로는 지독한 냉소와 조롱, 때로는 웃음과 울음을 오가는 유희를 통해 우리가 현실에서 느끼는 절망과 우울과 불안을 속 시원하게 날려버리고 있다."고 한 평가가 그것이다.

---

[1] 서한경(徐韓京 본명 서용심)
2006년 한국소설 신인상 〈봄날에〉로 당선, 2016년 소설집 《나는 용이다》 발표

1. 현실과 신비체험 사이의 발칙한 상상력

서한경 소설 문채文彩는 스토리텔러가 갖지 못한 변별성 있는 섬세한 감각적 문체이다. 그런 관점에서 볼 때, 서한경은 이야기꾼이 아닌 셈이다. 그러나 그의 소설은 앞서 언급한 것처럼 소서사의 소소한 매력을 보여준다. 소설 〈C, 이야기〉의 서두를 보아도 그의 소설적 특성을 다른 국면에서 엿볼 수 있다. "커피 잔을 든 Y는 서성거렸다. 그녀의 집 창가엔 오래된 은행나무 한 그루가 서 있었고 어디선가 새 소리가 들려왔다. Y는 창가로 다가가 기웃대다가 땡볕을 견디어 내고 있는 진초록의 은행잎들을 바라보았다. 은행나무 아래에 푸른색 택배 트럭이 와서 멈추었고, 택배 트럭과 똑같은 푸른색 티셔츠를 입은 젊은 남자가 운전석에서 나와 어딘가로 뛰어갔다가 무언가를 손에 들고 돌아와 다시 차를 몰고 가버렸다. 멀리서 감자 양파 따위를 트럭에 싣고 와 장사를 하는 상인의 목소리가 확성기를 통해 들려왔다. 배낭을 멘 남자가 지나갔다."와 같은 소설의 공간 묘사에서도 그의 특징적인 문채는 쉽게 엿볼 수 있다. 다분히 시적이며 감각적이다. "Y는 그 남자의 연령을 50대 중반 정도라고 셈했다. 승용차 한 대가 지나갔고 3-4세 정도로 보이는 아이의 손을 잡은 할머니가 지나갔다. Y가 고개를 돌리려 할 즈음엔 30대 후반 정도로 보이는 단발머리를 한 여자가 지나갔다. 흰색 티셔츠에 청바지 차림, 작은 핸드백이 어깨에 걸쳐있었다. 그저 평범하게 보이는 여자였다. 하지만 Y는 오래 서서 그녀의 뒷모습을 바라보았다. 그녀의 턱엔, 턱을 반으로 갈라놓듯 붉은 색 밴드가 길게 붙어 있었기 때문이었다. 그녀의 뒷모습을 길게 바라본 Y는 구원자라도 된 듯 한 목소리를 내었다. Y는 '그대에게 축복을'이란 말을 했다."에서 Y의 시니컬한 성격을 드러낸다. 여기에서 독자는 한 여자를 주목해야 한다. Y가 바라보고 있는 30대 후반쯤인 단발머리 여자, 턱에 붉은 색 밴드를 길게 붙인 여자. Y가 '그대에게 축복을'이라는 말을 뱉게 한 여자. 이 여자가 이 소설을 주인공 C이다. Y가 바라본 C의 서사가 이 소설의 중심 서사이다. C와 친구인 Z의 서사이다. 그런 점에서 Y는 관찰자 혹은 숨은 화자인 셈이다.

이 소설은 다른 소설과 달리 성격창조를 영어 이니셜인 Y, C, Q, Z로 표현한다. 성격창조의 기본적인 방식인 이름짓기[命名]로 보여주는 고정된 성격에 대한 선입견을 차단하고 객관화시키려는 포스트모던적 전략에서이다. 이 소설이 제목 'C, 이야기'인 C는 남편인 Z와 합의 이혼하고 돌아와 시장에서 우연히 친구인 Z를 만난다. 그 친구 Z와 가정사 이야기, 그동안 살아왔던 이야기 중 Z가 눈썹 문신사임을 알고 눈썹 문신을 하게 된다. 그러다가 일이 벌어진다.

C의 폭발 웃음으로 전동 기계가 C의 턱을 일직선으로 내리 그었다. C는 살을 찢는 듯 한 강한 통증을 느꼈다. Z는 여전히 이걸 어째? 이걸 어째? 당황해 하는 모습을 보였다. C는 일어나 거울을 보았다. 기계는 정확히 아랫입술 반을 지난 지점에서 좌 우로 턱을 가르듯 일직선으로 내리 그어진 것이 보였다. 곧 피가 보였다. Z는 서둘러 응급조치를 했다. 약을 바르고 밴드를 붙이며 Z가 말했다.
"하필이면 있는 것이 붉은색 밴드뿐이네. 우리 아이가 이걸 좋아해서……. 우선 이걸로 붙여야겠어."
C의 턱 아래로는 길게 붉은색 밴드가 붙여졌다.
"상처가 낫는다 해도 흔적을 남길 텐데 어쩌지? 어쩌지?
Z가 걱정스런 얼굴로 반복해 말했다.
"어쩔 수 없잖아 내 잘못인데. 내 잘못인데."
C는 그렇게 반복해 답변했다. C는 붉은색 밴드를 길게 붙이고 집으로 행했다.

— 소설 〈C, 이야기〉 결말부분

위의 인용문은 〈C, 이야기〉 결말 부분이다. 문썹 문신을 끝내고 이래 입술을 교정하다가 실수로 C의 턱에 상처를 낸다. 가해자는 Z이지만 C는 자신의 잘못이라고 생각한다. 이혼도 마찬가지로 같은 정신 구조일 것이다. 그래서 그녀는 '붉은 턱을 한 여자'가 된다. 여기에서 '붉은 턱'이 표상하고 있는 의미는 이 소설에서는 어쩌면 이혼의 상처, 그 흔적일 수 있다. 하지만 이 소설의 가치에서 간과할 수 없는 점은 구성미학으로 이 소설의 이른 바 반쪽 액자 소설이라는 실험성이다. 또는 이 소설은 관찰자 혹은 방관자, 아웃사이더의 상상소설이라는 점에서 그 특이성에 주목되게 된다. 이러한 발칙한 상상력에 의해서 구성된 소설미학에 대한 논의는 실험소설이라는 국면에서 좀 더 이루어져야 할 것이다.

이런 맥락에서 소설 〈빛의 바이러스〉는 제목부터 특별하다. '빛의 바이러스'라는 언어는 다분히 시적이며 추상적이다. 서사문학에서 보면 발칙한 제목이다. 그래서 흥미롭고 관심 가는 소설이다. 이 소설은 이렇게 시작된다. "묘하게 마음속에 똬리를 튼 듯 잊혀지지 않는 여자가 있었다. 별일이 있었던 것도 아닌데 한동안 마음으로 미안한 느낌이 사라지지 않았다. 유난히 새카만 눈동자를 가진 여자였다. 보기에는 차분하고 순진해 보였다. 그런데 나는 그녀가 뭔지 모르게 꺼려졌다. 해맑아 보이는 눈동자 뒤엔 발칙한 무엇을 감추고 있는 것 같았다."가 그것이다. 그녀 눈동자의 발칙함이란 "무언가 당장이라도 폭발해 버릴 것 같은 무분별한 열정 같은 게 내재된 듯"하면서도 "그녀는 이따금 급격한 감정 변화를 보이다가 금세 배시시 웃곤 했다. 때로는 충동적으로 무얼 먹으러 가자고 고집을 부리는 일도 있었는데, 정서 불안인가 하면 배시시 웃는 투명한 표정이 너무나 해맑아서 그런 생각을 하는 내가 고약한 사람으로 여겨지기도" 하게 하는 발칙함이다. 그런 여자가 "한때 우리 집을 자주 들락거렸다. 특별한 이유가 있는 것은 아니"고, "그녀의 마음에 든다는 립 서비스 같은 핑계를 들며 다른 이웃들의 이야기, TV뉴스에 올라온 화제들을 들고 와서 시간을 죽였다. 가끔씩은 술병을 들고 와, 바람이 나고 싶어서 또는 바람을 피우고 싶어서 등의 어처구니없는 말들을 하며 대작하기를 원하"는 여자이다. 이러한 이 여자의 정신 나간 행동은 액자 속의 이야기를 하기 위한 장치이다.

이 소설의 본격적인 서사는 "은행나무에 기대어 선 그녀는 자신의 유년시절에 있었던 이야기"부터 시작된다. 그 이야기는 기이하고 황당한 이야기일 수 있는 그녀의 유년시절의 고향 얼굴이 붉고 키가 큰 한 남자 이야기이다. "그는 늘 붉은 얼굴을 하고 있었는데 어른들 말에 의하면 그 붉은 얼굴 때문에 부인이 빨리 가버렸다고 했다. (…) 그러던 어느 날 그는 초저녁부터 다음 날 동트기 전까지 무언가에 홀려 돌아다녔다. 그 무언가는 탁구공만 한 것이었다가 야구공만 한 것으로 좀 더 커지고 점점 불어나 축구공 크기로 낙착이 되었는데, 진주 빛으로 영롱한 빛을 내는 둥근 무엇이었다고 했다. 그가 시장에 들려 막걸리를 몇 잔 들이켜고 집으로 돌아올 때 (…) 두어 점 구름 위에 손톱 같은 초승달이 걸려 있던 날(…) 그는 집으로 돌아오는 신작로 길을 휘적휘적(…) 걸어왔을 때, 그의 앞에 영롱한 진주 빛의 둥근 물체가 떠 있는 것이 보였다. 그 빛은 2-3미터 정도의 간격을 두고 그와 비슷한 키 높이에 있었고, 그를 부르며 따라오라는 듯 종용하고 있는 것처럼 느껴졌다. 그는 그 빛을 따라갔다. (…) 하지만 밤새 어디를 얼마나 헤매었는지 입고 있던 의복은 다 찢어지고 몸은 여기저기 상처투성이가 돼 있었다. 그리고 그는, 그가 처음 그것을 목격한 산모퉁이의 신작로 길 바로 그 자리에 서 있었다고 했다. 그 일이 있고 며칠인가 누워 앓았다는 소문도 있었다. 사람들은, 아마도 그가 여우의 넋, 꽃뱀의 혼령 같은 것에 홀렸으리라고 수군거렸고, 그것으로 그의 몸속 진기가 전부 소진되었을 것이므로 그는 곧 죽게 될 거라고 말했다. 하지만 그는 죽지 않았다. 그 후 그는 5일 장날이든 초승달이 떠 있는 날이든 상관없이 해가 떨어지고 어두워지면 늘 신작로 길을 향해 휘적휘적 걸어갔다. 사람들의 말에 의하면, 핑계는 그놈의 정체를 알아내고 말겠다는 거였다. 먼발치에서 그의 모습이 보이면 어른들은 서로 농을 주고받았다."는 것이다.

이 그녀의 이야기와 유사한 이야기는 "그녀의 영혼을 휘어잡아 죽을 만큼 그녀를 방황하게 했다는"거였다. 그래서 "아마도 내가 그 얘기를 한다면 사람들은 분명 그게 내 욕망의 결과라고 매도할 거야. 내 욕망이 지나쳐서 환시로 나타난 거라고, 애꿎은 남편의 성적 능력까지를 들먹이면서 온갖 상상들을 부풀려댈 거야. 그런 생각들을 했어요. 실제로 겪은 나 자신도 그것이 꿈인 듯 생시인 듯 모호할 때가 있으니까요."라고 말하면서 생생하게 말한다. "몇 년 전 그해 가을에도 지금처럼 은행나무 가로수의 노란 잎들이 장관을 이루며 만추의 절정을 자랑"할 때. "보통의 우람하고 든든한 백 살 가까이 먹었음직한 노란 잎의 나무" 곁에 서 있던 초로의 노신사의 몸체에서 백색의 광채를 보았다는 것이다, 그는 "갈색 가디건과 검정색 정장 바지를 입고 있었고, 바짓단 아래로 힐긋힐긋 보이는 검정색 캉캉구두가 반짝거"리는 "적당히 큰 키에 군살이 붙지 않은 몸체는 한마디로 세련의 극치였고 분위기는 로맨틱 그 자체였다. 그의 발걸음은 정교했다. 건널목을 건넌 그는 반대쪽 가로수의 길을 걸어갔다. 어디선가 은은한 화음의 실내악이 들려오고 있었다. 아름다운 비천녀들이 다루는 악기 화음이 이럴까? 참으로 아름답고 매혹적인 음악이 흘렀다. 그때 수많은 은행잎들이 우수수 떨어져 내렸고, 떨어져 내린 은행잎들은 앞서거니 뒤서거니 서로 겨루듯 일제히 그의 뒤를 향했다. 그는 노란 은행잎들을 이끌고 빛이 되어 걸어갔다."는 것이다. 그녀는 그를 따라갔다. 마을 곳곳을 지나 그녀가 "그의 뒤를 따라 개울 입구에 이르러 돌계단에 발을 내딛었을 때 그는 어디로 사라졌는지 보이지 않았다. 돌계단 위에 선 그녀는 잠시 두리번거렸다. 두리번거리던 그녀는 돌계단을 내려와 갈대밭 앞에 서서 또다시 두리번거렸다. 그때 믿기지 않는 일이 벌어졌다. 정말이지 꿈인 듯 현실인 듯 그와 그녀는 산더미처럼 쌓아진 노란 은행잎들에 둘래둘래 쌓여 있었다. 은행잎들은 일제히 그와 그녀를 감싸며 보초라도 선 듯 움직이지 않았다. 이어서 어디선가 보랏빛 가을 들국화를 한 송이씩 입에 문 참새들이 떼로 날아들어 은행잎 사이사이에 종종종 수를 놓듯 꽃들을 박아 놓았다. 임무를 미친 참새들은 곧 일렬종대로 둘러서고는 하나 둘 하나 둘 하는 구령소리와 함께 날갯짓을 하며 하늘 높이 날아갔다."는 것이다.

이렇게 이 소설의 서사를 깊게 소개한 것은 이 소설의 신비성과 판타지성을 그대로 전언하기 위함임을 밝힌다.

이쯤에서 우리는 이 소설 〈빛의 바이러스〉의 서사 구조를 다시 정리해야 한다. 이 소설은 화자인 '나'의 서사가 아니라, 술 취한 유난히 새카만 눈동자를 가진 여자의 이야기로 일인칭관찰자서술로 쓰고 있으면서도, 그 여자의 유년시절의 '여우의 넋, 꽃뱀의 혼령'에 홀린 '영롱한 진주빛의 둥근 물체"의 사내의 이야기와 유사한 은행나무 옆에 서있던 백색광채의 초로의 노신사 이야기 등 두 개의 이야기를 액자 속의 서사로 구성하고 있다는 점을 환기해야 할 것이다. 그러한 신비체험을 한 그녀를 '나'는 이렇게 사유한다.

> 아무튼 그날 그녀는, 자기 자신에게 놀랬는데, 자신이 대단히 관능적일 수도 있는 여자였다는 거였다. 그녀의 몸에 붙어있는 이백여 라는 숫자의 뼈와 마디마디에 붙은 관절들은 일제히 기지개를 켜대었고 육십 조의 숫자가 넘어간다는 세포들 역시 일제히 기지개를 켜대며 빛

이 되어 환호했다. 그리고 그녀는 밤이 이슥할 무렵에야 비로소 은행잎들로부터 벗어날 수 있었다고 했다. 은행잎들이 사라지자 수놓아진 꽃들도 그의 자취도 함께 사라진 듯 보이지 않았다. 그녀의 몸은 갈대밭 안에 서 있었고, 갈대밭 또한 아무런 흔적을 보이지 않았다. 잠시 멍청히 서 있던 그녀는 휘적휘적 갈대밭에서 나와 돌계단에 올라섰다. 집으로 돌아온 그녀는 내내 어떤 충만감을 안고 깊은 호흡을 머금었다. 묘한 일이었다.

나는 그녀의 신비한 체험이라는 것을 생각하며 어느 위대한 힘, 주몽을 잉태하게 했다는 해모수와도 같은 신들을 떠올려 보기도 했다. 미안하게도 나는 어떤 흔적이라도 찾듯 날씬한 그녀의 몸을 슬쩍 훑어보기도 했다.

어쨌든, 그 후 그녀에게 그의 모습은 뇌리에 박힌 듯 떠나지 않았다. 그의 존재는 특별한 그리움이 되어 그녀의 가슴을 채웠다. 그녀는 그때의 그 시간이 되면 은행나무 아래에 서 있거나 가로수 길을 걸어 개천에 이르렀다. 돌계단을 밟고 내려가 갈대밭 옆에 우두커니 서 있기도 했다.

— 소설 〈빛의 바이러스〉 중에서

위의 인용문에서 비로소 '빛의 바이러스'의 정체가 드러난다. 그것을 서한경 작가는 "어느 위대한 힘, 주몽을 잉태하게 했다는 해모수와도 같은 신들"의 빛, 그 정기라고 사유한다. 이러한 작가의 인식은 다분히 신화원형적이다. 펀더멘털리즘적 사유이다. 인간의 사유와 정서, 그리고 삶의 본체가 신화를 원형으로 삼고 있다는 사유에서 비롯된다. 필자는 이러한 신화원형적인 소설을 최근에 본 적이 없다. 기존의 신화원형적인 소설의 표본은《삼국유사》의 동명성왕의 신화서사구조를 원형으로 하여 차용해 쓴 허균의 〈홍길동전〉뿐이었지만, 그것이 서사구조적 미학국면이었다. 그러나 서한경의 단편소설 〈빛의 바이러스〉는 신비한 빛 혹은 신령한 빛을 모티프로 하여 그것을 원형으로 차용했다는 점에서 새로운 신화원형비평적 사유로 쓴 최초의 소설이라는 점에서 주목한다.

하지만, 작가는 이 소설에서 또다시 세월이 흘러 만추의 계절에 "갈색 가디건과 검은색 정장바지 반짝이는 캉캉구두"의 그를 등장시킨다. 그리고 신비로운 상황으로 이 소설을 마무리한다. "은행잎들은 일제히 그의 뒤를 따랐고 비천녀들이나 다룰 악기들의 음악소리가 은은히 들려왔다. 그때 그녀는 잠시 멈추어 서서 그의 뒷모습을 주시했다. (…) 그녀는 그에게 텔레파시라도 전하듯 궁금증을 털어놓았다. '당신은 누구시지요?' '당신은 누구시지요?' 그리고 그가 편의점 앞과 금은방 앞을 지나고 커피숍 앞을 걸어갈 때 그녀는 그의 뒤를 따라 뛰어갔다. 뛰어가면서 그녀는, '다 괜찮아요. 설사 당신이 여우의 넋, 꽃뱀의 혼령, 너구리, 두꺼비의 혼령이라도 다 괜찮아요.' 라고 혼잣말을" 한다. 그리고 화자인 "나는 그녀의 이야기들이 실체인지 상상인지 상상과 실체 사이가 모호해지는 기분을 느꼈다. 내 눈길도 그녀의 시선을 따라 거리의 모습과 만추의 은행잎들을 바라보았다."로 이 소설을 마무리한다. 가슴을 먹먹하게 하는 소설의 결말이다. 형이상학적인 여운을 남기는 신비주의적인 소설이다.

2. 아이러니 소설의 경계

이 글의 서두에서 서한경 소설에 대한 평가문 "지독한 냉소와 조롱, 때로는 웃음과 울음을 오가는 유희를 통해 우리가 현실에서 느끼는 절망과 우울과 불안을 속 시원하게 날려버리"는 소설이라고 말한 바 있다. 이를 가능하게 하는 소설은 아이러니 표현 구조의 소설이다.

최근 주목받고 있는 젊은 작가들이 소설창작의 한 방법으로 차용하고 있는 표현구조는 아이러니이다. 아이러니는 현실을 정시正視하지 않고 사시斜視로 바라보며 그 이면의 진실을 보기 위한 하나의 방식이다. 아이러니는 희랍희극의 에이론eiron에 어원을 둔다. 에이론은 '시치미 떼는 사람'의 의미로 자신을 실제보다는 낮추어 말하고 똑똑하지 못한 사람인 척하는 것을 의미한다. 탄청부리기, 러시아 형식주의의 낯설게 하기와 맥락이 연결되어 있기는 하지만, 아이러니는 단순한 반전으로만 생각하지만 아이러니의 구체적인 방식은 말장난pun, 과장과 축소, 뒤바뀜peripeteia, 패러디parady, 비꼼sarcasm, 자기비하 등으로 나타난다. 일반적으로 많이 차용하는 아니러니는 다분히 소크라테스적 아이러니와 언어적 아이러니이다. 의도적으로 무지함을 가장하여 독자를 점차 모순으로 빠져들게 하여 스스로 무지를 깨닫게 하는 표현구조로, 자신을 비아냥거리고 자조하여, 언어트릭으로 기지와 가벼운 풍자, 그리고 유머를 차용하여 진의를 전달하는 방식으로 고차원적이며 다르게 전달하기 위한 가장 적당한 표현구조이다. 세태를 비판하는 소설에 적합한 표현구조인데 서한경의 소설은 이 방식을 차용한다.

　소설 〈그래도 행복한 남자〉는 제목부터 한 인간을 비아냥거리는 어투이다. 사람은 누구나 처음 살아보는데, 그 인간은 전생을 부정하는 사람이기 때문에 그렇게 인식하는가라는 의혹을 하게 된다. 그 인간을 이 소설의 서두에서 작가는 이렇게 소개한다. "그가 이곳 어딘가로 이사를 온 것이 벌써 칠팔 년은 되가는 것 같다. 그때 그는 이목구비가 잘생긴 깔끔한 젊은이였다. 게다가 지독히도 냉소적인 분위기를 풍겼다. 그 때문이었을까. 그는 내게 묘한 매력을 주었다. 그는 아주 가끔씩 보였는데, 아쉽게도 처음 보인 이미지와는 달리 해를 거듭할수록 조금씩 빛바랜 모습들을 보여 주었다."가 그것이다. 파라솔 아래에 앉아 막걸리를 마시고 있는 그. 제때 세수하지 않은 것 같은 불콰해진 얼굴엔 콧수염이 솟아있고, 윤기를 잃은 머리터럭 또한 터부룩하게 길어져 있는 그. 그러나 그는 "세상의 모든 것을 가볍게 비틀고 부정하는 것"으로 보였고, "스스로를 소외시키고 대충 생계를 이으며 세월을 낭비하고 있는 모습으로만 (…) 비록 입속말이었지만 선각자처럼 외쳤다. 깨어나라. 깨어나라 더 늦기 전에"라고 외치는 듯한 사람처럼 보였다. "때로는 전혀 일관성이 없는 이야기들을 횡설수설 늘어놓기도 했"고, "가끔씩은 자조 섞인 음성으로 그것이 너털웃음인양 하하하하 웃어대기도" 하는 사내였다.

 이 소설의 주인공인 사내를 작가는 아이러니 표현방식으로 묘사하고 있다. 티브이에서 본 낙태 이야기를 하면서 인간을 비하하는 인간이다. 그리고 "왜 사느냐고?" 스스로 물으면서 인간이 사는 문제에 대해서도 폄하한다. "글쎄, 다행인지 요즘 들어서는 목적 하나는 확실히 가지고 있다. 웃기는 농담 같지만 사실인 걸. 결국 나는, 먹는 게 남는 거라는 농담 같은 이야기들에 동의를 해버린 거지. 하하하하 그래, (…) 사는 목적이 그렇다면 개돼지나 다를 게 무엇이 있겠냐고? 아니 개돼지에 비견할 수도 없다고 말하겠지? 개를 말하자면 집을 지켜주고 어떤 사람들에겐 무료함을 달래주잖아. 돼지는 말이야, 먹은 만큼 고기를 생산해준다. 그것도 지루하지 않을 만큼 적당한 세월을 살면서 말이지. 하하하하 그렇다면 넌 그냥 식충이야 식충."이라고 말하면서 사람을 최저로 비하한다.

그리고 세상에 대해서는 "악다구니 같은 세상!"이라고 정의하며 "지구의 평균기온은 점점 올라가고 남극과 북극의 얼음덩어리들은 급격히 녹아내리고 있다지? 지진, 화산, 전쟁, 패륜, 마약, 기아, 무한경쟁, 폭염, 사기, 연쇄살인, 핵, 테러, 오존층은 오래전에 구멍이 나 있다지? 카오스, 시공간, 무의식이 어떻고? 종교나 진리가 뭔 필요가 있겠냐? 그냥 살다 죽는 거지."라는 비관적인 사고를 가진 인간이다. 그리고 자신이 살고 있는 곳을 "창문과 붙어 있는 산을 그대로 내 정원으로 삼고 살고 있"으며, "계곡의 물소리가 사철 들려오는 살아있는 정원"임을 강조

자연과 더불어 사는 인간임을 자부하기도 한다. 그리고는 "그는 다시 소주잔을 들어 입안에 털어 넣듯 마"시며, 꼬부라진 목소리로 자기 푸념하기도 한다. "나는 나를 잘 알 것 같은데 역시 잘 모르겠고 아주 모르겠다는 생각을, 역시 새삼스럽지 않은 생각이라는 생각을 다시 하면서 생각을 하곤 하지. (…) '처음의 너는 작은 에너지였다.' 하는 것 말이야. 나는 안개처럼 떠서 부유하는 작은 에너지였을 나를 생각해보았지. 그렇다면 그 에너지는 어떤 연유로 생겨났으며 그것이 뭉치고 키우고를 반복하면서 오늘에 이르렀을까. 하는 생각이 들었지"라고 말하기도 하고, 우연한 기회에 만난 어떤 무녀이야기를 하기도 한다. "그리고 그날 나는 그녀에게서 내가 전생에 '돼지'였다는 말을 들었어. 나는 그때 유년기의 내 별명이 돼지였던 것을 생각했지. 처음엔 그냥 돼지로 불렸다가 나중엔 돼지 눈깔로 불렸어. 돼지처럼 욕심이 많고 이것저것 가리지 않고 돼지처럼 잘 먹는다 해서 붙여진 별명이었지. (…) 그러면서 그녀는 귀신이나 사람이나 현재 살아 있거나 죽어 있는 것 외엔 똑같으므로 귀신을 무서워할 필요가 없다고도 말했지. 나는 궁금해서 참을 수가 없었어. 나는 내 미래가 보였다면 어떻게 보였느냐고 물었어. '그냥 건강하고 밥 먹고 지내요.' 그녀는 짧게 말했지. (…)12간지 중엔 쥐새끼도 있고 토끼새끼도 있잖아. 하하하하. 그런데 말이야. 거기에 사족을 붙이더란 말이야. 그녀는 나에게, 내 머리 안에 말이야. 쥐새끼의 영혼이 깃들어 있다는 거야. 게다가 결코 나는 아무도 사랑할 수 없는 인간일 수밖에 없는 인간이라는 거야. mad woman."라고 말하기도 한다.

그리고 계속해서 소주를 입 속에 털어 넣으면서 "인생은 그저 한낱 꿈일 뿐이야. 하지만 나는 죽기는 싫고 무섭다. 죽어서 다시 태어난다는 것도 싫고 아주 없어진다는 것도 싫다. 헌데 살아 있다는 것은 축복일까? 만약에 말이다. 내가 죽어 다시 태어난다면, 나는 어떤 환경, 어떤 부모를 만나게 될까? 정말이지 그것이 제일 두렵다. 차라리 나는 사자나 호랑이 같은 맹수로 태어나고 싶다."라고도 말하기도 한다. 그리고 결말 부분에서 "아마도 전생에 있어서의 나는 한 번도 사람이었던 적이 없었나봐. 누구에게도 융합된, 그 어떤 깊숙한 인연들이 내게는 없는 것처럼, 나는 늘 혼자인 것 같아. 인간으로는 맨 처음, 맨 처음 살아보는 인간인 것처럼 말이야. 그리고 말이다. 내게 중요한 것은 아무것도 없어……. 인간은 죄를 많이 짓지. 꽃도 꺾고 나무도 베고……. 복지? 그래 좋지. 그래도 딱 십만 원만 더 찍어줬으면 좋겠어. 사실 매달 방세내고 어쩌고 하면 없거든. 아, 복지. 그래, 딱 십 만원만……．조금만 아주 조금만이라도 부담 없이 술이나 좀 사마실 수 있었으면 좋겠다 이거야."고 말하면서 그는 "벤치에 뉘었다. 그는 곧 취한 잠에 떨어진 듯 미동을 하지 않았다. 그의 상대는 일어서서 잠시 그의 주변을 서성거렸다. 그리고는 말없이 자리를 떴다."고 마무리 된다. 이 사내의 말에서 주목되는 부분은 "어떤 깊숙한 인연들이 내게는 없는 것처럼, 나는 늘 혼자인 것 같"고, 그래서 자신은 "인간으로는 맨 처음, 맨 처음 살아보는 인간"이라는 것이다, "그리고 말이다. 내게 중요한 것은 아무것도 없어"라는 말에서 키워드는 '아무것도 없다.'는 말 속에 숨겨진 메시지이다.

인연因緣은 원인[因]과 조건[緣]이 합쳐인 말로 연기사상을 의미하는 불교 용어이다. 그것이 깊지 않다는 말은 인연이 없다는 말인 무연無緣. 인간으로서 전생 없다는 말은 전생은 동물이나 인간이 아닌 다른 사물이었음을 의미하는 것으로 이 소설의 제목 '그래도 행복한 남자'라는 의미로 소설 속의 사내를 극도로 비하하는 표현구조이다. 아이러니의 한 방식인 인간에 대한 자기 비하와 비꼼 sarcasm으로 인간 삶의 정체성을 환기시켜준 소설이라 할 수 있을 것이다.

같은 맥락의 소설 〈김영숙 씨 이야기〉는 코로나 시대를 시간적 배경으로 하고, 평범한 하나의 가정과 그 주변 공원과 산책로 등 일상적인 장소를 공간적 배경으로 하는 소설이다. 이 소설은 이렇게 시작된다. "코로나 바이러스가 어제는, 또 오늘은, 어느 지역에서 얼마만큼의 환자가 발생했고 어느 정도의 사망자를 냈다는 뉴스가 티브이나 기타의 방송에서 연일 보도되었다. 누구라도 아시는 이야기겠지만, 바이러스에 심하게 감염된 환자는 폐가 딱딱하게 굳거나 스펀지처럼 변해서 죽기도 하고 완치가 된다 해도 손상된 폐는 그대로 가지고 살아가야 한다고 했다.(…) 영숙씨는 집 안에서 꼼짝하지 않고 지냈다. 꼼짝 않고 지내면서 하루를 거의 티브이나 유튜브를 켜고 바이러스가 어느 지역에 더 많이 확산이 되고 있는지를 주시했다. 보통 사람들이 그렇듯 그녀는 우선 자기 가족부터 걱정했다. 가족이라야 멀리 남쪽에서 선박회사에 근무하고 있는 아들과 그녀, 집에서 출 퇴근을 하는 남편이 전부였다. 그녀의 걱정은 유튜브에서 말하는 무당들의 점사와 각종 예언자들의 이야기까지를 더듬게 했다."로 이 평범한 가정 주부 이야기의 서두에 제시되고 있는 분위기 암시가 무겁다.

또한 그녀의 산책로인 200여 미터 굴다리 묘사는 더 음산하다. "그녀는 굴다리 아래를 통과하는 것을 꺼려했다. 전등은 24시간을 밝혀 놓았지만 그곳은 늘 음산해 보였고 어느 화가의 친절인지 온통 그림 칠을 해 놓았는데, 그림은 동서양의 고대 신화를 담고 있었다. 곰과 호랑이가 토굴 속에서 마늘과 쑥을 쌓아 놓고 앉아 있는 모습까지는 좋았다. 중간 정도를 걸어 들어가면 귀신 같은 형상으로 그려진 사람이 이글거리는 태양을 머리에 이고 울고 서 있는 모습이 그려져 있었고, 머리카락들이 모두 뱀이 되어 넘실거리는 여인이 목에 칼을 맞아 피를 쏟고 있었고, 쏟아지는 피를 타고 어린아이들이 튀어나오는 그림까지도 있었다."가 그것이다. 이 서두의 암시로 볼 때 이 소설의 아이러니 표현구조는 만만치 않다. 그런 산책길에서 김영숙 씨는 한 여자를 만나 대화를 한다. 그 대화는 주부로서의 일상사가 아니라, "당연한 것처럼 둘은 전염병에 대한 불만을 먼저 말했다. 여자는 어제오늘의 이야기가 아닌, 까마귀니 두꺼비니 하는 먹거리를 이야기 했고 충분히 있을 수도 있는 살생무기의 노출을 의심하며 걱정" 한다. 이를 통해서 볼 때, 이 소설의 모티프는 코로나 시대의 가정사가 아니라 사회사로 보인다. 편의점을 운영하는 여자는 경영의 어려움을 토로한다.

공원으로 들어가는 입구의 벽면에 제거되지 않고 붙어

있는 국회의원 후보자들 사진.

　공원안 나무 벤치에 앉아 있는 모자와 마스크를 쓴 한 노인. 그 노인은 "젊은 사람이건 노인이건 남녀를 불문하고 말 상대로 걸려들었다 하면 두어 시간은 족히 붙잡아 놓고 떠들었다. (…) '6·25전쟁, 1960년대의 보릿고개, 1960년 중반엔 베트남 파병으로 외화를 벌어들였고, 한일협상과 차관, 포항에 제철소 건설, 독일에 광부와 간호사 파견, 중동건설의 붐, 경부고속도로 건설, 그로써 우리나라의 경제가 비약적 발전했다.'는 이야기를 특정 사람들을 거론하며 불만을 말하기도 하는 노인이다. 그 노인을 피해 김영숙 씨는 공원을 나온다. 산책길 세 번째 날은 항상 앉아 있던 노인과 50대 중반의 남자와 30대 초반 정도로 보이는 남자를 본다. 그들은 원자력의 기술력에 대한 이야기, 기무사, 국정원 같은 이야기들을 한다. 그 외에 세계사적인 이야기 등도 한다. 그리고 "넷째 날의 공원에도 나무 벤치엔 노인이 앉아 있었다. 그녀는 또다시 아랑곳하지 않고 크게 크게 심호흡을 하며 공원 안 둘레를 걸었"고 집으로 돌아와 여전히 바이러스를 이야기하는 티브이를 본다, 그리고 그 다음 날에 산책길에 왼쪽 뒤꿈치가 좀 이상하다는 것을 느낀다. 그 다음 날에도 시큰거림을 넘어 약간의 통증도 느껴 병원을 찾아 진찰 결과 뒤꿈치 안쪽에 종양이 생긴 것을 알게 된다. 의사는 소염진통제를 처방해주면서 큰 병원에 가 진찰받기를 권한다. 큰 병원에 입원하여 수술을 예약한다. 수술받는 전날 병간호로 휴가를 낸 남편과 저녁을 먹다가 간호원의 "오늘 저녁 일곱 시부터는 물 한 모금도 마셔서는 안 돼요."를 어기고 술잔을 부딪친다.

그 다음날 수술실로 들어가기 전, 남편은 미안하다는 낯 간지러운 말을 한다. 수술실로 들어서며 그녀는 남편을 바라보며 그냥 손을 흔든다. "남편의 말과 태도 때문에 그녀는 잠시 자신의 죽음을 떠올렸다. 내가 죽으면 저 사람에게는 혹시 내가 천사표 될까? 그녀의 눈앞엔 한밤중에 베갯잇을 적시는 남편의 모습이 그려졌다. 곧 수술대에 눕혀지자 그녀는 '잠시 만요, 잠시 만요.' 라는 말을 했다. 그리고 일어나 앉아 짧은 통곡을 했다. 그녀는 다시 불경스러움을 떠올렸고 대기해 있는 의사와 간호사들에게 자신이 실수를 하고 있다는 생각을 했다. 그래서 그녀는 자신에 실수에 대한 변명"한다.

대기실에서 기다리던 남편은 '수술 끝'이라는 글귀가 보게 된다. "그는 자신도 모르게 벌떡 일어나 서성거렸다. 곧 회복 중이라는 글귀가 보일 것이고 그는 아내에게 다가갈 준비를 했다. 아내의 '수술 끝'이라는 글귀도 너무 길게 붙어 있는 듯 느껴졌다. 그때 수술실에서는 그의 아내에게 변이 일어나고 있었다. 그녀는 깨어나지 않았고 무슨 이유가 있었던지 호흡이 느려지고 맥박이 멈추어 지고 있었다. 의사들이 뛰어왔고 마취과 전문의도 뛰어 들어왔다. 그들은 그의 아내가 호흡을 하도록, 다시 심장이 뛰게 하도록 최선을 다했다. 하지만 그날 그녀의 심장은 끝내 그대로 멈추었다."로 이 소설은 끝난다. 김영숙 씨는 수술하다가 사망한 것이다.

그렇다면 이 소설에서 작가는 무엇을 말하려고 했을까?" 대기실에서 수술을 끝내고 나올 아내를 기다리면 생각했던 남편의 마음을 그리려고 했을까? 늘 바쁘기만 했던 아내. "아이도 보살펴야 했고 살림도 해야 했으며 장사도 해야 했"던 아내. 아니면 '엉큼한 놈, 이기적인 놈'이라 질타하는 남편을 그리려고 한 것인가? 아니면 아내를 죽인 병원을 고발하기 위한 것인지. 아니면 노인 문제, 코로나19 팬데믹으로 희생한 사람들을 대신하여 고발하려는 것일까? 아니면 병실에서 김영숙 씨가 유튜브를 열고 본 '먹이사슬의 경쟁'이라는 영상 속에 작가의 의도가 숨겨 있는지 살펴봐야 할 것이다.

하이에나들과 어미치타가 싸우고 있는 장면이 펼쳐졌

다. 새끼를 지키려는 어미는 필사적이었다. 아무것도 모르는 새끼치타들은 그 시기 특유의 소리인 끼약, 끼약을 외치며 어미를 불렀다. 기분 나쁜 울음을 하며 몰려드는 하이에나의 숫자가 너무 많았다. 결국 아기치타들은 모두 갈가리 찢겨져 그들의 뱃속으로 들어갔다. 화면을 보는 내내 그녀는 분개했다. 하지만 다음 장면으로는 그 하이에나들에게 들개들이 몰려드는 것이 보였다. 다행히도 들개들의 숫자가 좀 더 많은 듯했다. 그녀는 들개들을 응원하며 그들의 싸움을 응시했다. 결과는 들개들의 승리였다. 이리 물리고 저리 물려 죽거나 신음하는 하이에나들이 보였다. 그래도 그녀는 멀쩡히 살아 있는 몇 마리쯤의 하이에나들을 바라보며 또 분개했다. 아무튼 아쉬운 대로 속이 후련했다. 그러면서 그녀는, 내 시선은 왜? 하이에나와 치타, 사자와 들개들을 동등하게 바라보지 못 하는지를 생각했다.

— 소설 〈김영숙 씨 이야기〉 중에서

하이예나와 새끼를 지키려는 어미치타와의 싸움, 하이예나들과 들개들과의 싸움에서 김영숙 씨는 하이예나에게 분개했다. 아기 치타를 죽였다는 이유도 있지만 "하이에나가 제일 못생겼다는 이유였다. 그 점에 대해 그녀는, '그렇지 뭐, 만물을 구원하는 신도 아니고 나는 그냥 인간이고 속인인 걸.'이란 말을 중얼"거리며 강자를 조롱하고 더 강한 존재에게 당하는 생존의 현장을 환기한다. 나아가서 정체불명의 미확인 물체 UFO 영상 속에서 "언젠가 정체불명의 미확인 물질이라는 것에 대해 떠들어대던 아들의 모습을 다시 떠올"리며 "UFO가 충분히 있을 수 있겠다는 생각을 하며 잠이"드는데 이 이야기의 행간 속에 작가의 메시지가 있는 것일까? 약자에 대한 동정심 혹인 연민이 자식에 대한 사랑으로 전이되는 아이러니를 보여주려는 것일까?

3. 소설의 공간 설정

인간의 삶을 탐색하는데 있어서 혹은 작가의 작품을 탐색하는데 있어서 기본적인 방향은 그의 세계世界을 탐색해야 한다. 세계의 세世의 훈은 때 혹은 시간을 의미한다. 그리고 세계의 계界의 훈은 지경 혹은 계로 공간을 의미한다. 따라서 소설가의 작품 세계를 파악하기 위해서는 소설 속에서 창조 설정되고 있는 시간과 공간을 살펴야 할 것이다. 따라서 서한경 작가의 소설에서 나타나고 있는 공간은 작가의 의식 세계를 엿보게 하는 단초가 된다.

〈피싱〉의 공간은 땅과 건물이다. 이 소설은 이로 인한 갈등을 통해 우리사회의 한 단면을 보여주기 위한 작품이다. 피싱(phishing)의 사전적 의미는 "전자 우편이나 메신저를 사용해서 믿을 만한 사람이나 기업이 보낸 것처럼 가장하여, 비밀번호나 신용 카드 정보와 같이 기밀을 유지해야 하는 정보를 부정하게 얻으려는 수법"을 의미한다. 또 다른 피싱(fishing)의 사전적 의미는 "시추 작업 중 시추공 밑바닥에 떨어져 있는 장애물을 제거하는 작업"이다. 따라서 이 소설은 후자의 피싱(fishing)으로 이 작품의 공간은 재건축 공간이다. 재건축과 관련된 부동산을 모티프로 한 부동산 여자와 원주민 여자의 갈등을 그린 소설이다.

이런 맥락에서 낯선 공간에 대한 묘사와 서술이 돋보이는 소설이 〈얼룩〉이다. 물 새는 천정의 얼룩, 금희 씨의 행동 방위에 따른 낯선 공간에 대한 의식이나 상황이 이 소설의 스토리를 진행시킨다. "지난 밤 금희씨는 평소 보다 일찍 잠이 들었다. 이유는 없었다. 그저 일찍 잠이 들었고 그래서 일찍 눈을 떴다. 이른 새벽이었다. 멀리서 새 울음소리가 들렸다."라는 서정적인 서두로 시작했지만 이 소설을 결말은 "금희씨는 뚱뚱한 그 여자의 나이를 셈했다. 아직은 살아 있을 확률이 많겠다는 계산을 했다.

(…) 여자도 살다 살다는 어찌어찌 좋은 일도 했겠지. 부모에게, 또는 형제들에게, 그리고 가끔은 낯모를 타인에게 기부의 손길도 보냈겠지. 라는 생각을 하며 그녀는 때론 여자에게도 있었을 선행들에 묘한 불쾌감을 느꼈다."로 마무리한다.

"민정이가 집을 나간 날 인숙씨는 포도나무 두 그루를 샀다."로 시작하는 소설 '인숙 씨의 포도나무'의 공간은 포도나무를 심은 화분과 화단 그리고 땅과 흙이다. 그리고 결말부분 "포도나무를 한 그루씩 뽑아보는 시늉도 했다. 그리고 얽어맨 철삿줄의 상태를 거듭 꼼꼼이 살펴보았다. 그녀의 힘으로는 분을 들기도 어려웠고, 철사를 자르거나 풀어버린다는 것도 귀찮을 것 같았다. '끝났네.' 라는 말을 하며 허리를 펴는 인숙씨의 이마와 콧잔등엔 땀방울이 송골송골 맺쳐 있었다."를 보아도 이 소설의 공간은 포도나무가 뿌리 내릴 수 있는 공간이다.

소설 〈낯선 풍경이었다〉는 낯선 곳인 미아 삼거리 부근과 건물, 미장원, 이 소설의 주인공인 '나'가 죽을 수 있는 곳인 "부엌인지 헛간인지 누추한 곳", 그 어느 곳이든 인간이 살아가는 낯선 공간에 대한 인식을 통해서 스토리를 전개해나간다는 점에서 소설 속의 공간 설정의 중요함, 그 당위성을 담보하고 있는 소설이다.

소설 〈범수의 기억〉은 최면 속의 시간과 공간 배회에 따라 스토리가 전개되는 무의식 여행소설(?)이다. 최면이 시작되면서 넓은 들판 → 천변(낯선 공간) → (유년의) 언덕 들판 → 포장마차 → 운동장 → (유튜브 속의) 아프리카 사막, 버뮤다 삼각지대, 로마의 테베레 강가, 티베트 공원의 돌담 → 잔돌 깔린 풀밭 → 산, 계곡, 동국, 들판 → (유년의) 초가삼간 → (과거의) 양반댁을 끝으로 최면에서 각성한다. 이렇듯 이 소설의 시간은 현재에서 유년의 과거로, 그리고 그 시간을 초월하여 전생의 양반댁으로 시간대와 공간대에 따라 주인공의 의식, 그 기억들이 이동한다. 최면 속에서 주인공의 의식은 원체험 공간인 고향의 자연과 집을 공간으로 설정된다.

  이렇듯 소설 속의 공간은 연극 무대의 동작선처럼 정해진 시간대에서 공간을 이동하며 스토리가 전개된다. 한 인간의 일생이 시간과 공간에 의해서 이루어지듯이 소설 속의 삶도 시간과 공간을 뼈대로 전개되기 마련이다. 그래서 작품의 작품도 그럴 수밖에 없을 것이다.

  이 글의 서두에서 언급한 리오타르의 포스트모더니즘 이론에서 우리가 주목해야 할 부분은 현대 우리 사회에 있어서 다양한 담론 사이에 의견을 달리하는 차이를 '디퍼런드(differend)'라는 개념으로 설명하면서 그 다양한 의견들을 모두 인정해야 한다는 점이다. 소설에서 다루어지고 있는 모티프들은 작가들마다 다 다르다. 그 뿐만 아니라 그것을 어떻게 다룰 것인가 혹은 어떻게 쓸 것인가도 다르게 나타나게 마련이다. 다양한 영역과 다각적인 시각들은 서로 다른 별개의 차원에서 창작되기 때문에 그 나름의 가치를 인정할 수밖에 없다.

  이러한 견해의 맥락에서 서한경 작가는 다양한 모티프와 다원적인 창작 방식으로 자신의 소설을 실험하고 있음을 이 창작집에서 탐색할 수 있었다. 그 실험성은 자신의 가능 지평을 스스로 열어놓고 있는 것도 다르지 않다. 물론 많은 수의 소설의 화자가 여자라는 공통점과 일인칭관찰자서술을 좋아하는 경향이 없지 않지만, 앞에서 살펴본 그의 작품은 다양하다. 작가가 말하고자 하는 바 메시지도 다양하고 그것을 구현해 내는 창작방식도 다원적이다. 한 편 한 편 실험정신으로 창작하고 있다는 의미이다. 하나 하나 독립된 문학 가치를 창작해내려는 열정이 주목된다. 따라서 우리는 앞으로 그의 창작태도를 기대하고 지켜볼 만하다.

서한경 소설집

그래도 행복한 남자

―――――――

인쇄 2024년 8월 8일
발행 2024년 8월 14일

―――――――

지은이 서한경
발행인 서정환
펴낸곳 신아출판사
주소 서울특별시 종로구 삼일대로 30길 21. 종로오피스텔 809호
전화 (02) 747-5874, (063) 275-4000, (063) 251-3885
팩스 (063) 274-3131
이메일 sina321@hanmail.net
출판등록 제465-1984-000004호
인쇄·제본 신아문예사

―――――――

저작권자 ⓒ 2024, 서한경
이 책의 저작권은 저자에게 있습니다. 서면에 의한 저자의 허락없이
내용의 일부를 인용하거나 발췌하는 것을 금합니다.
저자와 협의, 인지는 생략합니다.
잘못된 책은 바꿔 드립니다.

―――――――

ISBN 979-11-94198-19-2 (03810)

값 15,000원

Printed in KOREA